古典詩歌研究彙刊

第六輯

龔鵬程　主編

第7冊

六朝賦之抒情傳統與藝術表現

林麗雲　著

國家圖書館出版品預行編目資料

六朝賦之抒情傳統與藝術表現／林麗雲 著――初版―台北縣
永和市：花木蘭文化出版社，2009〔民98〕
序 2+ 目 2+194 面；17×24 公分
（古典詩歌研究彙刊 第六輯；第 7 冊）
ISBN 978-986-6449-58-1（精裝）
1. 辭賦 2. 文學評論 3. 六朝文學
820.9203   98013920

ISBN - 978-986-6449-58-1

9 789866 449581

古典詩歌研究彙刊
第六輯 第 七 冊   ISBN：978-986-6449-58-1

六朝賦之抒情傳統與藝術表現

作　　者　林麗雲
主　　編　龔鵬程
總 編 輯　杜潔祥
出　　版　花木蘭文化出版社
發 行 所　花木蘭文化出版社
發 行 人　高小娟
聯絡地址　台北縣永和市中正路五九五號七樓之三
　　　　　電話：02-2923-1455／傳眞：02-2923-1452
網　　址　http://www.huamulan.tw 信箱 sut81518@ms59.hinet.net
印　　刷　普羅文化出版廣告事業
初　　版　2009 年 9 月
定　　價　第六輯 25 冊（精裝）新台幣 35,000 元

六朝賦之抒情傳統與藝術表現

林麗雲 著

作者簡介

　　林麗雲，台灣彰化縣人，中央大學中國文學系、師範大學國文研究所碩士。曾任高雄女中教師，現任師大附中教師。

　　著有散文集無言的愛、作文引導寫作行雲流水、現代詩文閱讀題組

曾獲：

　　　　中央大學文學獎散文組佳作

　　　　教育部文藝創作獎散文組佳作、小說組佳作

　　　　礦溪文學獎散文組佳作

　　　　礦溪文學獎作家作品集散文組

　　　　礦溪文學獎小說佳作

提　　要

　　本文之作，以六朝賦之思潮、時代為其外緣，進而探索賦篇內蘊之情志及外現之藝術形式。

　　首章論六朝賦之特質。本原始以表末之論述方法作賦義之考察：賦由財稅兵馬之斂取、財物命意之敷佈，轉而為鋪陳言辭之表現、六義之附庸，終為體物寫志之文體矣。而由楚辭 漢賦以至六朝賦 賦篇之盛歷久不衰 以其能通古而變今也。是以六朝賦亦自具特質，此下則就獨抒情性、包舉物象、巧構形似、變遷體制及南北風格之異論其特質，揭櫫全文之綱領。

　　第二章自文學思潮、哲學思想與時代現實論六朝賦產生之外緣因素。此時以「緣情說」為主流，然「言志說」猶存乎人心，相互激盪，賦家則以個人情志總覽之，而匯入中國文學之「抒情傳統」。再則哲學思想亦為玄學、儒學之纏絞，時代之衝擊亦其振撼力量也。

　　第三章則進入賦篇之內在世界，由仕與隱、生命與情愛、戰亂與民生三端析其抒情傳統，呈現其思想意識。據此可知六朝賦絕非內容貧弱、思想空洞之作，乃情真意真、生命性情之具現也。

　　第四章討論六朝賦之藝術表現，首自其整體論賦篇素材之選取及意象之創造；次論其藝術結構之設計，而由人物、時空設計展開其佈局之手法，以見賦篇寫實之精神也；且六朝賦非僅為空間藝術，實兼及時間藝術，其修辭技法極誇張渲染之能事，亦由意義之對偶，轉而著力於聲音韻律之諧和，誠可謂極視聽之美矣。

　　末章結論乃歸納其特質，並置於文學史之中觀其地位，而予以適切之評價。

序　言

第一章　論六朝賦之特質 ………………………………… 1

　第一節　賦義之考察 …………………………………… 1

　　一、財稅兵馬之斂取 ……………………………… 2

　　二、財物命意之敷佈 ……………………………… 3

　　三、言辭能力之表現 ……………………………… 4

　　四、六義附庸之技巧 ……………………………… 5

　第二節　六朝賦之特質 ………………………………… 5

　　一、獨抒情性 ……………………………………… 8

　　二、包舉物象 ……………………………………… 10

　　三、巧構形似 ……………………………………… 11

　　四、變遷體制 ……………………………………… 13

第二章　論六朝賦之外緣因素 …………………………… 15

　第一節　文學思潮之推波助瀾 ………………………… 16

　　一、舊傳統之迴漩 ………………………………… 17

　　二、新思潮之激盪 ………………………………… 21

　第二節　哲學思想之纏絞葛藤 ………………………… 27

　　一、主流思想彌綸之張力 ………………………… 28

　　二、伏流思想深植之生命力 ……………………… 32

　第三節　時代巨掌之覆蓋烙印 ………………………… 38

　　一、偏安紊亂之政治背景 ………………………… 40

　　二、烽火亂離之社會背景 ………………………… 45

第三章　論六朝賦之抒情傳統 …………………………… 51

　第一節　安身立命之二重肯定：仕與隱 ……………… 55

　　一、仕與隱乃人心之雙向 ………………………… 55

　　二、仕途之艱辛難堪與轉向 ……………………… 61

　　三、隱：嚮往與無奈之歸向 ……………………… 68

　第二節　人間世之終身關懷：生命與情愛 …………… 74

　　一、生命之觀照與調和 …………………………… 74

　　二、情愛之投注與安置 …………………………… 85

　第三節　時代現實之返照：戰亂與民生 ……… 100

　　一、戰火離亂之摧傷 ……………………………… 100

目

次

二、經濟生活 …………………………………… 115

第四章　論六朝賦之藝術表現 ………………………… 121

　第一節　藝術媒材之選取與造象 …………………… 121

　　一、詠自然 ………………………………………… 125

　　二、詠一物 ………………………………………… 133

　　三、詠女子 ………………………………………… 139

　　四、詠情事 ………………………………………… 143

　第二節　藝術結構之設計 …………………………… 147

　　一、總攬人物之設計 ……………………………… 147

　　　（一）人物問答設計 …………………………… 148

　　　（二）人物動作設計 …………………………… 151

　　二、包舉宇宙之時空設計 ………………………… 155

　　　（一）時間之設計 ……………………………… 155

　　　（二）空間之設計 ……………………………… 159

　第三節　修辭技法之運用 …………………………… 165

　　一、譬　喻 ………………………………………… 166

　　二、誇　飾 ………………………………………… 167

　　三、襯　託 ………………………………………… 169

　　四、引　用 ………………………………………… 171

　　五、鍊　字 ………………………………………… 173

　　六、類　叠 ………………………………………… 175

　　七、頂　眞 ………………………………………… 176

　　八、對　句 ………………………………………… 177

第五章　結　論 …………………………………………… 183

主要參考書目 …………………………………………… 187

序　言

　　降自近代以來，文學研究之風氣蔚然，金櫃石室之書復見於世，風雨名山之作傳誦人口，即或斷簡殘編，亦爲之勾沈補闕，俾令其復活於當世，而得其應得之位置，抑有因此而爲一時之顯學也。然六朝賦之運命則差矣，賦家焚其膏血，殫其思慮，以生命圖寫揮畫，竟以其麗色芬馨之藝術成就，眩人目睛，導入歧途，賞愛者謂之意趣盎然，搖曳生姿；惡之者，名之以俳賦，以唯美主義、形式主義形容之，譴責之。二者之見雖異，然取其貌而未得其神則同矣。

　　本篇之作則沿其作品而進入賦家之心靈深處，與之共憂樂，隨其俯仰屈伸，碰觸其性靈情思，而一一呈現其心路歷程。復披文以入時，玩之品之，以體其深心遠致之造象藝術。然作品之外，時代思潮亦爲知人論世之憑據，惟定於一尊，或截然二分，非本文論述之方法，唯願照顧全體，而呈現其葛藤、糾纏之本象也。且內蘊情志與藝術表現亦非各自斷裂獨立，率多取其藝術手法論其表現情志之深邃雋永、眞切動人；至論其藝術表現，輒取思想情性等內容以見其意象之達成。此以內容、形式本不可割裂也，然所論之主旨特有所偏重，故亦必別立以申述之。

　　再者，形式之纖美、意象之尖新雖爲六朝賦攝人眼目之本色，然而，以賦抒情寫志乃賦家永恆之信守，讀其賦可想見其爲人也，故史

傳言其著作特舉賦以入之耳。然則情志之伸展其關懷，輒由個人自然延至家國天下、宇宙萬象及人生普遍之真理，故一己之性情恆存不泯，雖悲古者之逃遭，亦自傷不遇也；歎國破家亡，實亦感恨一己之去國離家，羈旅飄零也。又或祇道一人之情，而包攬千秋萬代之人以共悲，其延展性因其心懷之涵攝而盪其領域。此與諷諭美刺、政治教化之作，其形似而其神遠矣。此外，六朝賦之藝術表現誠有令人注目、賞愛之處。不復堆砌辭藻，乃以精鍊嚴整之文表之；無一字非出自經營處理、千錘百鍊，故能沈思翰藻，錯比文華，以臻情采之美。而其意象則嫣然靈動，風姿爛發，此乃賦家具象情境之靈心巧構也。覽其文而知今之詩人造象之才情，鍊字之工力，乃至韻律節奏之流美圓潤，曾未能與六朝賦家相提並論矣；更何論其藝術形構之完成、情性之抒發、物色之繁姿異彩矣。

　　此文寫作之過程中幸蒙　繆師天華諄諄勉勵，解疑釋難，疏通義理，潤飾字句，師恩情重，予將永銘心懷矣。而鄙人才學疏陋，照顧不周之處，尚請博雅君子不吝指正焉。

民國 72 年 4 月　林麗雲謹識於
師大國文研究所

第一章　論六朝賦之特質

第一節　賦義之考察

　　撤去時間縱線之先後，將詩經、楚辭以來各代文學橫列並觀，則六朝賦當是一園眾色生香，自具姿采。其內容之廣，上溯事君事父、生命之哀感，下至江海山川草木鳥獸蟲魚，舉凡人之七情、天地物色盡納其中；此際宮殿畋獵等大賦之作已漸少，而抒情述志之賦日多，登高興感、睹物生情，遂援筆為賦，不復堆砌典故，專事鋪陳，特著力於外物之刻畫，所寫之情為個己之真情，所繪景致則為觸目之物。因此部分文學史雖省略六朝之賦，然亦不得不肯定其富有文學意趣。〔註1〕賦自劉漢興起以迄於清，皆列於高級文學之地位，作品亦廣為流傳。然降至近代，西方文學觀念流入，文人之興趣則大異往昔，注重詩歌、戲劇、小說，忽視辭賦，或貶為「僵化」之文學，〔註2〕或

〔註1〕胡雲翼增訂本中國文學史於六朝之賦略而不談，然第八章「魏晉南北朝的詩歌」：「魏晉南北朝的文學向以詩賦二者為稱。單就賦的一方面說，這個時代的辭賦已經比漢賦進步許多了，已經由漢之兩都賦和兩京賦那種堆砌典故的辭典式的文章進而為富有文學意趣的辭賦了。」見頁73。

〔註2〕胡適之先生白話文學史：「漢朝的韻文有兩條來路：一條路是模仿古人的辭賦，一條路是自然流露的民歌。前一條路是死的，僵化了的

竟略而不談。同為賦體，命運亦有不同，漢賦為漢代文學主流，雖偶受微詞，然自不得於文學史上掩去。迨至六朝，辭賦之外，詩體亦漸形成，已能與辭賦並駕齊驅。南北朝之際，詩體影響辭賦，益可見其勢力之大。然而昭明選文，賦為第一，足見當日賦之評價猶超乎詩歌之上。今之文學史作者於六朝賦作則或掩棄不顧，或約略提及，或斷然評論以為其遠不如詩，胡適先生白話文學史云：

　　（建安）以前的文人把做辭賦看作主要事業，從此以後的
　　詩人把做詩看作主要事業了。

　　適之先生以為：自建安時代起，賦之重要性已不如詩，然終不能否定賦為貴族文學之正統，賦有詩所不能望項之意境：

　　中國統一之後，南方的文學—賦體—成了中國貴族文學的
　　正統體裁。

　　稍稍複雜的意境，這種新體裁（樂府民歌）還不夠應用。
　　所以曹魏的文人遇有較深沉的意境，仍不能不用舊辭賦
　　體，如曹植的洛神賦，便是好例。

是以吾人非但不可為近世文學史之作者蒙蔽眼目，尤當重新認識其真貌，而予其客觀之評價，更為當務之急，故此篇論文將試從抒情傳統與藝術表現之角度觀照六朝賦作。

　　文心雕龍序志篇有云：

　　若乃論文敍筆，則囿別區分，原始以表末，釋名以章義，
　　選文以定篇，敷理以舉統。

乃謂討論文體當本上述四大原則，於此則以釋名章義為始，其餘三者將於第二節論六朝賦之特質時一併處理。

一、財稅兵馬之斂取

　　賦之本義為斂取，許慎說文解字云：「賦、斂也，從貝武聲。」為一形一聲之形聲字，形聲多兼會意，武有強制執行之意，貝指其斂取之類為財物。周禮大宰云：

　　　無可救藥的。」見頁43。

> 以九賦斂財賄，一曰邦中之賦，二曰四郊之賦，三曰邦甸
> 之賦，四曰家削之賦，五曰邦縣之賦，六曰邦都之賦，七
> 曰關都之賦，八曰山澤之賦，九曰幣餘之賦。

此處賦爲名詞，其功能意義在聚斂財賄，已有斂取之意，後漸轉爲動詞，直接顯示斂取之動作，孟子離婁篇之說是也，其言曰：

> 求也爲季氏宰，無能改於其德，而賦粟倍他日。

　　一國除財稅之外，猶需兵馬以安內攘外，而兵馬亦不能不取之於百姓，故賦斂之內容遂延伸至兵馬，論語、左傳之載錄可以爲證，論語公冶長篇：

> 子曰：由也，千乘之國，可使治其賦也，不知其仁也。

> 孔安國註：「賦、兵賦。」

左傳隱公四年：

> 衞周吁立，使告於宋曰：君若伐鄭，以除君害，君爲主，
> 敝邑以賦與陳蔡從，則衞國之願也。

　　其後賦爲文體之一，雖經語義之演變，然與賦斂取之本義猶有間接關係可探尋，章太炎先生把握二者共同之處—「按件點過」，〔註3〕頗具慧見。

二、財物命意之敷佈 〔註4〕

　　賦與敷同有「布」之義，故賦與敷義近，毛詩蒸民：「明命使賦」，傳云：「賦、布也」。小旻：「敷於下土」，傳云：「敷，布也」，因此段玉裁說文解字注賦字下云：「斂之曰賦，班之亦曰賦，經傳中凡言以物班布與人曰賦。」敷之本意見於說文：「敷、攱也，從攴尃聲。周書曰：『用敷遺後人』」。

　　敷佈之內容包含財物兵器，呂覽慎大：

〔註3〕章太炎先生國學概論：「古代凡兵事所需，由民間供給的謂之賦，在
　　　　收納民賦的時候，必須按件點過。賦體也和按件點過一樣，因此得
　　　　名了。」

〔註4〕本節賦義之題名一、二兩項採曹淑娟學長師大71年碩士論文「論漢
　　　　賦寫物言志之傳統」首章。

賦鹿臺之錢。

高誘注云：「賦，布也。」賦布之內容爲財用。呂覽分職：

出高庫之兵以賦民。

高誘注云：「賦，予也」，賦予兵器以人民。

此外賦佈之內容由具體之財物轉向抽象之政命、意念，毛詩蒸民「明命使賦」、「賦政于外」均指政命而言。尚書舜典：

敷奏以言，明試以功，車服以庸。

孔安國傳云：「敷、陳，奏、進；諸侯四朝，各使陳進治禮之言。」左傳引作「賦納以言」，賦假借爲敷，轉爲意念之鋪陳、敷佈，此已接近賦鋪采摛文之義。

三、言辭能力之表現

國語周語：

召公曰：故天子聽政，使公卿至於列士獻詩，瞽獻典，史獻書，師箴，瞍賦，矇頌，百工諫。

瞍賦乃就言語而言，即班固漢書藝文志所謂「不歌而誦謂之賦」，故賦爲口誦也。口誦之內容或爲他人之作，或爲己作。漢書藝文志：「諸侯卿大夫交接鄰國，以微言相感，必稱詩以諭其志」，可知外交言辭多賦詩以婉曲諭志，詩爲他人之作；此外，亦有賦一己之作者，此時賦由口誦而兼含文辭，更趨近賦爲文體之意義。

毛詩鄘風定之方中傳：

故建邦能命，田能施命，作器能銘，使能造命，升高能賦，師旅能誓，山川能說，喪記能誄，祭祀能語，君子能此九者，可謂有德者，可以爲大夫。

孔穎達：「升高能賦者，謂升高有所見，能爲詩賦其形狀，鋪陳其事勢也。」據孔氏之意，「賦」當指文辭之創作，而當時或未形諸文字，僅以口誦之方式表現。左傳隱公元年鄭莊公賦大隧之歌，僖公五年士蒍賦孤裘皆賦己作，而爲賦體之原始，故文心雕龍詮賦篇曰：「至如鄭莊公之賦大隧，士蒍之賦孤裘，結言短韻，詞自己作，雖合賦體，

明而未融。」

四、六義附庸之技巧

　　賦為六義附庸，乃詩歌寫作之技巧，周禮春官大師職：

　　　　大師……教六詩，曰風，曰賦，曰比，曰興，曰雅，曰頌。

周禮「六詩」即毛詩序之「六義」：

　　　　故詩有六義焉：一曰風，二曰賦，三曰比，四曰興，五曰
　　　　雅，六曰頌。

毛詩序僅有六義之名，而未作詮釋，孔穎達正義：

　　　　風雅頌者，詩篇之異體：賦比興者，詩文之異辭耳。……
　　　　賦比興是詩之所用，風雅頌是詩之成形。用彼三事，成此
　　　　三事，是故同稱為義。

「詩之所用」即指詩歌創作之技巧，賦為技巧之一，其特色在鋪陳之
手法，周禮鄭玄注、詩序孔穎達正義均有確切之釋義：

　　　　賦之言鋪，直鋪陳今政教之善惡。

　　　　直陳其事不譬喻者。

鄭氏「鋪陳」兼有比之成份，孔氏「直陳」則力去比喻之參雜。實則
截然二分，甚為困難，如詠物賦自為體物寫貌之作，由技巧觀之，「直
陳」之手法也；而由思想內容察之，則或有「比」之意味，張華鷦鷯
賦是為一例。

　　由文學技巧而為文體，賦義向賦體推進自是水到渠成，至「靈均
唱騷」，「荀況禮智，宋玉風釣」，賦遂由「六義附庸」而「蔚成大國」。
〔註5〕

第二節　六朝賦之特質

　　「六朝」時代之斷限歷來說法頗多，〔註6〕本文取近代文學史之

〔註5〕劉勰文心雕龍詮賦篇。
〔註6〕六朝時代之斷限有三，唐人詩如魏萬「金陵百萬戶，六代帝王都」（金
　　　　陵酬翰林謫仙子）、杜牧「六朝文物草連空」（題宣州開元寺水閣）

說，指魏、晉、宋、齊、梁、陳而言，亦即以時間爲斷，實涵括與魏同時之吳、蜀，與相對立於南朝之北朝，誠可謂歷史之魏晉南北朝也。

　　本文之討論對象包括此期之全部辭賦作品。〔註7〕此期賦作約千一百零六篇，其中存篇名及序者五十一篇，僅存篇名者十九篇，故含篇名及本文者亦有千零三十六篇，作品之眾，不下於漢賦之九百四十篇。賦家二百八十二家，亦遠較漢賦七十三家爲多。是可知此期賦作風氣之盛也。以篇作眾多，不擬錄其總目。以下試論此期賦作之特質。

　　文學爲文人生命之表達，而身在江湖，面對自我，面對自然，此外，猶不能不面對社會現實，韋勒克、華倫文學論云：

> 文學模仿「人生」；然而「人生」便是社會的現實，儘管自
> 然界以及個人的内在或主觀世界，同樣是文學「模仿」的
> 對象。

個人、社會；内在、外在均爲文學内涵之要素，其彼此之間亦互相激盪，以致交融。

　　東漢末年士人之内在自覺已滋生，蓋由當時人物評論之盛行及重容貌與談論等現象均可說明；故其時雖有宦官、外戚把持朝政，屢興黨獄，迫害士人，然彼類小人敗壞綱紀愈烈，而士人自覺意識愈強。

等，與宋張敦頤「六朝事跡編類」均指都建康之吳東晉宋齊梁陳。文學史上，自宋以來前人謂晉宋齊梁陳隋爲六朝，而與漢魏對舉，如明張溥「漢魏六朝百三家集」是也。近人指魏晉宋齊梁陳，加上同時之吳蜀、北朝，涵蓋之意廣，文字省約，故爲本文採用。此乃參葉師慶炳「中國文學家的保守觀念與創新作風」一文及李正治學長碩士論文「六朝詠懷組詩研究」（師大69年」而得。

〔註7〕惟摹擬七發，以「七」命名之作，及仿楚辭「九歌」、「九章」，以「九」命名之篇，了無創意，未能表現六朝賦之特質，故此文僅存而不論。洪邁容齋隨筆已云規倣七體者了無新意。許世瑛先生「枚乘七發與其模擬者」評曹子建七啓：「未能別出心裁，更以新意。」評張協七命：「完全模擬七啓，一步一趨，了無新意。」評陸機七微：「舊調重彈，眞令人有『不作也罷』之歎。」評簡文七勵：「全學七啓筆法……主旨，還是重彈舊調罷了。」評蕭統七契：「布局仍是老套。」評蕭子顯七誘：「主旨，依然是老調子。」無論主旨或藝術表現均無特創，乃因襲模擬耳，是以存而不論可矣。

暨乎六朝，求個人性分之自適者，以自我爲主，沉浸於老莊玄理，唯養生是重，內在自足自樂。社會現實險惡多變，朝代改換頻仍，王室權力轉移傾軋，士人往往因政治立場而遭殺身滅門。社會於個人既若羅網，則高飛遠舉以避害，自外於社會人群，自爲當世人心之想望；因此，文人雅士或遨遊山水以怡情悅性，或躬耕田園求其全眞自適。再則個人與社會既無法取得和諧，故轉而反身求與自我、自然之和諧；肯定自我之思想、情懷，且推己及人，重視人倫中之親情、愛情與友情，所謂「情之所鍾，正在我輩」；〔註8〕復推此心於萬物，由自我之發現，進而至山川田園風雲草木等物色之美之尋求。世說新語言語第二：

> 顧長康從會稽還，人問山川之美。顧云：「千巖競秀，萬壑爭流，草木蒙籠其上，若雲興霞蔚。」

足見時人賞愛山川之美，亦復以形似之言表之。援此入文，則以發抒情性與包舉物象爲主要題材，且「情以物興，物以情觀」，情與物交流融合，情性輒藉物色以呈現，詠物之作亦多寄寓情性，而巧構形似之言，則爲其特有之技巧矣。錢穆先生之言（讀文選）適爲此期文人之寫照：

> 文苑立傳，事始東京，至是乃有所謂文人者出現。有文人，斯有文人之文，文人之文之特徵，在其無意於施用。其至者，則僅以個人自我作中心，以日常生活爲題材，書寫性靈，歌唱情感，不復以世用攖懷。

後漢書始立文苑傳，使文學自儒林分出，得以獨立；而六朝文學中自覺觀念益顯，且不再附庸學術，具獨立之存在價值，曹丕典論論文甚至譽文章爲「經國之大業，不朽之盛事」，文學之受重視由是可見。當世文人既看重文學，以一生之膏灌漑之，輒除題材取自個人生活，時時興感而作外，於文章之形式，當不能以「達而已矣」爲足，故辭采之雕飾、聲律之考究，理所當然也；且文人於文體之特色亦有覺察，

〔註8〕二句并見晉書王衍傳、梁書徐勉傳、世說新語傷逝篇王戎之答山簡，無論出自王衍或王戎，俱可見六朝人之自覺有情生命，肯定人間情愛。

「詩賦欲麗」乃時人之所共察，而努力從事者也。此種現象，後人均以「形式主義」、「唯美主義」〔註9〕評之，然此適為六朝賦之特質也。

由戰國屈原、荀卿而至於兩漢、六朝，賦體制之變化遠較其內容為小，然賦體之能久，以其能通變也。六朝賦作猶存楚辭、漢賦之遺迹，唯其中最普遍之現象且足以為六朝賦特色者，實為體制之短小，及齊梁之後詩賦之合流也。

風格之形成，因人因時因地而有異，六朝一期幾歷時三百六十年，文人蔚然，各稟質性，際遇胥異；復以地括南北，民族性或貞剛，或柔媚，地理形勢或廣漠或秀美，凡此諸般則盡入文辭之中，是以此間賦作之風格各異其趣矣，南北風格之迥異尤為六朝獨有之特質。

以下試列條目略論六朝賦之特質。

一、獨抒情性

情性乃個人生命之本質，亦為文學生命之精神；然六朝之前，為文特重社會與個人之關係，政治教化之意義籠罩文學領域，「言志」多拘於抒發成己成物之抱負與諷諭勸諫之內容；〔註10〕東漢末年以至六朝，個人自覺意識漸啟，文人發現自我、回歸自我，故發而為文尤顯獨抒情性之特質。典論論文謂詩賦之語言藝術均主求麗，陸機文賦曰：「詩緣情以綺靡，賦體物而瀏亮」，然詩雖「緣情」，亦須「體物」，賦「體物」亦必「緣情」，劉勰文心雕龍詮賦：「賦，鋪也，鋪采摛文，體物寫志也。原夫登高之旨，蓋覩物興情。情以物興，故義必明雅；物以情觀，故辭必巧麗。」又明詩：「人稟七情，應物斯感，感物吟志，莫非自然。」足證詩賦皆主「緣情」、「體物」，〔註11〕而「緣情」

〔註9〕此乃近代文學史作者習用之說，胡適之先生白話文學史：「魏晉以下，文人階層的文學漸漸趨向形式的方面」，劉大杰先生謂形式主義興起於南北朝（中國文學發展史），胡雲翼先生中國文學史以為魏晉南北朝文學二大特色之一即「傾向形式的唯美主義」。

〔註10〕廣義「言志」兼含情志，唯六朝之前「言志」之說多偏於美刺政教之意。

〔註11〕此說參取廖師蔚卿「從文學現象與文學思想的關係談六朝巧構形似

實則爲六朝創獲之特質。

　　由賦作之展現猶可察見：當賦家回到自我，再定睛於時間洪流之際，驀然驚覺個人生命之短促，進而體悟此蓋爲千古萬代之共悲，生而必然之苦痛也，故放悲聲而唱。輕撫賦篇，其哀歌處處，顫動指尖。死亡之陰影既烙印於心，復因生命之自覺而時時提醒，故陸機歎逝賦、大暮賦「感人生之不可久長……知自壯而得老，體自老而得亡」，〔註12〕實據「死」之主題發揮也。再如陸雲愁霖賦、喜霽賦，沉約郊居賦雖亦各有其本題，猶不免哀吟：「何人生之倏忽，痛存亡之無期」、「貴則景魏蕭曹，親則梁武周旦，莫不共霜霧而歇滅，與風雲而消散。」

　　若羈旅之賦家又放眼四望，復懷於流離無定，處處爲家，處處非家之漂泊感，每令自我沉入孤寂寥落之深淵，以至自隔是地。而此際望鄉以代歸，殆爲其唯一之溫慰，而鄉園實爲其心靈定根之所。離別故土爲亂世之常，然雖則凡常，情何以堪？故去國離鄉之賦家每披此情以入文，庾信枯樹賦，藉枯樹以詠其「山河阻絕，飄零離別，拔根垂淚，傷根瀝血」之痛是也。

　　羈旅他鄉，亦必辭別堂上之密親，深閨之佳侶及膝下之愛子；念恩重情爲此期賦家之性，鮑照遊思賦云：「坐念親愛而知樂」，江淹傷愛子賦曰：「然則生之樂兮親與愛，內與外兮長與稚」，均肯定人生之至樂爲親與愛，非立功業、揚聲名可取而代之，此確眞性情之語也。此外，鋪陳新知故交等人間友情者亦可見諸賦篇。

　　再論，自我發現終必導向自我完成，完成之途徑或歸於自然丘壑，以求自足自樂；或伸向政治舞台，以濟世立功；此即所謂「鐘鼎山林，人各有志」之謂。然就賦家心態觀之，士人多難逃政治之呼召，一則仕爲士之唯一出路，孟子曰：「士之仕也，猶農夫之耕也」（滕文公篇），再則己立立人，己達達人，成己成人之思想已植根於士子心中，此乃世所共望，亦自我期許也。唯士之不遇乃百代殘酷

之言的詩」一文之見。
〔註12〕出陸機大暮賦。

之事實，故只得自社會而重返自然，復歸自我，以安頓生命。故賦家或表其用世之志：「本輕生以邀得，雖靡爛其何傷」，〔註13〕其中或願為理想付出生命；或恬澹無求，甘窮賤於田園；或不得已而委雄志於山丘，均表白其個人之情志。後二者之賦作故不離山水田園之自然物色，即如生命、鄉國之思，情愛之詠，乃至「言志」，亦多因物興感、藉物以表達，故物色題材比重之大，可謂六朝賦之另一特質。

二、包舉物象

　　發現自然，重視人與自然之關係及自然與個人精神形貌之關係，誠為六朝文人藝術心靈、藝術生活之寫照。其擺脫政教功能、道德禮法之拘囿，以自然之眼觀察世界，故能然耳。自外緣因素觀之，則人事多變，不若草木之恆定，滿足人心永恆之企盼，給予安穩之感；世道險惡，憂與患相逼而至，物色美而清靈無情，予人心目之享受而不傷，故文人每愛賞遊其間。又物色為天地之靈秀，眾美之萃集，動人至深矣，文心雕龍物色云：

> 若夫珪璋挺其惠心，英華秀其清氣，物色相召，人誰獲安？是以獻歲發春，悅豫之情暢；滔滔孟夏，鬱陶之心凝；天高氣清，陰沉之志遠；霰雪無垠，矜肅之慮深。歲有其物，物有其容；情以物遷，辭以情發……是以詩人感物，聯類不窮，流連萬象之際，沉吟視聽之區；寫氣圖貌，既隨物以宛轉，屬采附聲，亦與心而徘徊。

心物交感，人與自然往復溝通，自然物色提昇個人之詩情詩趣，〔註14〕賦家亦掌握物色嫣然靈動之意象，創造剎那而永恆之美感，並賦予情性。此「感物」論乃六朝文學思想之新創，六朝賦之特質也。

〔註13〕二句出自鮑照飛蛾賦。
〔註14〕此亦取廖師蔚卿之說（同註6），其言云：「人事際遇之動情，常常在觀照自然而激生自覺與自省之後，才能有更廣更深的詩旨與詩情產生，才能將個人的詩情詩趣，展示於人生社會之外的更高更廣更為繁複明麗的自然萬象的層面上去。」

覽賦篇以觀之，品物之種類無所不包，草木鳥獸蟲魚等自然物象盡入文中；器物如玉石、羽扇、巾帕、鏡等人生日用亦納諸其中。齊梁之際，女子亦為題材之一，可謂目之所能見，耳之所能聞，或書中之載錄，一己之冥想所得，均吟咏以為文。是可見賦家之觀察細微，關注萬事萬物，且富有好奇、玩賞之藝術情懷。此外，亦可推知當時賦體之通俗化、普遍化。

詠物之作甚多，其原因何在？除貞一齋詩話所謂：「詠物一體，就題言之，則賦也」，詠物本適於入賦之外，恐與賦家有感斯詠，觸興即作有關。以文人感物而興，因興而作，多為詠物短賦也。由是亦可得知文人時時體物，勤於寫物之風氣。

詠物之表現可分為三類：其一為純粹詠物之作，廖師蔚卿嘗謂中國文學絕少純粹詠物之作，誠哉是言。然齊梁文人之賦則在此絕少數之中。其文之特色乃：藝術技巧極高妙，頗能塑造生動之意象，呈現極盡詩情畫意之美感。其二為感物吟志，借物托情之作，前者物之性與賦家合，故賦家體物寫物以言志，既是詠物，亦言己志。後者物本無其情性，而賦家賦予之，故雖名為詠物，實則言志之作也。此類作品占賦篇多數，為詠物賦之傳統手法。若就其內容言之，亦可謂情性之作，唯其主題意識多藉物象以表現耳。其三乃詠非物之物，其吟詠之對象非自然、人物，而為人類抽象之情事意念，然其鋪陳表現則詠物也，如江淹別賦、恨賦、梁元帝悔賦等是也。

文心雕龍詮賦：

> 至於草區禽族，庶品雜類，則觸興致情，因變取會。擬諸形容，則言務纖密；象其物宜，則理貴側附。斯又小制之區畛，奇巧之機要也。

三、巧構形似

藉「隨物宛轉」、「與心徘徊」，心物流轉之過程而完成物色之藝術形象，而因之以溝通、統一人與自然之情貌，謂巧構形似之言也。除

「緣情」、「感物」之外，六朝之寫實精神亦有以推波助瀾矣。〔註15〕
自左思三都賦序云「侈言無驗，雖麗非經」，力主依本宜實，皇甫謐三
都賦序、衛權左思三都賦略解序均美三都賦「物土之出，骨可披圖籍
而校」，是可見時人重視求真，極力寫實之態度矣。故此期巧構形似之
言具創建性，非虛致也。試觀文心雕龍物色篇：

> 自近代以來，文貴形似，窺情風景之上，鑽貌草木之中，
> 吟詠所發，志惟深遠；體物為妙，功在密附。故巧言切狀，
> 如印之印泥，不加雕削，而曲寫毫芥，故能瞻言而見貌，
> 印字而知時也。

「密附」、「曲寫」為巧構形似之言，此乃個人睹物興情以造文之際所
當講求者。立於文學則「因方以借巧，即勢以會奇」，始可推陳出新，
超乎前人之上。又比興、誇飾之修辭技巧與夫儷辭、奇句、新辭等文
字之鍛鍊，聲調音律之調整，亦為巧構形式不可或缺之手法。其中麗
辭與聲律最為後人攻擊，然賦本當麗也，由揚雄曰：「詩人之賦麗以
則」，典論論文云「詩賦欲麗」，文賦求其「瀏亮」可知也。皇甫謐（三
都賦序）亦云：

> 然則賦也者，所以因物造端，敷弘體理，欲人不能加也。
> 引而申之，故文必極美；觸類而長之，故辭必盡麗。然則
> 美麗之文，賦之作也。

故知以美麗之文寫賦本無可厚非也。然而時人已有不滿之辭矣，摯虞
文章流別論謂「麗靡過美，則與情相悖」，裴子野（雕蟲論）評曰「思
存枝葉，繁華蘊藻……棄指歸而無執」，彼輩均持反對之論，惟由反
動主張之高舉，吾人亦可想見當世文辭之至麗矣。

〔註15〕六朝之重寫實，由劉勰文心物色「近代文貴形似」之說可知。近人
或謂六朝文學只能空寫，未能寫實，劉師培先生（漢魏六朝專家文
研究）：「漢魏六朝之寫實文學」一文批駁之，並以賦證「詞賦之能
寫實也」，曰：「漢魏六朝之文學，皆能寫實，非然者即屬擬其形容，
象其物宜一類。」林文月先生「宮體詩人的寫實精神」亦云：「六朝
之後，寫實之風氣漸重，詩人往往以肉眼觀實物，且以肉眼觀得者
入詩，故能造成栩栩生動之寫實效果。」

音律，本於人聲也；賦可不歌而頌之，故聲調不可不講究也；加以當時四聲之發明，賦家深心於藝術技巧，聲律之見重，情勢使然也。是以文賦云：「暨音聲之迭代，若五色之相宣」，文心雕龍別立聲律篇，其情采篇又云：「五色雜而成黼黻，五音比而成韶夏」，合聲律與麗辭而言之。

四、變遷體制

六朝賦體制之特色有二：小賦興起、詩賦合流是也。

名爲小賦，以其字數少，篇幅短小也。小賦之作，始於後漢張衡思玄、歸田諸作，然其時小賦猶少，爾後大盛於六朝，爲六朝賦作主要之體制。推其原由，殆以賦體降至六朝更爲普遍，文人率多援筆爲之，亦時時間作，雅集共讌，登山共遊，往往以之酬作贈答，〔註16〕其成篇皆由即興，非復埋首研精苦思，幾百日而後成。〔註17〕此外，「包舉物象」以彰明賦家之取物鉅細靡遺，毫芥之物亦爲一篇之主題，物既細小，自難作大篇幅之描繪，故篇多小制，良有以也。而文辭嚴謹精鍊、少浮辭，則爲小賦之特色也。

賦作之中大量雜入押韻、對仗之五七言詩句，謂之詩賦合流。齊梁之前，賦篇字裏行間偶有五七言句式，然爲數極少，亦乏詩意。至於齊梁，簡文帝、梁元帝、庾信等創作，詩句始大量雜入，或甚至全篇皆是五七言詩句，令人誤以爲詩而非賦矣。然聲調圓美，對仗鮮明，詩意盎然，亦不可多得也。蓋以詩體興盛，文人浸染漸多，寫賦之時，忘情而援詩入賦也；抑或求新創變，希冀自闢蹊徑使然？

〔註16〕六朝酬作贈答之作甚多：曹丕登臺賦序云：「建安十七年春……登銅雀臺，命余兄弟竝作」；作寡婦賦，命王粲竝作之，作瑪瑙勒賦又命陳琳、王粲竝作。此外沈約有「天淵水鳥應詔賦」，陸倕感知己賦贈任昉，任昉答陸倕感知己賦，均可見當時酬作贈答之風氣也。

〔註17〕大賦多須長久歲月之醞釀構思，故文心雕龍神思曰：「相如含筆而腐毫，揚雄輟翰而驚夢……張衡研京以十年，左思練都以一紀」，皆才緩之例，然「有巨文」乃諸家之共同成就也。其後取思速之例，其人所作皆「短篇」也，是可知即興之作多爲小賦耳。

五、南北異風

　　南北風格之異，乃六朝文學之特色也。上溯兩漢，下及唐代，其分別均不甚嚴，劉師培先生（漢魏六朝專家文研究）雖主「研究文學不可爲地理及時代之見所囿」，然猶云：「若必謂南北不同，則亦祇六朝時代爲然。」其實隋書文學傳已有鑑於此：

> 江左宮商發越，貴於清綺；河朔詞義貞剛，重乎氣質。氣質則理勝其詞，清綺則文過其意。理深者便於時用，文華者宜於詠歌；此南北詞人之大較也。

隋書之說未必具普遍性，而用於六朝則甚當：所謂南北，南指晉、宋、齊、梁、陳，北謂五胡十六國、元魏、北齊、北周是也。

　　風格之形成不外乎時代思想、才性學習及江山地理等因素也。而時代、地理實可納入學習部分。劉師培先生（論研究文學不可爲地理及時代之見所囿）反對地理之說，主張清談玄理之風，始爲南北風格大異之關鍵，不失爲一得之言，然亦未嘗脫離時代——「世情風尚」之範疇。吾觀北朝之賦，以爲民族本有之風俗習慣及思想觀念影響之大，不可忽視矣。文明未啓，眞風猶在，遂使北朝男兒率性自然、英雄氣長，其思想內容盡爲治平之事，又辭直義正，不作遊戲之語，此殆民族性使然也。

第二章　論六朝賦之外緣因素

　　文學作品之產生雖由心生而言立，言立而文明，出於作家之靈心巧構，然而個人斷不能脫離其時代、社會，與人羣割除牽絆。人能力求絕跡，但不能令足離地；魚可相忘於江湖，而不可離江湖而存命：人生一世，誠可謂無所逃於天地之間也，故生身爲人必蒙受外界影響。面對現實社會，或受其教育、激發，或爲之薰染而不自覺。因此，文學非僅個人心影，亦復時代現象之具現；非小我之心聲而已，亦乃時代共滙之巨響。時代變遷，文學之形式內容及其風格亦生變化。劉勰別製時序篇以闡明時代與文風之關係，時序篇云：「時運交移，質文代變，古今情理，如可言乎？」又云：「故知文變染乎世情，興廢繫乎時序。」

　　劉勰以爲：政治現象、社會現象、時代思想與文學之關係至爲密切，而時代思想所涵括之文學觀念與文學則猶如形影不離，六朝文學與文學理論並駕齊驅適可爲證矣。由此可知研究文學，除作品本身之分析討論外，當代之政治、社會、思想及文學觀念均不可置而不論。此外緣因素之探討，批評家謂之「歷史批評」，布斯（D. Bush）曾指出歷史批評之正確與重要：〔註1〕

〔註1〕布斯（D. Bush）之說間接引自王夢鷗先生文藝美學「二十世紀之文學批評」一章。見頁99。

> 歷史派的批評，它原定的目標應該是在於重新構造已過時
> 的情景，使讀者能設身處地生活於原作者的時代，然後能
> 有和原作者一樣的觀察力來領略作者的意思及其所表現的
> 成果，這目標可說是完全正確的……因為我們須有歷史的
> 知識，才能洞察那作品在思想和技巧上之優劣以及它所具
> 有的價值是短暫的，亦是永恆的。

評價之前，須有接近完全之了解，了解非藉設身處地無以產生同情之
了解，而進入作者之世界。歷史批評將作者所處之時代環境作時空還
原，領引讀者進入，以俾深入了解，而後作準確、平允之批判。是以
此章先討論六朝賦產生之外緣因素，繼而於三、四章析論賦篇之抒情
傳統與藝術表現。

六朝賦外緣，依文心雕龍時序篇所論：時代思想、政治現象、社
會現象，詳述於後，思想分文學思想、哲學思想論之。

第一節　文學思潮之推波助瀾

自文學史之發展而論，當先有創作，後有批評，批評復以知性之
自覺提出理想之境地，引導創作之前程，否則批評將失去其存在之價
值矣。毛鄭說詩，班、馬論騷，揚雄、王充論文章，均非專事批評文
學。專門之文學評論始於魏、晉，盛於齊、梁，四庫總目詩文評提要：

> 文章莫盛於兩漢，渾渾灝灝，文成法立，無格律之可拘。
> 建安、黃初，體裁漸備，故論文之說出焉，典論其首也。
> 其勒為一書，傳於今者，則斷自劉勰、鍾嶸。勰究文體之
> 源流而評其工拙，嶸第作者之甲乙而溯厥師承，為例各殊。

「文成法立」乃文學史發展之原則，純粹文論產生於曹丕時代，專書既
出，則理論已趨完備，劉勰、鍾嶸處於齊、梁，是可證前論非虛言也。

江水之前進，由於後浪推前浪，魏晉專門文論亦非憑空而生；先
秦、兩漢雖無專門著作，其文學觀念則早已淵源流長，繼作品之後而
生。魏晉文論或承繼前代，或反對前代而立新論，均有所本也。大抵

言之，新思潮爲其主流，傳統文學觀念之持守爲其逆流。新思潮加入時代之精神、現實風貌，充滿生命力，多采多姿，隨時變改，波瀾洶湧而不可阻擋矣。傳統文學觀則猶如民族古老之記憶，生根於思維之深處，不易彰顯外見，然自具其堅韌之影響力。故此時文學雖已脫離學術、政教而獨立，情性說、文質並重，求通變爲普遍之觀念，而傳統中以政治教化爲主之「言志」說，及崇古薄今之觀念亦有其力量。賦家之作，亦蒙受屈賦、漢賦之影響。此種文學現象吾名之曰「舊傳統之迴漩」。

一、舊傳統之迴漩

「詩言志」一語，出自尙書堯典。由先秦以至兩漢，「志」爲政治教化、美刺諷諭等文學功能。左傳昭公二十五年云：「民有好、惡、喜、怒、哀、樂，生於六氣。是故審則宜類，以制六志。」「志」之所重，在居上位者教化百姓，協和其志。莊子天下篇：「詩以道志」、荀子儒效篇：「詩言是，其志也；書言是，其事也；禮言是，其行也。」均指其諷諭而言也。朱自清（詩言志辨）言之甚當，其言曰：

> 詩經裏一半是「緣情」之作，樂工保存它們却只爲了它們
> 的聲調，爲了它們可以供歌唱。那時代是還沒有「緣情」
> 的自覺的。

兩漢已有「緣情」之發現，此發現遂令六朝文論撥去「言志」之濃雲而承續之，此擬於「情性說」部分詳述之。唯漢人文學思想猶偏重於經世致用，以天下國家之志詮釋詩人之志，未脫離「諷上」之文學功用。

六朝持「言志說」者，一者繼承秦漢之言志觀念，以政教爲主，視文學爲達成政治教化之工具，一者以個人之情關注社會，列其說於下：

摯虞文章流別論曰：

> 文章者，所以宣上下之象，明人倫之敍，窮理盡性，以究
> 萬物之宜者也。王澤流而詩作，成功臻而頌興，德勳立而
> 銘著，嘉美終而誄集。祝史陳辭，官箴王闕。

皇甫謐三都賦序：

昔之爲文者，非苟尚辭而已，將以紐之王教，本乎勸戒也。

抱朴子解嘲篇：

立言者貴於助教，而不以偶俗集譽爲高。

同書辭義篇：

不能拯風俗之流遯，世塗之凌夷，通疑者之路，賑貧者之
乏，何異春華不爲肴糧之用，苣蕙不救冰寒之急。古詩刺
過失故有益而貴，今詩純虛譽故有損而賤也。

裴子野雕蟲論：

古者四始六義，總而爲詩，既形四方之風，且彰君子之志，
勸美懲惡，王化本焉。

以實用觀念爲理論基礎，文人創作動機當本乎勸美懲惡，拯濟風俗、
貧乏，文學之內容以功德王教爲主。此類文論家均懷抱社會責任，心
懷人類愛。偉大之文學家當具此胸懷，然此非教條，非純爲虛僞之歌
功頌德，乃生命之終極關懷，發乎眞性情之作。又文學之內容何等廣
闊，不必以此爲拘限。第二類言志說則近乎上述，放懷社會、國家，
以及無限之往古、不盡之未來，此類可謂兼括個人情性，乃廣義之言
志說也，陸機文賦：

伊茲文之爲用，固眾理之所因；恢萬里而無閡，通億載而
爲津；俯貽則於來葉，仰觀象於古人；濟文武於將墜，宣
風聲于不泯。

詩品序：

照燭三才，暉麗萬有；靈祇待之以致饗，幽微藉之以昭告；
動天地，感鬼神，莫近於詩。

劉勰文心雕龍更將情性與言志合說，原道篇：

至夫子繼聖，獨秀前哲，鎔鈞六經，必金聲而玉振，雕琢
情性，組織辭令，木鐸起而千里應，席珍流而萬世響，寫
天地之輝光，曉生民之耳目矣。

徵聖篇：

> 夫作者曰聖，述者曰明；陶鑄性情，功在上哲。夫子文章，
> 可得而聞，則聖人之情，見乎文辭矣。

夫子之文鎔鈞六經，有推廣教化之功用，然本諸情性也。

又言志以內容爲主，內容當取則經典，故六朝有重質輕文、崇古薄今之說。

言志傳統觀念迴漩於新思潮中，亦可自賦篇見之，頌美之作如卞蘭贊述太子賦，美曹丕之功德、才情，劉劭趙志賦，美君王之恩澤；詠物賦率多寄寓美刺之意味，阮籍彌猴賦罵盡古今之人，夏侯淳彈棊賦貶棊未逐情娛，張載酃酒賦謂飲酒作樂之後當防微，不可太過，均含勸戒之教化氣息。

非唯文論逆回傳統觀念，賦家創作新篇亦不能不承繼前人心血之凝鑄，由賦序作者之自述可知之矣，曹植洛神賦序：

> 黃初三年，余朝京師，還濟洛川。古人有言：斯水之神，名曰宓妃。感宋玉對楚王神女之事，遂作斯賦。

陸機遂志賦序：

> 昔崔篆作詩，以明道述志，而馮衍又作顯志賦，班固作幽通賦，皆相依倣焉。張衡思玄，蔡邕玄表，張叔哀系，此前世之可得言者也。崔氏簡而有情，顯志壯而泛濫，哀系俗而時靡，玄表雅而微素，思玄精練而何惠。〔註2〕欲麗前人，而優游清典，漏幽通矣。班生彬彬，切而不絞，哀而不怨矣。崔蔡沖虛溫敏，雅人之屬也。衍抑揚頓挫，怨之徒也。豈亦窮達異事，而聲爲情變乎？余備託作者之末，聊復用心焉。

陶潛感士不遇賦序：

> 昔董仲舒作士不遇賦，司馬子長又爲之，余嘗以三餘之日，講習之暇，讀其文，慨然惆悵。夫履信思順，生人之善行，抱朴守靜，君子之篤素。自眞風告逝，大僞斯興，閭閻懈廉退之節，市朝驅易進之心，懷正志道之士，或潛玉于當年，潔己清操之人，或沒世以徒勤，故夷皓有安歸之歎，

〔註2〕嚴可均校：「何當作和」。

三閭發已矣之哀。悲夫，寓形百年，而瞬息已盡，立行之
難，而一城莫賞，此古人所以染翰慷慨，屢伸而不能已者
也。夫導達意氣，其惟文乎？撫卷躊躇，遂感而賦之。

陶潛閑情賦序：

> 初張衡作定情賦，蔡邕作靜情賦，檢意辭而宗澹泊，始則
> 蕩以思慮，而終歸閑正，將以抑流宕之邪心，諒有助于諷
> 諫。綴文之士，奕代繼作，竝因觸類，廣其辭義。余園閭
> 多暇，復染翰為之，雖文妙不足，庶不謬作者之意乎？

「典型在宿昔」，非止於古人之清操人格而已，亦包含至性之文，優游典籍，吸取前代文學之菁華，以為一己創作之營養，乃文人自我涵養之必經過程也。或觸類而興情，或臨其境，思其文而作賦。前所列諸家之序，明指屈宋之楚辭、漢代言志之賦；然荀賦及漢代寫物之賦雖不能令人睹之興情，記於賦首，亦可自六朝賦之題材、形式及寫作手法窺之。

荀賦有禮、智、雲、蠶、箴五篇流傳於世，五篇之中可分為說理、詠物二類，六朝賦以說理為題材之作品亦甚多，如曹植玄暢賦、庾凱意賦、楊泉贊善賦等是也；而詠物之作，漢賦已擴及草區禽族，至六朝則包攬物象，蔚為奇觀。楚辭之題材亦為漢賦、六朝賦所本，劉師培先生論文雜記：

> 秦漢之世，賦體漸興，溯其淵源，亦為楚辭之別派……感
> 舊、歎逝，悲怨悽涼，出於山鬼、國殤者也。西征、北征，
> 敍事記遊，出於涉江、遠遊者也。鵩鳥、鸚鵡，生歎不辰，
> 出於懷沙者也。哀江南賦，睠懷舊都，出於哀郢者也。推
> 之枯樹出於橘頌，閒居出於卜居……淵源所自，豈可誣乎？

此「出於」若立論於剝落辭采，僅留真淳之精神間架，則先生之論不誣也。

而漢賦新創之題材如京都、畋獵、音樂等，六朝賦此類作品亦不勝枚舉，京都如左思三都賦、曹毗魏都賦、楊都賦等；畋獵如魏文帝獵賦、潘岳射雉賦；音樂如嵇康琴賦、夏侯淳笙賦是也。

形式技巧方面，荀賦之問答方式，楚辭句中「兮」字之使用，猶為此期賦家所沿用。漢賦發語詞「若乃」、「或乃」、「爾乃」等；方位「其上」、「其下」、「其東」、「其西」、「其南」、「其北」，物品之陳列「山則」、「鳥則」、「水則」、「魚則」等，此期以鋪寫為主之賦篇亦取漢賦之手法。瑋字為漢賦之特色，此期則偶而用之，僅見於少數作品而已。

此外，亦有完全承襲傳統之作品，如以「九」、「七」名篇之賦，已成徒具形骸，了無新意之複製品。

二、新思潮之激盪

魏晉以來社會紛擾，政治不安，羣體秩序漸破壞；經學衰微，玄風日暢，老莊為我思想取代儒家兼善天下之用心，加以東漢末年人物品鑑重視風神氣質，益以激發個人自覺，泯去羣體參與之歸屬感。主張文學政治教化之社會功能，以美刺諷諭為目的遂趨式微，文學因而脫離學術，得其獨立之地位，為時人重視，創作之風蔚為時尚。不復披戴政教之外衣，故藉文采表達情性，遂成為此期新思潮之內容。情性說又引發文質並重、緣情綺靡之觀念，重文故主通變創新，並講求修辭與聲律，下文將依次論述之。

先秦兩漢並無獨立之文學觀念，論語先進篇：「文學，子游、子夏」，此處文學二字乃「文章博學」，〔註3〕指古人之遺文，即經書學術也。史記儒林傳記魯地儒生講頌禮、樂：「齊、魯之間於文學，自古以來，其天性也。」稱禮、樂為文學，足見其時經學、文學不分。此外亦有指文字之組織美化者，肇自孔子「言之不文，行之不遠」，其時雖尚未脫離文教德化，然此說隨時代變遷，以個人之自覺而為獨立之文學觀念。史記儒林傳：「文章爾雅，訓辭深厚。」班固離騷序：「然其文宏博麗雅，為辭賦宗」均是也。至王充論衡書解篇以「著作者為文儒，說經者為世儒」，文儒或可等之為文學家矣。張衡南陽文學儒林書贊：

〔註3〕晉范寧注云：「善先王典文」，宋邢昺疏引唐人正義為「文章博學」。

「南陽太守上黨鮑君，慜文學之弛廢，懷儒林之凌遲」，將「文學」、「儒林」分列。降至三國，劉劭人物志流業篇「文章」更接近於今日之「文學」，其言曰：「蓋人流之業，十二有焉。……有文章，有儒學。……能屬文著述，是謂文章；司馬遷、班固是也。」及至宋范曄後漢書則別立文苑傳，其後宋明帝立四學：文學、儒學、玄學、史學，而南朝宋劉義慶世說新語文學篇所述僅限於文士，梁昭明編文選摒經、史、諸子於文學之外，文學之新觀念已然明確矣。由史書之載可以為證：

> 南齊書文學傳論：「今之文學，作者雖眾，總而為論，略有三體。」
>
> 梁書簡文帝紀：「引納文學之士，賞接無倦。」
>
> 同書劉勰傳：「昭明太子好文學，深愛接之。」

無論作家或文學皆不復與儒者、經術混淆，可知宋齊之後文學已然獲致獨立之地位。

此外，文學不為經學之附庸，亦表現其受重視之事實。曹丕典論論文曰：

> 蓋文章，經國之大業，不朽之盛事。年壽有時而盡，榮樂止乎其身，二者必至之常期，未若文章之無窮。是以古之作者，寄身於翰墨，見意於篇籍，不假良史之辭，不託飛馳之勢，而聲名自傳於後。

曹丕雖猶存經國之思想，已有見於文章獨立、不朽之價值，故視文學較生命、榮樂等短暫現象更為重要。

曹植迴漩於東漢揚雄之說，謂「辭賦小道，固未足以揄揚大義，彰示來茲。」〔註4〕然終是微波而已。東晉葛洪抱朴子尚博篇巡以為文章高於德行：「德行為有事，優劣易見；文章微妙，其體難識。夫易見者粗也，難識者精也。夫唯粗也，故銓衡有定焉；夫唯精也，故品藻難一焉。故吾捨易見之粗而論難識之精，不亦可乎！」其後梁蕭綱乃於答張纘謝示集書斥責揚雄、曹植之非：「不為壯夫，揚實小言

〔註 4〕引自曹植與楊德祖書。

破道；非爲君子，曹亦小辯破言：論之刑科，罪在不赦。」揭櫫文學高於一切之觀念。

　　文學如此獨尊，故文人風從之，競相創作，或雅集而競取相同之題材命篇，或獨居染翰而作，此乃六朝賦之題材包舉物象之緣由也。前第一章第二節已提及，今唯舉一、二實例以明之。如三國時代，曹氏父子登銅雀臺，曹操命眾子竝作賦，梁竟陵王子良作梧桐賦、高松賦，王融有「應竟陵王教桐樹賦」，王儉有「和竟陵王子良高松賦」，陸倕作「感知己賦贈任昉」，任昉亦有「答陸倕感知己賦」，足見其時作賦之盛。

　　文風之盛尚可自當代人之批評中見其眞象，詩品序：

　　　　故詞人作者，罔不愛好。今之士俗，斯風熾矣。纔能勝衣，
　　　　甫就小學，必甘心而馳騖焉。於是庸音雜體，人各爲容。
　　　　至使膏腴子弟，恥文不逮，終朝點綴，分夜呻吟。

年幼之歲即已立志爲文，馳騖文圃，朝朝暮暮埋首詞章之中，其用功之勤眞可駭人。而鍾嶸之本意乃抨擊當日文壇之現象，將彼輩歸入「徒自棄於高聽，無涉於文流」一類，然風氣之普遍，煽及才能勝衣之童子、膏腴子弟，令其甘心馳騖，終日鑽研，亦可見一斑。

　　顏氏家訓文章篇描繪文人寄性靈於文章，吟賞之自足自得，誠可謂深獲創作之三昧：

　　　　每嘗思之，原其所積文章之體，標舉興會，發引性靈，使
　　　　人矜伐，故忽於持操，果於進取。一事愜當，一句輕巧，
　　　　神屬九霄，志凌千載，自吟自賞，不覺更有旁人。

顏氏之言，殊有得於心也，想見其寫下如此靈妙眞切之文，亦必吟之賞之，無視於外物之存在矣。而唯有於文學備受重視之時代，文人始珍視一己之文，乃至乎忘我忘物之境地，千載而下，九霄之中，不見古人，何況品物？其目中唯此清新巧句呈現耳。

　　文學既已除去社會教化之束縛，非復附庸地位，兼以大羣體崩頹、人性自覺，創作方面形成「以情緯文，以文被質」之文風，文學

思想則以「情性說」為主流。然情性說雖為此期新思潮，亦非一無所本也。前「舊傳統之迴漩」，已論及兩漢之時已有情性說之發見，詩大序：「國史明乎得失之迹，傷人倫之廢，哀刑政之苛，吟詠情性以風其上……」「情性」當指作者之情性而言。西漢時韓詩：「饑者歌食，勞者歌事」，亦已指出詩之抒情作用，又史記屈賈列傳太史公謂屈原「憂愁幽思而作離騷」，其後班固漢書藝文志：「賢人失志之賦作」，皆說明文學產生於作者之情志也。然其時士唯有羣體之自覺，漢大帝國之光榮宏偉猶具強大之羣體凝聚力，故「詩言志」之傳統觀念仍為文論家所奉守。

　　此外，先秦兩漢之詩樂論亦為六朝情性說所本，如荀子樂論：「夫樂者樂也，人情之所不免也。故人不能無樂，樂必發於聲音，形於動靜，而人之道，聲音動靜性術之變盡是矣。」禮記樂記：「凡音者，生人心者也，情動於中，故形於聲，聲成文謂之音」。詩序：「情動於中，而形於言。」均有見於情性為文學之本。六朝文論遂緣此而有「情性說」之觀念。試臚列諸家之說於下：

陸機文賦：

> 佇中區以玄覽，頤情志于典墳；遵四時以歎逝，瞻萬物而
> 思紛；悲落葉于勁秋，喜柔條于芳春；心懍懍于懷霜，志
> 眇眇而臨雲；詠世德之駿烈，誦先人之清芬；遊文章之林
> 府，喜麗藻之彬彬；慨投篇而援筆，聊宣之乎斯文。

除涵泳前人之清典，積學以儲寶外（此舊傳統之迴漩已言及），陸機強調文學產生於情志，而四時物色均足以動人之情，故亦皆為文學產生之因素。

後漢書文苑傳贊：

> 情志既動，篇辭為貴；抽心呈貌，非雕非蔚；殊狀共體，
> 同聲異氣；言觀麗則，用監淫費。

南齊書文學傳論：

> 文章者，蓋情性之風標，神明之律呂也。

宋書謝靈運傳論：

> 民稟天地之靈，含五常之德，剛柔迭用，喜慍分情，夫志
> 動於中，則歌詠外發。……雖虞夏以前，遺文不覩，稟氣
> 懷靈，理或無異。然則，歌詠所興，宜自生民始也。

金樓子立言篇：

> 至如文者，惟須綺縠紛披，宮徵靡曼，脣吻遒會，情靈搖蕩。
> 吟詠風謠，流連哀思者，謂之文。

所謂「情志」、「性靈」、「情性」實爲一事，而「情性」可涵括之。情
性可分爲喜怒哀樂之情，及緣情而生之思想。劉勰主張文生於道，文
生於「心」，後者即「情性」之說：

> 夫情動而言形，理發而文見。（體性）
> 人稟七情，應物斯感，感物吟志，莫非自然。（明詩）
> 情以物遷，辭以情發（物色）
> 氣以實志，志以定言，吐納英華，莫非情性。（體性）

詩品序言文學產生之原理，復自功用而言文學之抒情功能：

> 氣之動物，物之感人，故搖蕩性情，形諸舞詠。
> 若乃春風春鳥，秋月秋蟬，夏雲暑雨，冬月祁寒，斯四時
> 之感諸詩者也。嘉會寄詩以親，離羣託詩以怨。至于楚臣
> 去境，漢妾辭宮。或骨橫朔野，或魂逐飛蓬。或負戈外戍，
> 殺氣雄邊，塞客衣單，孀閨淚盡。又士有解佩出朝，一去
> 忘返。女有揚蛾入寵，再盼傾國。凡斯種種，感蕩心靈，
> 非陳詩何以展其義？非長歌何以騁其情？故曰：詩可以
> 羣，可以怨，使窮賤易安，幽居靡悶，莫尚於詩矣。

四時之物色，人生之遭際，均搖蕩人心，動人情懷，而文學適足以抒
發情感也。非僅詩有此功用，辭賦亦然。讀賦序可知作者之作斯賦，
率皆因情性之動也，試舉數例以見之：

魏文帝柳賦序：

> 昔建安五年，上與袁紹戰于官渡，是時余始植斯柳，自彼
> 迄今，十有五載矣，左右僕御已多亡，感物傷懷，乃作斯
> 賦曰：

陸機懷土賦序：

> 余去家漸久，懷土彌篤，方思之殷，何物不感，曲街委巷，
> 罔不興詠，水泉草木，咸足悲焉，故述斯賦。

江淹知己賦序：

> 陳國之華者，故吏部郎殷孚其人也。博而能通，學無不覽，
> 雅賞文章，尤愛奇逸。雖志隱巖石，而名動京師矣。才多
> 深見，氣有遠度，雖安期千里，不能尚焉。始於北府相值，
> 傾蓋無已，僕乃得罪嶠外，遐路窈然，始還舊都，會君尋
> 卒，故爲茲賦，以寄深哀。

或感物而傷懷，或懷土而心悲，或哀知己之逝，賦篇之作，率皆因情
之激盪也；又爲文適可寄其哀情，俾使心靈得其舒平矣。

六朝文論視情性爲文學之內容，故情感與思想即謂之質也。質須
文采，所謂「以文披質」，文質彬彬，正爲批評家、創作者之理想矣。
陸機文賦稱「理扶質以立幹，文垂條而結繁」，碑當「披文以相質」；
范曄與諸甥書，直云：「常謂情志所託，故當以意爲主，以文傳意。以
意爲主，則其旨必見；以文傳意，則其辭不流。然後抽其芬芳，振其
金石耳。」「以意爲主，以文傳意」即是文質並重也。昭明太子答湘東
王求文集及詩苑英華書曰：「夫文，典則累野，麗亦傷浮；能麗而不浮，
典而不野，文質彬彬，有君子之致。吾嘗欲爲之，但恨未逮耳。」有
文有質乃昭明爲文「雖不能至，心嚮往之」之理想，亦即六朝文論之
最高指導，爲文者永志弗諼之自我期許也，故蕭繹雖偏重艷藻，不害
其高懸文質兼重之理想也，其於內典碑銘集林序云：「存華則失體，從
實則無味。……能使艷而不華，質而不野，……文而有質，約而能潤，
事隨意轉，理逐言深，所謂菁華，無以閒也。」劉勰專立情采論文質
相待之理，質爲本而文爲飾，相得益彰，缺一不可，其言曰：

> 聖賢書辭，總稱文章，非采而可？夫水性虛而淪漪結，木
> 體實而花萼振，文附質也。虎豹無文，則鞟同犬羊；犀兕
> 有皮，而色資丹漆，質待文也。若乃綜述性靈，敷寫器象，
> 鏤心鳥跡之中，織辭魚網之上，其爲彪炳，縟采名矣。……

> 夫鉛黛所以飾容，而盼倩生於淑姿；文采所以飾言，而辯
> 麗本於情性。故情者文之經，辭者理之緯，經正而後緯成，
> 理定而後辭暢，此立文之本源也。

觀劉勰之說，可知其最高理想乃文質並重，然質似稍重於文，此乃人不易持中之故也，或以其才性學習及理想而有所偏頗，或因當時重文之思想與創作風氣極盛，劉勰思有以正之故也。曹丕典論論文早有「詩賦欲麗」之說，陸機文賦標「詩緣情而綺靡」，謂詩賦當以妍為貴，所謂「藻思綺合，清麗芊眠，炳若縟繡，悽若繁絃。」陸雲與兄書云：「文章當貴清綺」，李充翰林論謂「潘安仁之為文也，猶翔禽之羽毛，衣被綃縠」。葛洪抱朴子云：「陸君之文，猶玄圃之積玉，無非夜光。」可知重文漸成風氣矣。至乎宋齊之後，更重綺艷，沈約主張「音律調韻」與「麗辭」，其報王筠書，稱筠之詩「實為麗則，聲如被紙，光影盈字，夔牙接響，顧有餘慚，孔翠羣翔，豈不多愧」。〔註5〕昭明文選序申言其選文之標準乃「讚論之綜緝辭采，序述之錯比文華，事出於沉思，義貴乎翰藻」，亦重華采。蕭繹金樓子立言篇則逕言文惟須「綺縠紛披，宮徵靡曼」，辭采、聲律並重，故此時「修辭」、「聲律」為文人所重視，余將於第四章形式之討論時一併論之。大抵言之，兩晉以至南朝之賦篇猶如文風，文辭力求創新，由麗而靡而尖新輕巧，音韻鏗鏘，茲舉梁元帝對燭賦以見六朝後期賦之特色：

> 月似金波初映空，雲如玉葉半從風，恨九重兮夕掩，怨三
> 秋兮不同。爾乃傳芳醞，揚清曲。長袖留賓待華燭，燭爐
> 落，燭華明。花抽珠漸落，珠懸花更生。風來香轉散，風
> 度焰還輕。本知龍燭應無偶，復訝魚燈有舊名，燭火燈光
> 一雙炷，詎照誰人兩處情。

第二節　哲學思想之纏絞葛藤

　　文學產生於人有所感，有所思，因此，情性之外，思想亦文學之

〔註5〕梁書王筠傳。

主要內容。文人非表現其一己獨特之思想而已，時代流行之思想，亦為其吸收、融化與反映。然而文學非單為思想而生，故文學不等於哲學，文人未必身兼思想家；即便為思想家，其創作亦未必為哲學思想之表達，是以文學作品中呈現之思想常片段而不成系統，或者可謂平凡，不甚高明，甚至糾纏、矛盾，前後互不統一，然無害其文學本質也。且於其中更可察見作者反復思索、掙扎，尋求生命出路之心靈歷程也，以其為文非出於純粹客觀之理智，有真性情、真感受存乎其間也。又時代雖有主流思潮，為眾人所熟諳，為大多數人所信守，然思想絕不能畫一，統制全人類，以人心不同猶如其面，人各有經歷，各嗜其當飲之杯，無論酸甜苦辣，各有其理想信仰，尤其於六朝個人覺醒之時代更然。是以老莊思想、佛仙觀念雖為主流，深入人心之儒家學說猶為一部人所堅持，時而浮現，時而萌芽，或遭摧折，或捲而深藏，平日不復開啟，然其出諸真性情之文則微露真跡，沿其足痕而行，自可見其深心。

自思想言之，其為文學之重要內容；而由文學立論，則思想或影響文學理論，理論復引導文學；或思想直接成為文學之題材，如說理賦；抑有間接成為題材者，即思想影響文人之性情、好惡及其生活，然後轉而為題材。下文談思想之於文學則就此三方面言之。

一、主流思想彌綸之張力

其實，六朝文論著者早已感知時代思想影響文風，於其自身所處之時代現象，則析論更為真切。自正始之後，玄理日盛，老莊與神仙思想成為文學之思想，改變文學之風格，文心雕龍時序篇：「於時正始餘風，篇體輕澹。」又明詩篇云：「正始明道，詩雜仙心，何晏之徒，率多浮淺。惟嵇詩清峻，阮旨遙深，故能標焉。」玄學使文學風格轉趨清澹，內容雜有仙心，然潮流之中尚有卓立特出者，其嵇康、阮籍是也。自典午南遷，玄風更熾，內容則逐取玄理入文，甚至全篇以說理為主，形式遂流於雕章琢句，時序篇云：

自中朝貴玄，江左稱盛，因談餘氣，流成文體。是以世極
迍邅，而辭意夷泰，詩必柱下之旨歸，賦乃漆園之義疏：
故知文變染乎世情，興廢繫乎時序。

又曰：

簡文勃興，淵乎清峻，微言精理，函滿玄席，澹思濃采，
時灑文囿。

世遭困阨，五胡叛變，晉兵潰不成軍，懷、愍二帝被俘，拋家別
園，慌亂渡江，不思恢復，竟沉溺玄言，上下相習為是，乃至詩賦之
內容均為老莊思想。玄言進入文學，故文學與玄談表現之思想均一，
文心雕龍明詩篇云：

江左篇製，溺乎玄風。嗤笑徇務之志，崇盛忘機之談。

鍾嶸詩品序曰：

永嘉時，貴黃老，稍尚虛談。於時篇什，理過其辭，淡乎
寡味。爰及江左，微波尚傳，孫綽、許詢、桓、庾諸公詩，
皆平典似道德論，建安風力盡矣。

宋書謝靈運傳論曰：

有晉中興，玄風獨秀，為學窮於柱下，博物止乎七篇，馳
騁文辭，義殫乎此。自建武暨乎義熙，歷載將百，雖綴響
聯辭，波屬雲委，莫不寄言上德，託意玄珠，遒麗文辭，
無聞焉爾。

檀道鸞續晉陽秋亦曰：

正始中，何晏、王弼好莊老玄勝之談，而俗遂貴焉。至過
江佛理尤盛，故郭璞五言，始會合道家之言而韻之，詢及
太原孫綽轉相祖尚，又加以三世之辭，而詩騷之體盡矣。

是可知魏、西晉至東晉南朝，政局由統一而分裂偏安，歷經戰亂流離，
承平歲月未及十五年，又紛擾不安，然而玄學竟歷久不衰，反而有愈
演愈熾之勢，如火焚燒六朝人之枯乾心靈，揚其張力，彌蓋天下。當
日諸家均有見於此，回顧之際，深駭於世情激動文學變化，反省後之
批判皆有微辭，蓋有心人之語也。

然六朝玄學之風啓自何晏、王弼，何晏著論語集解，王弼注易，以其二人同好老莊，故自然取老莊入經，戴君仁先生魏晉清談家評判云：「他們（何王）的用心是頗為陰巧的，這正是老氏之術。……他們都認為孔老相同，實則將孔子變成老子。」戴先生義正詞嚴，然思想家之著作，殆少先有預謀，處心積慮以要其巧詐也，此有違自然之準則矣。而何王首開風氣之先，自桓溫、范寧已責其咎，近人或定其罪，或為其開脫。然士人本為社會之良心也，當代風俗之變化，焉可推御責任？然後世之演化，已超逸個人之掌握，深責之，無乃不近人情乎？

王弼注老之後，向秀、郭象注莊，大暢玄風，此時嵇康、阮籍一則主張自然，標以曠放之行為；一則著文排聖賢，反禮法，養生全性，嵇之「養生論」、「釋私論」、「聲無哀樂論」、「與山濤絕交書」與阮籍之「達莊論」、「大人先生傳」、「樂論」均為哲學之作。而崇尚名教者有樂廣、王衍輩，樂廣謂「名教中自有樂地」，然其思想與嵇阮同，唯政治意識與環境相異耳。嵇阮開放誕之風，樂王為清談所宗，晉書四十三樂廣傳云：「廣與王衍，俱宅心事外，名重於時，故天下言風流者謂王樂為稱首焉。」自然名教之影響均極惡劣，逃避現實，在其位不謀其政；頹廢放任，絕對自利，戴君仁先生「魏晉清談家評判」一文，稱「放達」者為「廢料」，評王衍云：

> 以染清談之息，其最甚者耽嗜清言，置國事於不問，馴致國家覆亡，種族杌隉，後人目之為亡天下，真是歷史上的罪人。

陳寅恪先生「陶淵明思想與清談之關係」亦評：

> 自然與名教兩是之徒則前日退隱為高士，晚節急仕至達官，名利兼收，實最無恥之巧宦也。

二家之批判均甚嚴正。然自其生命本質之展現及文學境界之開闢亦有其意義矣，牟宗三先生「才性與玄理」第三章「魏晉名士及其玄學名理」：

> 魏晉名士人格，外在地說，當然是由時代而逼出，內在的

　　　　説，亦是生命之獨特。人之內在生命之獨特的機括在某一
　　　　時代之特殊情境中迸發出此一特殊之姿態。

此「生命之獨特」乃生命之本質，普遍生於人性底層，遇特殊情境遂
令其出矣。其於文學之價值，牟先生謂「此種境界是藝術的境界，亦
是虛無的境界。名士人格是藝術性的，亦是虛無主義的。此是其基本
情調。」

　　清談家均身居高位之人，故高門煽於上，文士風從於下，遂成習
尚。永嘉之詩已然，爰及江左加入佛理，逮乎東晉亡國、梁陳之際猶
未衰也。

　　清談之內容為玄理，然其風氣之形成，東漢末年以來人物才性品
鑑亦有以助之矣，牟宗三先生（才性與玄理）「人物志之系統分析」：

　　　　故順「人物志」之品鑒才性，開出一美學境界，下轉而為
　　　　風流清談之藝術境界的生活情調，遂使魏晉人一方多有高
　　　　貴的飄逸之氣，一方美學境界中的貴賤雅俗之價值觀念亦
　　　　成為評判人物之標準，而落在現實上，其門第階級觀念亦
　　　　很強。

品評人物助長清談之風氣，亦加入談論內容，而以人之氣質、風格為
評論對象。一方面觀察他人，一方面自覺他人亦以鑒賞眼光評量自
己，故士人注重自身之容貌、神清、言談及個人性情。自然人之意識
覺醒，影響所至，文學獲得獨立地位，情性為其主體，此已於第二章
第二節「新思潮之激盪」論及，不再重複。

　　思想影響文學理論外，此期文人率多據玄理以創作，文學之思想
與哲學深相契合，劉大杰（魏晉思想論）「魏晉時代的文藝思潮」：

　　　　由這種文學作品所反映出來的社會意識，與當日流行的哲
　　　　學思想、宗教觀念，完全是一致的。無論文學、哲學，都
　　　　同樣是老莊和佛道二教的思想磨成粉末，再加以水分的調
　　　　和而成的一種結晶品。這種結晶品，又一定要在有魏晉那
　　　　種時代環境的冰箱裏，才可以凝固，才可以完成。

此期文學與哲學思想之相契及時代環境之左右力量，程度雖不若劉氏

所言，然亦有幾分真實性。

賦作中表現道家思想者或直接論玄理，如曹植玄暢賦，魏文帝戒盈賦，庾敱意賦，釋慧命詳玄賦；或述志而表達其思想歸宿，陸機豪士賦分析政治環境中死生禍福與立身、盈虛之關係，因而力主知止、戒過。或有感物興懷，深思人生哲理。魏文帝感物賦由物之無常而悟得人生之無常，登城賦表現其無為思想。亦有藉詠物闡明哲理者，傅咸寫叩頭蟲賦，實則彰明老子守柔、守雌之思想；張華之鷦鷯賦，言無用之用，守拙以避害全生。賈彪大鵬賦尋求更好之避害方式，即「棲形遐遠」，嵇康琴賦謂「齊萬物兮超自得，委性命兮任去留」，乃莊子齊物、自得、安時處順之思想也。舉凡老莊之思想均為文人援取以入賦，而各自疏解其一己之得。

與老莊思想相伴而來者為隱逸思想，束皙近遊賦寫逸民耕種田疇之生活，陸機幽人賦、應嘉賦、陸雲逸民賦、孫承嘉邀賦皆是也。

佛教思想盛於東晉南北朝，加入玄理之陣容，亦為苦難心靈之安慰，文人以之為賦者不若老莊思想之眾，然亦有之，如孫綽天台山賦寫其悟色空、有無之境，色空為佛家思想也。梁武帝淨業賦以佛理為主題，云：「外清眼境，內淨心塵，不與不取，不愛不瞋」，「貪、瞋、愛、痴」乃佛家所戒也。又江淹傷愛子賦表現其信仰：「傷弱子之冥冥，獨幽泉兮而永閟。余無愆於蒼祇，亦何怨於厚地。信釋氏之靈果，歸三世之遠致。願同升於淨剎，與塵習兮永棄。」此外道教及神仙思想亦為亂世人民所信靠，關於道教，江淹有丹砂可學賦，而曹植洛神賦、王粲、陳琳神女賦及陸機列仙賦均含神仙思想。

二、伏流思想深植之生命力

儒家思想自孔孟荀之後，至漢定於一尊，雖走上偏路，糅雜陰陽纖緯之說，但五倫思想，修身之道，內聖外王等散佈於普天之下，千秋萬歲而不能摧滅。以其生命力堅韌，深入人心，已成士人仰望自許之典型。且與聖人同心者代不乏人，個人誠可關懷，一己之逍遙自得

誠令人想望，然道術分裂，天下崩離，同袍族類哀苦無告，凡有血性
之人焉能掩面無視？焉能逍遙於一己之情性？故僅管玄理流行乎高
門豪族，有志之士已無法安坐清談，儒家「以天下爲己任」之心爲其
心矣。劉琨「答盧諶書」表白其由老莊而返之心路歷程：

> 昔在少壯，未嘗檢括。遠慕老莊之齊物，近嘉阮生之放曠。
> 怪厚薄何從而生，哀樂何由而至？自頃輈張，困於逆亂，
> 國破家亡，親友凋殘。塊然獨立，則哀憤兩集；負杖行吟，
> 則百憂俱至。時復相與舉觴對膝，破涕爲笑，排終身之積
> 慘，求數刻之暫歡。譬由疾疢彌年，而欲一丸銷之，其可
> 得乎？夫才生於世，世實須才。……天下之寶，故當與天
> 下共之。但分拆之日，不能不悵恨耳。然後知聃周之爲虛
> 誕，嗣宗之爲妄作也。

劉琨如同當日一般青年，少壯已沉浸於老莊思想之中，潛修以爲他日
清談之用；而遭遇世變，家國破亡，親友死於戰亂，均令其憂憤痛心。
此家國之愛、親愛之情將越石推向天下國家，「憂以天下，樂以天下」，
甚至捨生而取義矣。越石以生命經歷畫出思想之當然歸向，即負載社
會責任、世人命運之儒家思想。而儒家「兼善天下」、「立人達人」之
道德理想亦由此期至性之人呈露光芒。

　　玄學家時有著述，闡揚、散播其學說，心繫儒家思想者亦起而著
論反擊，思以端正風氣，晉書卷三十五裴秀傳附裴頠傳：

> 頠深患時俗放蕩，不尊儒術。何晏、阮籍素有高名於世，
> 口談浮虛，不遵禮法，尸祿耽寵，仕不事事。至於王衍之
> 徒，聲譽太盛，位高勢重，不以物務自嬰，遂相仿效，風
> 教陵遲，乃著崇有論，以釋其蔽。

　　何晏注論語，其景福殿賦表現儒家用賢人、行仁政之思想，尚未
至不遵禮法；阮籍曠放任性，然亦不至尸祿耽寵，猶「戒其子阮渾曰：
「仲容（其侄）已預吾此流，汝不得復爾。」〔註6〕不願其子蹈其覆
轍，樂論云：「刑教一體，禮樂外內也。」似又肯定禮法也。唯風從

〔註6〕引自牟宗三先生「才性與玄理」之引世說言，見頁312。

模仿之徒則尸位素餐，不負責任，口談玄虛，故裴頠著崇有論以破老莊之「無」。然「崇有論」之「有」乃指物類客觀存在之「有」，與道家自「人爲之有」之否定而顯現「無」，實不相干，然其評時代風氣則甚爲眞切：

> 是以立言藉其虛無，謂之玄妙。處官不親所司，謂之雅遠。奉身散其廉操，謂之曠達。故砥礪之風，彌以陵遲。放者因斯，或悖吉凶之禮，而忽容止之表。瀆棄長幼之序，混漫貴賤之級。其甚者，至於裸裎。言笑忘宜，以不惜爲弘。士行又虧矣。

裴頠指出當代士風士行之弊，是爲指責，亦針砭也，將時人所謂之「玄妙」、「雅遠」、「曠達」等代表個人特立不羣之風格，還原爲不負責任，無廉操等傷風敗德之行爲，俾令聞之者足以戒矣。范寧亦指玄言爲邪說，痛儒學之衰微：

晉書范寧傳：

> 時以浮虛相扇，儒雅日替，寧以爲其源始於王弼、何晏，二人之罪，深於桀紂。乃著論曰：王何蔑棄典文，不遵禮度，游辭浮說，波蕩後生。飾華言以翳實，騁繁文以惑世，搢紳之徒，幡然改轍，洙泗之風，緬然將墜。遂令仁義幽淪，儒雅蒙塵，禮壞樂崩，中原傾覆。古之所謂言僞而辨，行僻而堅者，其斯人之徒歟？

言辭之中聲色俱厲，積憤難消，頗有孟子「僻邪說、詎破行」之氣勢。痛心仁義淪而不彰，儒風日替，亦亟思力挽狂瀾，故出語激切若是乃爾。時人見此，能不愧疚自省乎？「德不孤，必有鄰」，陶侃亦評老莊，崇儒術，晉書陶侃傳：

> （侃言）老莊浮華，非先王之法言，不可行也。君子當正其衣冠，攝其威儀，何有亂頭仰望，自謂宏達也。

侃專就言辭及衣冠容止言之，甚爲簡要，一針見血以糾正清談與放誕者。

又渡江之後，佛理亦爲清談之內容，佛教爲南北朝君民上下所崇

奉，然禮法之君子則峻拒之，以其廢棄人倫，敗壞禮法也，齊顧歡夷
夏論云：

> 今以中夏之性，効西戎之法，既不全同，又不全異。下不
> 育妻孥，上廢宗祀。嗜欲之物，皆以禮伸，教敬之典，獨
> 以法屈，悖禮犯順，曾莫之覺。弱喪忘歸，熟識其舊。

顧歡取儒家思想父子、夫婦之倫以非之，並揭舉春秋「夷夏之辨」，排
拒異族之異教，其言未深入佛理之中以析辨，然立論亦能深中要害，
故慧通駁夷夏論、僧愍戎華論、謝鎮折夷夏論、朱昭之難夷夏論以駁
之，自此等反響足見儒家學說猶有不可輕忽之潛藏力量矣。

　　此外，儒者寧信「死生有命，富貴在天」，反對佛家因果之說，
梁書范縝傳：

> 初，縝在齊世，嘗侍竟陵王子良，子良精信釋教，而縝盛
> 稱無佛。子良問曰：君不信因果，世間何得有富貴，何得
> 有貧賤？縝答曰：人之生，譬如一樹花，同發一枝，俱開
> 一蒂，隨風而墮，自有拂簾幌，墮於茵席之上，自有關籬
> 牆，落於溷糞之側。墮茵席者，殿下是也。落糞溷者，小
> 官是也。貴賤雖復殊途，因果竟在何處？

縝之譬喻極美極妙，將自然命運之哲理具化為生命之自身，所謂一樹
花也；人皆稟乎生命，而貴賤不同，乃因風之吹拂也，風則天命也，
非人前身為善為惡之異矣。儒家不道怪力亂神，不妄求不可知之生前
死後之事，一切盡其在我，即荀子天論所謂「君子敬其在己者，而不
慕其在天者」也。且范縝答竟陵王竟侃侃而談，敢於駁倒其說，頗有
孟子「見大人則藐之」之膽識矣，凌越人爵所代表之人間權勢。又反
對佛家形滅神存虛妄之說，范縝著神滅論，謂「神即形也，形即神也。
是以形存則神存，形謝則神滅。」

　　此期賦作表現儒家思想者甚多，以思想為題者如楊泉贊善賦、梁
武帝孝思賦、梁元帝玄覽賦。楊泉著物理論，為科學家也，然深入認
識儒道二家之思想，嘗云：「見虎一毛，不見其斑，道家笑儒者之拘，

儒者嗤道家之放，皆不見本也。」〔註7〕故而有贊善賦「古人從善如不及，去惡如探湯」、「積善之家，厥福惟昌，積惡之門，必有餘殃。」持儒家積善之道德理想。梁武帝信佛，曾三度捨身同泰寺，並作淨業賦。然而儒家「孝乎惟孝」之思想定於其心，孝思賦序云：「每讀孝子傳，未嘗不終軸輟書悲恨，抴心嗚咽……念子路見於孔丘曰：由事二親之時，常食藜藿之食，爲親負米百里之外。親歿之後，南遊於楚，從軍百乘，積粟萬鍾，累茵而坐，列鼎而食，願食藜藿之食，爲親負米，不可復得。每感斯言，雖存若亡，父母之恩，云何可報，慈如河海，孝若涓塵……」賦中更謂人之所以異於禽獸，乃禮義言語也，士行在忠孝兩全，名揚後世：「身雖死而名揚，乃忠孝而兩全。」孝之外，復高舉禮義忠，是可見其信佛雖篤，早期尚懷儒家思想。梁元帝玄覽賦，賦名玄覽，卻云：「幼墳藉以自娛，迄方今而不渝。」非老莊之「絕聖棄智」，又「擬河獻之留眞，希淳儒之席珍，笑彭聃之下士，聊重義而自欣，鑿戶牖而長望，混木雁而兼陳。嗟今來而古往，方絕筆於獲麟。」以老聃爲下士，願學醇儒，保存經書，則經書非復莊子所謂「古人之糟魄」〔註8〕耳。

何晏雖然愛好老莊，猶以儒家思想爲勸諫之內容，其心固未嘗排聖賢，覽其景福殿賦，可知其用心良苦，恍似以描寫宮殿之美爲主，然一有機會則藉以進聖賢治世經國之嘉言矣，云：「故將廣智，必先多聞，多聞多雜，多雜眩眞，不眩焉在，在乎擇人。故將立德，必先近仁。欲此禮之不僭，是以盡乎行道之先民，朝觀夕覽，何與書紳。」於承光前殿，賦政之宮，則曰「納賢用能，詢道求中。」於園中靈沼、奇山珍石

〔註7〕引自容肇祖先生「魏晉的自然主義」之引〈意林〉文。見頁90。

〔註8〕莊子〈天道篇〉輪扁謂桓公所讀「聖人之言」爲「古人之糟粕」，莊子否定思想能藉文字以傳之後人，而以輪扁之口曰：「臣也以臣之事觀之。斲輪，徐則甘而不固，疾則苦而不入。不徐不疾，得之於手而應於心，口不能言，有數存焉於其間。臣不能以喻臣之子，臣之子亦不能受之於臣，是以行年七十老而斲輪。古之人與其不可傳也死矣，然則君之所讀者，古人之糟粕已夫。」

之陳設，則戒曰「頻眺三市，孰有誰無，覩農人之耘耔，亮稼穡之艱難。
惟饗年之豐寡，思無逸之所歎。感物眾而思深，因居高而慮危。惟天德
之不易，懼世俗之難知。觀器械之良窳，察俗化之誠僞。瞻富貴之所在，
悟政刑之夷陂。亦所以省風助教，豈惟盤樂而崇侈靡。」以爲王當關懷
農商民生，體念其艱難，此乃孟子所謂「王者之仁政也」，以風俗厚薄，
人君責矣。其後又強調「使民以時」，謂「規矩既應乎天地，舉措又順
乎四時。」用人、處事立禮則「招中正之士，開公直之路，想周公之昔
戒，慕咎繇之典謨。除無用之官，省生事之故。絕流遁之繁禮，反民情
於太素。」末句頗有道家反璞歸眞之意，然全文之立意，乃綜合孔孟人
君行仁政，王天下之政治理想也。

　　此外，傅咸畫像賦云「疾沒世而不稱，貴立身而揚名。……雖髮
膚之不毀，覺害仁以偷生。」汙厄賦序：「感物之汙辱，乃喪其所以爲
寶，況君子行身，而可以有玷乎？」又於儀鳳賦序云「物生則有害，
有害而能免，所以貴乎才智也」，正文曰「隨時宜以行藏兮，諒出處之
有經。豈以美而賈害兮，固以德而見榮」。燕賦云「隨行宜以行藏，似
君子之出處……惟里仁之爲美，託君子之堂寓。」螢火賦「不以姿質
之鄙薄兮，欲增輝乎太清。雖無補于日月兮，期自竭於陋形……進不
競于天光兮，退在晦而能明。諒有似于賢臣兮，于疏外而盡誠。」傅
咸家學淵源異於一般文人，父傅玄崇尚儒家，咸亦風格峻整，嚴以律
己，勇於勸諫，糾正浮誕士風，其爲賦也，雖詠物亦必有寄託，或戒
君子當愼於修身，當「防邪僻而近中正也。」〔註9〕才智、德行猶有其
積極之價值，一味以「無用」逃避，終無以逃避。處世則願「可以行
則行，可以止則止」，隨其時宜。而己質雖不美，甘心用命於世，竭盡
忠誠矣。鮑照飛蛾賦亦有此意——「拔身幽草下，畢命在此堂。本輕
死以邀得，雖麋爛其何傷。豈學山南之文豹，避雲霧而巖藏。」辭意

〔註9〕傅咸汙厄賦之取義頗近荀子〈勸學篇〉所云「蘭槐之根是爲芷，其
　　　漸之滫，君子不近，庶人不服。其質非不美也，所漸者然也。故君
　　　子居必擇鄉，遊必就士，所以防邪僻而近中正也。」

慷慨，似有九死無悔之心，頗有儒者「捨生取義」奉獻生命之精神。

又文人雖或逃遁於老莊，或避世隱居田園，然其心靈實有一番悽惻無奈之情矣，以老莊、隱居非其本心，非知識份子之歸宿也。夏侯淳懷思賦：

> 何天地之悠長，悼人生之短淺。思縱慾以求歡，苟抑沈以避免。嗟聖王之制作，所以貴乎善善。信循道以從法，何世路之迍蹇。始絜操以迄今，每適道而靡違。思典言以攝事，弗履過而循非。恆戰戰以矜慄，杜稷釁而防微。斂規節以踐跡，冀天鑒之佑誠。勤恭肅以端屬，常苦心而勞形。桑榆掩其薄沒，既白首而無成。世務多故，吾固甘夫無為。名不足以為尚，空勞穢以自卑。永無事以安神，故幸歿之無知。

始以激憤傾洩之言，思縱慾以求得今世之歡，隨浮沈以免害；終則消極厭世，否定人為之努力，否定榮名，寧可無為，甚至無生矣。一思以頹廢，一思以無為，豈非當日放誕清談之集大成者？然而其實乃一生守道不阿，敬忠職責，不敢須臾離也。唯「世路迍蹇」，毫無出路，不能伸展抱負，以至「白首無成」，又「世務多故」，殺戮族滅之禍易啓，焉得不令人寒心悲驚？然而至乎「白首」，亦可見其「知其不可而為」、「死而後已」之心志歟！此類賦篇舉不勝舉，如潘岳閒居賦、曹攄述志賦、陸機遂志賦、潘尼懷退賦及陶潛感士不遇賦等均是也。

第三節　時代巨掌之覆蓋烙印

時代之於個人猶如來之掌，且眾生盡皆凡骨，焉得超越自然之限制，飛躍變化乃無稽之想而已矣。縱能七十二變，法力無邊，亦無以翻越時代之規範矣。又物皆有所本，創作亦然，其題材必取自現實，即便想像，乃至漫無邊際之幻想，亦必取材於客觀存在之真實矣，王靜安先生人間詞話：「自然中之物，互相關係，互相限制，然其寫之於文學及美術中也，必遺其關係限制之處，故雖寫實家亦理想家也。又雖如何虛構之境，其材料必求之於自然，而其構造亦必從自然之法

律，故雖理想家亦寫實家也。」先生所謂之「自然」即客觀現實一時代，題材必取之於自然，佈局結構亦必合乎人情事理，故時代之於文學，乃提供題材之工場也。而先生亦深知作家具充分之自由，可依一己之理想加以剪裁、割裂、補綴，改變其原存之秩序，重新彌縫，故著作已成產品，而非原料矣。文學論「文學與社會」：「文學，事實上不是社會過程的一種反映，而是它的精髓，是整個歷史的縮影和摘要。」作品非同原料，故不能以社會之反映——完全寫實之報導視之；而題材取之於社會、政治，加入作者之選擇、組織與理想，因此，文學作品可稱爲歷史之縮影與摘要也。

　　時代現象爲文學之題材，詩大序言之於前，文心雕龍繼之於後，詩大序云：

　　治世之音安以樂，其政和；亂世之音怨以怒，其政乖；亡國之音哀以思，其民困。

文心雕龍時序篇：

　　昔在陶唐，德盛化鈞，野老吐何力之談，郊童含不識之歌，有虞繼作，政阜民暇，薰風詩於元后，爛雲歌於列臣，盡其美者何？乃心樂而聲泰也。至大禹敷土，九序詠功；成湯聖敬，猗歟作頌。逮姬文之德盛，周南勤而不怨；大王之化淳，邠風樂而不淫。幽厲昏而板蕩怒，平王微而黍離哀。故知歌謠文理，與世推移，風動於上，而波震於下者。

詩大序短短數語，道出政治社會之現象決定文學之內容與情感。文心雕龍本乎其「原始以表末」之體例，追溯而至三代，以爲三代乃聖王賢臣共治之盛世，故文學表現之情感爲喜樂，降至幽厲，則怨怒、哀思矣。文學隨時代而變化，受政治影響。

　　內容之外，文學之形式、風格亦因時代而異，民風質樸，文學亦趨於質實，然踵事增華，變本加厲，乃文學形式風格之自然演化，文選序、文心雕龍通變篇均有見於此：

　　文選序：

　　若夫椎輪爲大輅之始，大輅寧有椎輪之質；增冰爲積水所

成，積水曾爲增冰之凜。何哉？蓋踵其事而增華，變其本
而加厲，物既有之，文亦宜然，隨時變改，難可詳析。

通變篇云：

黃歌斷竹，質之至也，唐歌在昔，則廣於黃世；虞歌卿雲，
則文於唐時；夏歌雕墻，縟於虞代；商周篇什，麗於夏年。
至於序志述時，其揆一也。

文明日啓，時代風氣由質而華，文學風格亦然。唯此亦大體言之
耳，其發展未必直線前進，或有紆迴彎曲，作者或有超離當代文風者
也，故昭明謂「難可詳析矣」。本節之討論僅就文學創作之風氣及內
容言之。

一、偏安紊亂之政治背景

國家雖爲遼闊不著之觀念，似極抽象，然而國家政治之統一與
否，國勢強大抑衰弱，予人民心靈之撞擊極大，甚至左右其心胸氣度
與見地，影響文人創作之力量。漢唐爲統一富強之大帝國，人心奮發，
意氣飛揚，文學之題材、氣象均表現其泱泱大風。而六朝三百九十二
年之間，眞正統一不及十五年，放寬言之，亦僅三十餘年，長期分裂
爲本期政治之特色。〔註10〕君又多爲暴君，臣多爲篡弑之臣，君臣之
倫喪而政治紊亂，改朝換代頻繁，以政治立場不同而遭殺戮者難以數
算矣。有理想操守之士心靈受傷絕望，寒門子弟則隱居以達其志，世
族或遨遊山水，修其私德，維繫其家風耳。國無良吏忠臣，亂臣賊子
相互傾軋，則政治愈不上軌道，政治愈黑暗，士人心靈愈捲收，惡性
循環，東晉、南朝焉不能亡？北朝輒尚存政治道德與政治理想，逐漸
漸摸索統一之路，因此統一不得不待之北朝矣。

國勢之影響文學，馮承基先生「六朝文述論」：

在於武宣之世，而鼓吹修明，潤色鴻業者，即此輩辭賦

〔註10〕此說據錢穆先生國史大綱第十二章長期分裂之開始。若去賈后之
亂、八王之亂十六年及懷愍二帝十年，則不及十五年，然其時雖有
亂事，尚可稱爲統一，故放寬加入，則有三十六年。

家……然則辭賦者，大帝國之產物，大皇帝之娛樂品，此
其時代背景。……漢末分崩，三方鼎峙，此類大塊文章，
不可復見，所傳者，「登樓」、「洛神」而已。爰逮西晉，雖
國力遠非漢比，而提封萬里，尚不失爲一統一帝國，且去
漢未遠，大漢聲威，猶在人心目中，爲所嚮往。故左太沖
之「三都」，又復紙貴洛陽，他如潘安仁籍田之類，亦時時
間作。南渡偏安，國柄下移，世主短祚，宋齊相沿，大略
從同。蕭衍以文士踐帝位，復登上壽，適值元魏之衰，小
朝廷得以自保，「五十年間，江表無事」，父子好文，「宮體」
以出。「連篇累牘，不出月露之形；積案盈箱，唯是風雲之
狀」，大王之雄風，轉爲貴族之清玩。

　　體國經野，義尚光大之大賦必須有大帝國爲其背景，西晉統一期
間，三都賦應運而生，「結束三國鼎立，宣洩統一之興奮」〔註11〕偏
安江南，南北分裂，則多爲抒情詠物之小賦，加以君主援其生活以入
賦，君倡於上，臣附庸風雅於下，貴族宮廷成爲文學題材，雖遠離社
會平民之階層，然亦可稱爲貴族及宮廷文人之現實生活也，林文月先
生「南朝宮體詩研究」：

　　　宮體詩本來就是一種貴族化的文學，由於梁陳二代的帝王
　　　都雅好文學，而他們的生活又豪華淫逸，充滿聲色之娛，
　　　由於文學與現實生活乃打成一片，宮體詩寫作的風氣也達
　　　於極點。

　　文學與現實不可分離於此可見，雖然，帝王之現實非同於社會之
現實。而其時文人不僅寫宮體詩，亦寫宮體賦，梁簡文帝、梁元帝、
陳後主、徐陵及庾信早期之賦作多爲宮體賦，例如簡文帝、梁元帝、
徐陵均有鴛鴦賦，簡文帝、梁元帝、庾信均有對燭賦，此外簡文帝有
舞賦、梅花賦、採蓮賦，梁元帝有採蓮賦、蕩婦秋思賦，庾信有春賦、
鏡賦、燈賦、蕩子賦，陳後主有夜亭度雁賦，顧野王有舞影賦等，觀

─────────────
〔註11〕引自李長之先生「西晉大詩人左思及其妹左芬」文，「之」本作的，
　　　　爲避免文白夾雜，權宜改之。

其篇名，可知其爲宮體之作也。且梁陳君臣互相唱和，君主提倡之影響力不容忽視矣，而此風則始乎建安時代。

建安之際，曹氏父子雅愛文學，亦各具才華，興起文學創作之風氣，時有所謂「建安七子」，文心雕龍時序篇云：

> 建安之末，區宇方輯，魏武以相王之尊，雅愛詩章；文帝以副君之重，妙善辭賦；陳思以公子之豪，下筆琳瑯，並體貌英逸，故俊才雲蒸。仲宣委質於漢南，孔璋歸命於河北，偉長從宦於青土，公幹徇質於海隅，德璉綜其斐然之思，元瑜展其翩翩之樂，文蔚休伯之儔，于叔德祖之侶，傲雅觴豆之前，雍容衽席之上，灑筆以成酣歌，和墨以藉談笑。

曹操尊爲魏王，丕貴爲太子，植亦於公子之高位，均政治領袖也，而其賞愛文學，各有所長，各稟氣質，故能鼓動風潮，造成時勢矣；四方之才，聞風而至，君臣上下，雅詠談論，堪稱一時之盛事矣。

東晉元帝、明帝亦雅好文學，其後宋武帝、文帝均然，時序篇：

> 元皇中興，披文建學，劉刁禮吏而寵榮，景純文敏而優擢。逮明帝秉哲，雅好文會，升諸御極，孳孳講藝，練情於誥策，振采於辭賦，庾以筆才逾親，溫以文思益厚，揄揚風流，亦彼時之漢武也。

> 自宋武愛文，文帝彬雅，秉文之德；孝武多才，英采雲搆；自明帝以下，文理替矣。爾其縉紳之林，霞蔚而飆起，王袁聯宗以龍章，顏謝重葉以鳳采，何范張沈之徒，亦不可勝也。

由上可知文學之興衰與君王之好惡關係甚大，因此，劉勰於時序篇贊曰：「崇替在選」，呼應正文所言「興廢繫乎時序」也。究其原因，則一爲「女爲悅己者容，士爲知己者死」，渴望知音賞愛之心理，然與知友共賞可矣，何必求於君主？此則繫於政治之出路與生存，所謂「仕途」是也。士唯仕之一途，而仕掌握於人君之手，爲發展、生存計，士不得不風從於上矣。然亦有例外者，人才或超越君王之權勢，獨發其卓特英華，時序篇云：

> 逮晉宣始基，景文克構，並跡沈儒雅，而務深方術。至武

> 帝惟新，承平受命，而膠序篇章，弗簡皇慮。降及懷愍，
> 綴旒而已。然晉雖不文，人才實盛，茂先搖筆而散珠，太
> 沖動墨而橫錦，岳湛曜聯璧之華，機雲標二俊之采，應傅
> 三張之徒，孫摯成公之屬，並結藻清英，流韻綺靡。前史
> 以爲運涉季世，人未盡才，誠哉斯談，可爲歎息。

西晉諸帝皆不好文學，然而人才極盛，所謂「三張、二陸、兩潘、一左」，此時亦有一番新氣象矣，詩品序云：

> 太康中，三張、二陸、兩潘、一左，博爾復興，踵武前王，
> 風流未沬，亦文章之中興也。

晉書張亢傳曰：

> 亢字季陽，才藻不逮二昆，亦有屬綴，又解音樂伎術。時
> 人謂載、協、亢、機、雲曰：二陸三張。

由是可知其時人才濟濟，文風之盛爲兩晉所僅見耳。然君主雖未大力提倡，統一帝國之時代因素亦爲其提供背景耶，而史謂此時人才未能盡才，劉勰爲之歎惜矣。才華無以施展，心靈恐懼委縮，爲六朝文人之共同命運，其因由則以政治之黑暗矣，不惟劉勰感歎，千載之下，吾人亦同聲悗歎矣，悲夫。

魏晉南北朝之政權乃「黑暗與自私」〔註12〕之代表耳，曹操挾天子以令諸侯，藉東漢帝國之威靈，逞一家之私心，高唱唯才是用，不忠不孝亦無妨。逼死伏后，控制漢獻帝，其子曹丕終於篡位矣。晉之立國依然以險詐殘忍之手段，欺人孤兒寡婦，廢齊王芳，殺高貴鄉公曹髦，而高貴鄉公之語「司馬昭之心，路人所知。」〔註13〕遂成千古名言。二

〔註12〕此亦引自錢穆先生國史大綱第十二章「長期分裂之開始」，原文爲「歷史的演變，並不依照一定必然的邏輯。倘使當時的新政權，能有較高的理想，未嘗不足以把將次成長的離心力重新團結起來，而不幸魏晉政權亦只代表了一時的黑暗與自私。」國史大綱頁165。

〔註13〕引自三國志注漢晉春秋：「帝見威權日去，不勝其忿。乃召侍中王沈、尚書王經、散騎常侍王業，謂曰：『司馬昭之心，路人所知。吾不能坐受廢辱，今日當於卿（等）自討之。』」帝聰敏氣盛，年青單純，不知滿朝文武盡是司馬昭之爪牙，竟召司馬氏之心腹王沈、王業共商大計，焉得不敗？且未能深謀遠慮，率爾自帥童僕數百，鼓譟而

氏皆以陰謀篡位，自不足以服人之心，人心不服，遂以慘毒之淫威加以
鎮壓。孔融、楊修、丁廙兄弟爲曹操所殺，何晏、嵇康、呂安死於司馬
氏之手，陸機、陸雲、張華、裴頠、潘岳犧牲於晉室政爭——八王之亂，
諸人皆一時之俊彥、文學大家，可歎生逢亂世，不得盡其才，反而無端
受害。「名士少有全者」〔註14〕史書之言不虛，誠悲慘之世界也。

南北朝諸帝生於貴族家庭，無文化教育之承襲，故依情任性，放
誕不經，無復倫理，且多暴虐，殘酷無情，故篡殺循環矣。宋劉劭弒
父，齊鬱林王父病及死，爲其妻報喜；東昏侯夜補鼠達旦，以誅戮宰
臣爲務。北朝君主之殘暴則更恐怖，殺子孫、弒君父者所在多是，篡
位則滅盡帝室族姓；甚乃戰勝，殺盡當地貴族及數十萬敵國降兵。爲
權勢利益而失去人性，實瘋狂之世代也。人之生於當世，無乃大不幸
之事，因此抒懼害而思以全身之賦眾矣。

仕途爲黑暗死路，人君甚於狼虎之外，世族制度之不平等亦限制
「才秀人微」之士。當時所謂「上品無寒門，下品無士族」，士族年
少即可登之要位，選取清閒祿厚之職，寒士則求告無門。如此，則感
士不遇之作出矣。

全生之道，或學莊子守拙、無用之用，張華鷦鷯賦可爲代表，其
序云：

> 鷦鷯，小鳥也，生於蒿萊之間，長于藩籬之下，翔集尋常
> 之內，而生生之理足矣。色淺體陋，不爲人用；形微處卑，
> 物莫之害。繁滋族類，乘居匹游，翩翩然有以自樂也。彼
> 鷲鶚鵾鴻，孔雀翡翠，或凌赤霄之際，或託絕垠之外，翰
> 舉足以沖天，觜距足以自衛，然皆負矰嬰繳，羽毛入貢，
> 何者？有用于人也。夫言有淺而可以託深，類有微而可以
> 喻大，故賦之云爾。

出。以二十年之華年犧牲於亂臣賊子成濟之手，令人惋惜矣。然責
高貴鄉公之意氣用事，毋寧說司馬昭之狼心逼人，王沈、王業、賈
充、成濟等賣主求榮，狼狽爲奸。見三國志頁144。

〔註14〕晉書阮籍傳語。

　　張華取莊子人間世「無用」始得以全生，終其天年之主旨。目的爲「物莫之害」，而以才質之拙劣，不求表現，不踐高位爲其保護色矣，此種心靈乃中國士人共同之心靈也，其表達於文學作品則處處可見；然而士人雖懍於人間世之險惡，懷全一己生命之意，然難掩天縱之英才，更難置家國於不顧，張華終非形微之鷦鷯，亦終不能處於卑位，故縱有莊生之心，無以免於被害矣。然士人踵之於後，士風命脈方能不絕如縷於亂世矣。

　　或者隱居不仕，所謂「苟存生命於亂世，不求聞達於諸侯」〔註15〕矣，然唯有少數入世之心淺者如束晳，能安於一家一己之自樂其樂。〔註16〕本有濟世之志者心靈必有一番艱辛歷程，左思白髮賦表白其少年以至白髮，年命近暮，猶「河清難俟」之痛，謝靈運以世族公子亦著傷己賦，謂「丁曠代之惠，遭謬見於君子」，似表皇恩浩蕩，然靈運於宋，懷才不遇，終以叛變之罪被殺，則其實傷己之投閒置散矣。潘尼懷退賦「希天路之開闢」，嘆「何時願之多違」，「嗟遊處之弗遇」，心懼「羅網罟之重深，常屛氣以斂迹」，然儒家立身處世之態度尙爲其依歸，所謂「窮獨善以全質，達兼利以濟時。」雖然風雨如晦，既見君子，云胡不喜？

二、烽火亂離之社會背景

　　戰火啓自東漢末年董卓之亂，其後各方擁兵自立，互相征伐，兵連禍結，赤壁一戰決定三國鼎立之大局。蜀漢亡於魏元帝時鄧艾，吳爲西晉武帝時鍾會所滅，全國復歸統一。惟爲時不及十二年，而有賈后、八王之亂，骨肉相殘，危及一無干係之士人將卒，亦敗壞國之根本。故手足殺戮猶未止，胡人已叛亂矣，羣胡攻向首都洛陽，懷帝爲劉聰所虜。其後愍帝即位於長安，劉曜再陷長安，西晉遂亡矣。由東

〔註15〕諸葛武侯前出師表語。
〔註16〕束晳近遊賦寫逸民隱居田園，「宅彌五畝，志狹九州。安窮賤於下里，寞玄澹而無求。」頗能安其所安，樂其所樂。

晉至南朝，朝代轉移於權臣之手，表面尚無大戰，權力則於武將之手中流轉，亦不免時啓戰端，互相征伐，如王敦之亂，陶侃、庾亮平之，權力流入陶侃，陶侃勢力之大幾可篡位。陶侃死後，轉入桓溫，其後桓玄叛變，劉裕平之，劉裕終而自立爲王。爾後之齊、梁、陳亦皆劉裕之翻版，其演出亂臣弒君篡位之戲如出一轍耳。而北方五胡十六國則陷於長期紛亂，戰爭之慘烈毒辣爲歷史所僅見矣，及至北魏建立，始歸於統一。北魏有胡太后專政，爾朱榮之亂，其原由錢穆先生國史大綱十七章「北方政權之新生命」云：

> 及遷洛陽，政治情勢大變，文治基礎尚未穩固，而武臣出
> 路卻已斷塞。一輩南遷的鮮卑貴族，盡是錦衣玉食，沉醉
> 在漢化的綺夢中。而留戍北邊的，卻下同奴隸。貴賤遽分，
> 清濁斯判。朝政漸次腐敗，遂激起邊鎮之變亂。

北魏分裂爲東西，高歡之子高洋篡東魏，建立北齊，宇文泰之子宇文周篡位稱周，自高歡、宇文泰之時，兩國對峙，即互有交戰，直至北齊滅北周，隋文帝殺宇文氏、滅陳，統一之盛運始復臨矣。

戰亂爲此期悲慘之歷史事實也，而死亡與骨肉流離則爲戰爭之雙生子，兩軍對壘，人命猶如草芥，殺人盈野，血流成河，曾不念其亦人子，乃春閨夢裏之良人也。殺人見殺，生命了無價值，人性亦蕩然不存，而刀入一己之肉體身軀，血流如注，命在垂危之際，其深心感受復如何爾？其堂上雙親，幽閨愛侶，稚齡幼子及親朋好友，能不令其難捨依依？而一紙詔書既下，雖親愛亦必割情揮別矣。亂軍之際，奔命逃亡，妻離子散，流落異方，亦是必然之慘也。茲舉時人之文以見其時之眞象，曹丕典論自序：

> 初平之元，董卓殺主鳩后，蕩覆王室。是時四海既困中平
> 之政，兼惡卓之凶逆，家家思亂，人人自危。山東牧守，
> 咸以春秋之義，衛人討州吁于濮，言人人皆得討賊。于是
> 大興義兵，名豪大俠，富室強族，飄揚雲會，萬里相赴。
> 兗豫之師，戰于滎陽；河內之甲，軍於孟津。卓遂遷大駕，
> 西都長安。而山東大者連郡國，中者嬰城邑，小者聚阡陌，

以還相吞併。會黃巾盛於海嶽，山寇暴於并冀，乘勝轉攻，
席卷而南。而鄉邑望烟而奔，城郭覿塵而潰，百姓死亡，
暴骨如莽。

戰爭一起，無論出師之名如何動聽，其結果則城郭荒殘，鄉邑空而無人，
百姓死亡於道路矣。懷抱野心，希圖權慾之人死不足恨，而百姓何辜，
竟罹此不幸？呂安髑髏賦為「百姓死亡，暴骨如莽」作註，孫瓊悼艱賦
寫民生流離之艱，「伊稟命之不辰，遭天難之靡忱……撫孫景以協慕。
遇飛廉之暴骸，觸驚風之所會。抉搖奮而上躋，頹雲下而無際，頓余邑
之當春，望峻陵而鬱青。瞻空宇之寥廓，愍宿草之發生。」乃曹丕「鄉
邑望烟而奔，城郭覿城而潰」之景象也。人民背離故鄉之春日良辰，流
落山丘以避難，所見無非荒寥之屋宇，生於此世，誠不如無生矣。

後梁宣帝以帝王之尊，生於貴族之家，遭逢亂世，亦有愍時賦之
作，不至如其皇叔簡文、梁元等大倡宮體之賦，環境足以造就一文人
矣，王靜安先生之言不虛也。其人間詞話云：「客觀之詩人不可不多
閱世，閱世愈深，則材料愈豐富，愈變化。」後梁宣帝遭世變，如序
所云：「于謹平梁之後，闔城長幼，被虜入關，又失襄陽故地，乃曰，
恨不用尹德毅言，以至于是。又見邑居殘毀，干戈日尋，恥威略不振，
常懷憤懣，乃著愍時賦，以見其意。」「何昊窮之不惠，值上帝之紆
奢。神州鞠為茂草，赤縣遶於長蛇。徒仰天而太息，空撫襟而咨嗟。」
能透視現實，發乎深情，質問上帝之不仁，竟降禍世人。生當亂世，
非僅平民百姓朝夕之間生死難測，帝王將相亦然。因此，江淹創作「恨
賦」，全文以死亡為主題，一網打盡人間帝王、諸侯、將軍、美人，
不遇之才子文士，乃至孤臣孽子等富貴貧賤之人，率皆難逃死亡之魔
掌。而謂死亡為恨，以「飲恨吞聲」面對死亡，亦可知時人之不甘，
以皆非終其天年也。而死亡足為一文之主題，其烙印人心深矣。

恨賦之外，江淹又製「別賦」，以別為主題，網羅各種不同身份
者之別離，舉凡富貴公子、赴死之劍客、從軍者、赴絕國、仕宦、仙
人及男女情人等，事雖不同，愁苦思念之情則一。中國人本安土重遷，

何以江淹竟據「別」爲主旨，豈有見於亂世別離之普遍？而貴如宇文
家亦然。宇文護爲北周文帝宇文泰兄子，居北周宰相之位，其母閻姬
與親屬竟流落在齊，身被幽縶。宇文護使人尋求，音息全無，其後齊
人許還，母子始得團圓。此殆亂離世代常見之悲劇，而宇文護母子乃
少數之幸運者也。自齊人爲閻作書報護及護報書〔註17〕可得其情實：

> 天地隔塞，子母異所，三十餘年，存亡繼絕，肝腸之痛，
> 不能自勝；想汝悲思之懷，復何可處。吾自念十九入汝家，
> 今已八十矣；既逢喪亂，備嘗艱阻，恆冀汝等長成，得見
> 一日安樂；何期罪釁深重，存沒分離。吾凡生汝輩三男三
> 女，今日目下不覩一人；興言及此，悲纏肌骨。……禽獸
> 草木，母子相依。吾有何罪，與汝分離。今復何福，還望
> 見汝。言此悲喜，死而更蘇。……

母子分別三十餘年，自閻氏而言，以八十垂暮之年，尚飄零異國，身
繫囚房，所生子女，不見一人，歷經喪亂，求一日安樂而不可得，其
酸辛悲苦夫復何言！母子相依，本人倫之常，故恨天何以拆離骨肉；
日日企盼重逢，然一旦成爲事實，竟又覺天賜恩福，喜不自勝矣；以
亂離之時重逢不易，亦爲人心不敢存有之奢望矣。而本文非閻氏自
述，若閻氏自述，則其悲喜慨歎恐不止此而已矣，然代作者能擬人之
情，亦可見其人或曾親身經歷，或時有目見耳聞也，故能眞切如此。
無怪乎稟性至孝之宇文護得書而悲不自勝，報書云：

> 區宇分崩，遭遇災禍，違離膝下，三十五年。受形稟氣，
> 皆知母子；誰同薩保，如此不孝。宿殃積戾，唯應賜鐘；
> 豈悟網羅，上嬰慈母。但立身立行，不負一物；明神有識，
> 宜見哀憐。而予爲公侯，母爲俘隸，熱不見母熱，寒不見
> 母寒，衣不知有無，食不知饑飽，泯如天地之外，無由暫
> 聞；晝夜悲號，繼之以血；分懷冤酷，終此一生；死若有
> 知，冀奉見於泉下爾。不謂齊朝解網，惠以德音；摩敦四

〔註17〕「爲閻姬與子宇文護書」見全北齊文闕名類，宇文護「報母閻姬書」
見全後周文。

姑，並許矜放。初聞此旨，魂爽飛越，號天叩地，不能自
勝。四姑即蒙禮送，平安入境，於今月十八日，於河東拜
見；遙奉顏色，崩動肝腸；但離絕多年，存亡阻隔，相見
之始，口未忍言；唯敍齊朝寬弘，每存大德；云與摩敦，
雖處宮禁，常蒙優禮。會者來鄴，恩遇彌隆；矜哀聽許，
摩敦垂救，曲盡悲酷，備述家事。伏讀末周，五情屠割。
書中所道，無事敢忘。摩敦年尊，又加憂苦，常謂寢膳貶
損，或多遺漏；伏奉論述，次第分明；一則以悲，一則以
喜。當鄉里破敗之日，薩保年已十餘歲；鄰曲舊事，猶自
記憶。況家門禍亂，親戚流離，奉辭時節，先後慈訓，刻
肌刻骨，常纏心腑。天長喪亂，四海橫流。太祖乘時，齊
朝撫運，兩河三輔，各值神機；原其事跡，非相負背。太
祖升遐，未定天保；薩保屬當猶子之長，親受顧命；雖身
居重任，職當憂責；至於歲時稱慶，子孫在庭，顧視悲摧，
心情繼絕；胡顏履戴，負媿神明。霈然之恩，既以霑洽；
愛敬之至，施及傍人。草木有心，禽魚感澤，況在人倫，
而不銘戴。……

宇文護之書真情流露，骨肉離分之因由，三十五年來之思念、自責，
獲信息之喜悅，及其孝順、敬謹之至性佈滿行文之間，錢基博先生中
國文學史評曰：「一味情真，字字滴淚，而精神愷惻，為北朝第一篇
文字，足與李密陳情表並垂千古。」信哉斯言，生此亂世，誠大不幸
也，然至性至情之血淚名作亦自此出矣。陸機思歸賦，庾信入北之作
如傷心賦、枯樹賦、小園賦、哀江南賦等，沈烱歸魂賦、袁飜思歸賦，
均表現離亂之苦，羈旅鄉關之思，思親念舊，埋恨異域。以其取自個
人真實之經歷，故有血有肉，情感悲憤慷慨，動人心魂。其形之於文，
非為文造情，乃為情造文也，陳寅恪先生「讀哀江南賦」云：

此二十年間，（陳周通好）流寓關中之南士屢有東歸之事，
而子山則屢失此機，不但其思歸失望，哀怨因以益甚，其前
後所以圖歸不成之經過亦不覺形諸語言以著其憤慨，若非深
悉其內容委曲者，哀江南賦哀怨之詞尚有不能通解者也。

是可知讀賦篇當深悉其時代背景、個人際遇，方能通解其情感內容之委曲而得其真，故論賦篇內容、形式之前，先就文學思潮、哲學思想及時代因緣三項試作淺論，願有益於讀者沿圖索覽而走入六朝賦之內在世界。

第三章　論六朝賦之抒情傳統

　　文學觀念至六朝而確立，「緣情」說爲主流思潮，創作具體實現文學理論，書寫情性遂成風尙。然先秦兩漢「言志」傳統猶爲迴漩之流，亦有與之相糅合之作品。其實，「言志」、「抒情」若相對而言，則言志之內容爲政治教化，目的在頌美、諷諭；抒情則以個人深邃之情感思想爲素地，爲拂鬱或歡娛情志而抒發。自廣義「言志」論之，所重非僅政教而已，個人之人格、理想、志向亦不可割除，而後者謂之「抒情」可矣。高友工先生「文學研究的美學問題：經驗材料的意義與解釋」云：

> 「抒情」顧名思義是抒發情感，特別是自我此時的感情的。但這感情既屬於心境，即不能限於心感中之任何一端；所有詩人的心理狀態與活動都有被抒發的可能。而且就表現此一不可分割、不可直述之心體來説，用種種象徵、間接的手法只要能把握住心感的一角，也許比直接代表更有效。因此我們也可以把中國言志傳統中的一種以言爲不足，以志爲心之全體的精神視爲抒情精神的眞諦，所以這一「抒情傳統」在中國也就形成「言志傳統」的一個主流。

高先生析解抒情之意義及其範疇：抒情涵蓋詩人所有心理狀態與活動，志爲心之全體精神，故言志適足以包含抒情，抒情亦包含於言志之中。此乃自其廣義言之。「言志傳統」之發展過程猶如江河千里，

上游代表先秦兩漢，政教美刺等實際功用觀爲其主流。抒情乃抒發自我此時之情，必待個人覺醒之時代始得冒地而生，六朝適爲其時，故抒情自此滙入言志傳統，豐富其內涵，轉而爲言志傳統之主流，源遠流長，貫穿中國文學之傳統。

六朝文學觀爲中國文學思想之一大轉捩點，文學作品亦然。賦之早期以鋪采摛文，寫物言志〔註1〕爲主，降乎六朝而變，抒情言志起而代之，賦之生命因得以綿延不絕，賦之本質亦因而重建新秩序：寫物言志加上抒情言志。此種文學現象艾略特亦曾析出，其「傳統和個人的才能」云：

> 一件新的藝術作品被創造了以後，其影響同時溯及在這以前的一切藝術作品。現存的不朽傑作相互間形成一個理想的秩序，這個秩序由於新的藝術作品之介入而受到變更。……任何一位承認這種秩序觀念的人將發現過去應被現在所改變，正像現在受過去指引一樣並不是荒謬的。

無論傳統文學之整體或同一文體之作品，承先啓後，繼往開來之通古變今爲其存在之價值，亦文學、文體不致途窮滅絕之因素也。自文體之本質而言，則新創之藝術作品改變過去之作品，亦增添其本質之內容。艾略特雖未就文體而言，然新舊作品間相互改變之現象，言之甚詳，無庸置言矣。

「抒情」必待之個人自覺之六朝，何以故？此與六朝賦篇之主題意識關係如何？抒情，即抒發個人之情志，兼含生活經驗及生命價值之肯定也。經由肯定而追求、而完成。其過程中經歷順遂如意、挫折失落，轉而重新抉擇，以求其安頓。此爲人生哲學，亦「抒情」傳統之所從出也，高友工先生之言可代爲詮釋，「文學研究的美學問題：經驗材料的意義與解釋」：

> 理論上「抒情」傳統是源於一種哲學觀點。……它肯定個人的經驗，而以爲生命的價值即寓於此經驗之中。因此在

〔註1〕此處之「志」指狹義而言，所寫之內容不出政教範圍。

此傳統架構中即使否定生命爲最高價值，也不否認生命仍
有其價值，而且爲現時可能實現價值的必要條件；同時即
使不敢肯定我們可以把握生命最後價值，至少也承認在此
生命中確實有不同程度的價值及不同的體現方法，個人至
少可以作他自己的抉擇。

抒情傳統乃肯定個人經驗含攝生命價值，而抒情之主題包括一己外求
施展理想之經歷及人間溫暖情愛，兼及耳目所聞見之社會實況。以天
下之憂樂爲己身之憂樂，以渺小之個人化入普世眾生，乃生命最高最
廣之展揚，「萬古雲霄一羽毛」〔註2〕終有令人愴然貞定之神往矣。然
而不能「行義以達其道」，〔註3〕亦可以另一方法體現生命另一層次之
價值——「隱居以求其志」，此爲六朝賦抒情言志傳統之主題意識也，
而古人多以賦表志，故史書本傳多載其賦，劉熙載藝概卷三賦概云：
「古人一生之志，往往於賦寓之，史記漢書之例，賦可載入列傳，所
以使讀其賦者即知其人也。」故吾人可自其賦領略其志矣。本章將分
三節探討，首先探察士人行義以達其道之體驗，次觀其歸回生命自我
以求其志，以安頓己身之經歷。及以時間之感觸，而有人生短促之哀
歌。又死離生別，去國離鄉，因此故土之懷於焉而生。而溫馨之人間
情愛與自然山水遂成人生溫慰之歸依矣。於末節將呈現賦家筆下之時
代現象。

　　進入主題之前，且看元遺山論詩絕句評本期重要賦家潘岳，其言
曰：「心畫心聲總失眞，文章寧復見爲人。高情千古閒居賦，爭信安
仁拜路塵。」否定揚雄法言問神篇所云：「言心聲也，書心畫也。聲
畫形，君子小人見矣。」「心聲心畫」之「心」即文人心靈之宇宙也，
〔註4〕劉若愚先生「中國人的文學觀念」根據亞伯拉罕「鏡與燈」之

〔註2〕此乃杜甫詠懷古跡五首之五，詠諸葛武侯之功業也。
〔註3〕「行義以達其道」、「隱居以求其志」二語均引自論語〈季氏篇〉，孔
　　　子曰：「見善如不及，見不善如探湯，吾見其人矣，吾聞其語矣。隱
　　　居以求其志，行義以達其道，吾聞其語矣，未見其人也。」
〔註4〕宇宙之定義乃取劉若愚先生「中國人的文學觀念」之說，即：「包括

設計，重新排列宇宙⇆作者⇆作品⇆讀者⇆宇宙，排成圓形，爲可互逆之循環。其第一、二階段即「宇宙影響作者，作者反應宇宙。作者因此項反應而創造作品。」若元遺山之言爲是——「心畫心聲總失眞」，則文人反應於作品之宇宙豈可置信？本章主題意識之探討豈非張眼說瞎話？一派胡言何勞筆墨？推廣而言，一切文學主題之討論已成不可能？

作品與作者誠然存有本然之差距，就題材而言，作者眼目所視之「物象」，非作品中呈現之「心象」，一者人之能力有所不逮，一者作者有其個人之因素，或興趣感動轉移其焦點，或持自覺之心以理想爲其取捨準則。又作者之思想感情爲個人特殊之經驗，而必藉諸普遍共用之語言藝術表現，故韋勒文學論「文學與歷史」遂謂作品與眞實作者有距離矣。然而心象縱使不等於物象，亦物象之具體而微，或一角精華也，作者之心存乎其中，故亞里斯多德詩學謂「詩比歷史更眞實」。文字形式之障礙亦非絕對，人人自創合於個己使用之文字，則文學世界將呈現一片空白矣，即或有少數文字學家運用其少量新創之字爲文，亦無人能了解欣賞，當代如此，遑論傳諸後人？而運用共同文字，猶有獨創之餘地，否則一代不必有一代之文學，一世不能各呈其采矣，亦不可能有「一空倚傍，獨鑄偉詞」之讚語，其獨鑄之中，作者之宇宙展現矣。

安仁有「高情千古」之閑居賦，史傳載其見賈謐則望塵而拜，此豈非人格之矛盾？然以「拜路塵」而非其閑居賦，吾人亦可以閑居賦之「高情千古」謂其望塵而拜別有苦衷？實則人之思想與行爲常難統一，非不爲也，不能也，聖保羅答羅馬人書 [註5] 云：「因爲立志行善由得我，只是行出來由不得我。故此，我所願意的善，我反不做；我所不願意的惡，我倒去做。」立志之我與行爲之我均我也，不當以行爲之我否定立志之我，反之亦然。此外，人亦存在多重人格，佛洛伊

人類行爲、觀念及感情、素材與事件，及超感本質。」頁14。
〔註 5〕引自新約聖經羅馬書七章十八、十九節。

德將其分爲本我、自我、超我，或謂理智之我、感情之我，種種我均我人格之表現也，故當納入認識之資料，以俾作品宇宙之詮釋逼近作者之宇宙矣。

　　錢鍾書先生談藝錄自文之格調察之，曰：「然所言之物，可以飾僞，巨奸爲憂國語，熱中人作冰雪文，是也。其言之格調，則往往流露本相，狷急人之作風，不能盡變爲澄澹；豪邁人之筆性，不能盡變爲謹嚴，文如其人，在此不在彼也。」誠哉是言，形易飾而神難僞，以其不能也，據此以觀作品之宇宙是否切近作者之宇宙可無殆矣。王靜安先生人間詞話已先作示範：「『君王枉把平陳業，換得雷塘半畝田，』政治家之言也；『長陵亦是閒邱隴，異日誰之與仲多？』詩人之言也。政治家之眼，域於一人一事；詩人之眼，則通古今而觀之。」可知同一題材而心懷大相逕庭矣。觀文能入乎詞氣格調，始得把握其眞精神矣，文學研究者當誌之。

第一節　安身立命之二重肯定：仕與隱

一、仕與隱乃人心之雙向

　　內斂與外揚本是人心雙線之指向，揚名顯親爲人情之滿足，立德、立功、立言則爲不朽之終極追求也，嚴肅莊偉中自有一份悲愴。「人不知而不慍」，〔註6〕坦蕩平和之自足爲內在自我肯定之表現，而「舉世而譽之不加勸，舉世而非之不加沮」〔註7〕則有遺世獨立、超然物外之雷厲風格也。落入生活之中，消極乞求立足之地、生存之道，輒惟願世無與我相違也。積極謀和諧之關係，與人和平共存，與事、與物共生，雖鄙俗，實亦最眞實之生活本象也。然不自覺中人人已燃其一生，發光、照亮其存在一隅矣。此乃多數生民生命之寫照也。志

〔註6〕論語〈學而篇〉：「子曰：學而時習之，不亦説乎？有朋自遠方來，不亦樂乎？人不知而不慍，不亦君子乎？」
〔註7〕莊子逍遙遊，原文爲「舉世而譽之而不加勸，舉世而非之而不加沮。」

士仁人則回應人類大愛之呼召，生命永恆之想望，自覺、主動投入世界，奉獻自身，並求取大我中個人價值之肯定，形之於賦篇則乃劉熙藝概卷三賦概所云：「漢書藝文志言賢人失志之賦有惻隱古詩之意，余謂江湖憂君，廟堂憂民，惻隱不獨失志然也。觀姬公東山七月可見。」此內心惻隱憂心落於個人生命之完成，古來均謂「名」也，孔子首言「君子疾沒世而名不稱焉」，〔註8〕賦家繼之而云：

△云顏舟之遭命，怪禍福之參差。夫二賢之履道，歷千載而見知。身既沒而名存，厥復戚乎何為。(楊泉贊善賦)

△惟年命之道短，速流光之有經。疾沒世而不稱，貴立身而揚名。(傅咸畫像賦)

△顧常以為士之生也，非至聖無軌，微妙玄通者，則必立功立事，效當年之用。(潘岳閒居賦序)

△夫惡欲之大端，賢愚所共有。而游子殉高位于生前，志士思垂名于身後。受生之分，唯此而已。(陸機豪士賦序)

△伊古人之慷慨，病奇名之不立。(陶潛感士不遇賦)

賦家皆不以今生之迍邅、寂寞為意，而以能留千秋萬歲名為無憾矣。生命急速而過亦無須傷懷，立身揚名則生命長存，故士之生也，以立功、垂名為志，視奇名之不立為病，是以「名」乃中國士人之信仰，人格理想之表徵也，不當直以「名譽」解之耳，高友工先生於此曾有高卓之見解：

文學研究的美學問題（下）：經驗材料的意義與解釋：

中國文化中人物要留「名」，立「名」，傳「名」，若釋為「名譽」（reputation, fame）都有失其深度。至少在中國的各階層中，這些「名」都可以作為個人全體人格的表現。在一個不以宗教信仰為中心的文化傳統，「不朽」的問題始終是一個難題。但「名」的觀念的建立是使無宗教信仰者有一個精神不朽的寄託。即是說如「心境」之存在為人生之價值，那麼此「心境」能在其他人的「心境」中繼續存在，

〔註 8〕論語〈衛靈公篇〉孔子之語。

　　則是藝術創作的一種理想，可以與「立功、立德」相比擬。
「名」非此時悠悠眾口叠成之「名譽」，乃人格全體之表現，乃根源
於中國人追求生命永恆之心靈背景也。高先生引出「立言」之藝術理
想，而上述賦家亦以其文將「心境」─立名─展現於千載後吾人之心
境矣。又六朝人雖已覺察文章不朽之價值，然賦家「立名」之企盼猶
在「立功」也，潘岳閑居賦所謂「立功立事，效當年之用」是也。「行
義以達其道」〔註9〕、「達則兼善天下」，〔註10〕乃聖人垂訓之處世之
道，中國士人恆定不易之信守也，傅咸寫螢火賦表白其用世之心：

> 哀斯火之湮滅兮，近腐草而化生。感詩人之攸懷兮，覽熠
> 燿于前庭。不以姿質之鄙薄兮，欲增輝乎太清。雖無補于
> 日月兮，期自竭于陋形。當朝陽而戢景兮，必宵昧而是征。
> 進不競于天光兮，退在晦而能明。諒有似於賢臣兮，于疏
> 外而盡誠。

螢火自知渺微，然肯定自我，重視一己存在之價值，不似莊子逍遙遊
堯之否定自己：「堯讓天下於許由，日『日月出矣，而爝火不息，其
於光也，不亦難乎！』」然其肯定自我，却無自我，願竭盡己力，庶
有俾於世，不強求表現，惟於需要中呈遞光華而已矣。

　　然而自心態之變化而言，日日與人交接，時與心鬪；與事物周旋，
重複例行之公式。前者心靈必時時調整自我，節制自我，甚或委屈個
性以配合他人，一切決定爲在上位者所掌握，失去眞我，亦失去自主。
反複相同之動作，日復一日，焉得不令人疲厭、痲痺？因此脫去外在
人所加諸之束縛，解去物累，歸回眞實自我，率性而言，任情而動，
自主自得，乃人心自然之渴望也。以人終有其自我，以爲其心靈之憩
息地，猶如林之於鳥，淵之於魚矣，故倦鳥思歸其林，而游魚思其源
泉。又江湖多風波之外緣因素亦足以催逼士人遁世隱居，故袁宏云：
「時方顚沛，則顯不如隱。」〔註11〕時代治亂影響世人之立身處世有

〔註9〕論語〈季氏篇〉孔子之言。
〔註10〕孟子〈盡心篇〉上孟子語。
〔註11〕見袁宏所著三國名臣序贊。其後引袁宏之說乃出自後漢紀。

如是乎！而其動機各因乎情志也，袁宏云：「爲末世陵遲，治亂多端，隱者之作，其流眾矣。或利競滋興，靜以鎮世。或時難迍邅，處以全身。或性不和物，退以圖安。或情不能嘿，卷以避禍。」六朝正值內在自我覺醒之時，加以外在時代混亂，故隱者多矣，即如身在朝廷，亦有江湖之思。是以賦家之中隱者雖不多見，然隱逸之作甚眾矣。陸機、陸雲兄弟如洛，身在政治之中，死于政治之爭，而陸雲著逸民賦，陸機有應嘉賦、幽人賦；又門閥世族大家如謝靈運，著山居賦，且仕宦一如沈約，本傳謂其「時遇隆重」，而有郊居賦之作也，以下節錄其賦以見之：

△傲世公子，體逸懷遐，意邈澄宵，神夷靜波。仰群軌以遙企，頓駿翮以婆娑。寄沖氣于大象，解心累于世羅。襲三閭之奇服，詠南榮之清歌。濯下泉于浚澗，沂凱風于卷阿。
（陸機應嘉賦）

△世有逸民兮，栖遲于一丘。委天形以外心兮，淡浩然其何求。陋此世之險隘兮，又安足以盤遊。（陸雲逸民賦）

△邁深心於鼎湖，送高情於汾陽。嗟文成之卻粒，願追松以遠遊。嘉陶朱之鼓棹，迺語種以免憂。判身名之有辨，權榮素其無留。孰如牽犬之路既寡，聽鶴之塗何由哉！……選自然之神麗，盡高樓之意得。仰前哲之遺訓，俯性情之所便。奉微軀以宴息，保自事以乘閒。（謝靈運山居賦）

△伊吾人之褊志，無經世之大方。思依林而羽戢，願託水而鱗藏。固無情於輪奐，非有欲於康莊。……逢時君之喪德，何凶昏之孔熾……雖非牢而被蔽，始歎絲而未觀。（沈約郊居賦）

顧無論其爲應酬遊戲之作，抑一時激憤不滿而發之玄想，皆可見時人之嚮往矣。諸人之作均兼及情性自然之想望與世代之險隘、凶惡，心靈追求自由自主，故不能忍世之如羅網，纏累己身；而時亂孔熾，益催促自己歸去矣。靈運復於歷史回顧中檢討：陶朱隱而逍遙五湖，文種守官而遭戮，李斯臨刑懷念牽犬之親情，而陸機臨死思聽鶴竟不可

復得，更去靈運之時未遠，故靈運思省之而有所抉擇矣。然四人之中惟沈約得以壽終，亦令人感慨良深矣。

眞切落入現實而寫逸民之生活者，則首推束晳之近遊賦：

世有逸民，在乎田疇。宅彌五畝，志狹九州。安窮賤于下里，竄玄澹而無求。乘篳輅之偓寒，駕蘭單之疲牛。連搥索以爲鞅，結斷梗而作靷。攀蓽門而高蹈，褐徘徊而近遊。井則兩家共一，園則去舍百步。貫雞穀于歲首，收雞纏于忉互。其男女服飾，衣裳之制，名號詭異，隨口迭設，繫明襦以禦冬，脅汗衫以當熱。帽引四角之縫，裙有三條之殺。兒晝啼于客堂，設杜門以避吏。婦皆卿夫，子呼父字。及至三農間隙，遘結婚姻。老公戴合歡之帽，少年著蓯角之巾。

其情境眞醇樸厚，恍似洪荒初闢先民之生活也，然不落乎虛無玄渺之境，乃耕種田畝，飼養雞牛，以汗水賺取生活，其實境有如中國農村之典型矣，而狹九州之大志，玄澹無求之修養，惟高士有此襟懷耳。其服飾之名號，隨口迭設，則禮制不存乎心，夫婦父子亦以親密代禮，均表現重情份輕禮法之觀念。又閉門以避吏，不樂與官吏打交道，此亦是隱者共同之脾氣也。唯束晳雖「性沈退，不慕榮利」，亦居官位矣，近遊賦之情境殆其深心嚮往之生活而已。

「仕」與「隱」外現之形式雖異，實則人心之二態耳，乃因時而應之出處進退之道，此二者孔子並舉以許之：

論語季氏篇：

孔子曰：「『見善如不及，見不善如探湯。』吾見其人矣，吾聞其語矣！『隱居以求其志，行義以達其道。』吾聞其語矣，未見其人也！」

「隱居以求其志，行義以達其道」，關乎個人之安身立命，一生行止之準則，均大節之所在，故孔子置乎好善好惡之上。而以時進退，亦孔子所重視，論語泰伯篇：

篤信善學，守死善道。危邦不入，亂邦不居。天下有道則見，無道則隱。邦有道，貧且賤焉，恥也；邦無道，富且

貴焉，恥也。

天下有道，不當高蹈避世，以耿介拔俗瀟灑出塵爲志，當施展抱負於現實政治，流惠於下民。而處危亂之邦，無道之世，則斷不苟求一己之富貴權勢，以與世並濁共醉。此等理想主義之精神乃儒家出處之大節，而「窮則獨善其身，達則兼善天下」，爲因應時勢之二態，〔註12〕亦並得聖人之肯定。降至六朝，士人心靈、肉軀備受創傷，無復中正和平、大剛大勇之浩然正氣，然儒者之精神尚存。而賦家亦以仕與隱爲殊途同歸，其言曰：

△傅釋板以亮殷，望投竿而相姬。窮獨善以全質，達兼利以濟時。眪安志于柱史，由抗迹于嵩箕。理殊途而同歸，雖百慮其何思。(潘尼懷退賦)

△慕浮雲以抗操，耽簞食之自娛。羨首陽之皎節，歎南山之高疏。哀夫差之涸惑，詠楚懷之失圖。悲伍員之沈悴，痛屈平之無辜。嘉沮溺之隱約，羨接輿之狂歌。顧大雅之先智，緯明哲之所經。微見機而遂逝，比舍生而親名。道殊途而同歸，要踰世而垃榮。(曹攄述志賦)

二人均視仕與隱乃殊途而同歸也，窮以獨善，明哲保身；達則兼善，澤加於民，皆存嚴肅之信守，深厚之摯愛。潘尼懷退賦所舉傅說、太公望，均投閒而「遇」於聖王，因時命也，非人力之渴求。而曹攄述志賦，內心矛盾交錯，徘徊反復，既慕孔子「富貴於我如浮雲」，〔註13〕顏回「一簞食，一瓢飲，人不堪其苦，回也不改其樂」〔註14〕——安貧樂道之「孔顏之樂」，復羨伯夷叔齊之求仁得仁，悲痛伍員、屈原之忠而不遇，嘉隱者之韜光隱晦。然自其「用辭」觀之，「嘉」、「羨」、「慕」、「耽」、「歎」表現之情感不若「悲」、「痛」之強烈激切也，殆曹攄亦人臣，故有切身

〔註12〕臺靜農先生「魏晉文學思想的述論」評漢末士大夫隱與仕均出於儒家之人生哲學。胡秋原先生「古代中國文化與中國知識份子」儒隱之外，加入俠，謂隱儒俠爲中國學者之三態。

〔註13〕引自論語〈述而篇〉，然孔子之前題乃「不義」，子曰：「飯疏食，飲水，曲肱而枕之，樂亦在其中矣，不義而富且貴，於我如浮雲。」

〔註14〕此乃孔子美顏回之語，見論語〈雍也篇〉。

之痛也。而慷慨赴義之士，忠貞不二、九死無悔之人，終令人敬仰感念矣，以其能捨己濟世，負社會責任，持道德之勇氣，遂令渺小有限之生命因之而寬廣宏偉，人類羣己之關係亦頻添一份陌生靈魂之愛，士之仕，用心厥偉矣！

二、仕途之艱辛難堪與轉向

「修己以安仁」、「內聖外王」之儒家生命終極之理想，猶如一輪明月，高懸蒼穹，世世代代，朗照士人之心靈，指引人生之走向。賦家言修身者，傅咸汙卮賦「畏身陷于醜穢」，力主君子當慎于立身，陶潛感士不遇賦將德行益加推衍：「發忠孝於君親，生信義於鄉閭。推誠心而獲顯，不矯然而祈譽。……獨祗脩以自勤，豈三省之或廢……」兼包忠孝信義諸德，及誠懇真摯、勤於內省改過之涵養。潘岳於進德之外，尚強調修業一端，其閑居賦云：「是以資忠履信以進德，修辭立誠以居業」，其修德課業非純粹求人格德行之完美，殆謂才華美質之發揮而已。潘岳為「效當年之用」，陶潛思「庶進德以及時」，皆有用世以安人心也。既已居廟堂之上，則臣之於君有言諫之責，用心一而形式各異，何晏景福殿賦藉宮殿之描寫落實於政治，勸君近仁立德，廣智多聞，體念民生之艱，省風助教，以理想政治之原則提昇君主之層次，何晏之用心良苦矣，故晉書裴秀子頠傳云晏「尸祿耽寵，仕不事事」，恐非篤論。〔註15〕高允鹿苑賦亦有勸勉君王立身處世之用意，其文曰：

> 伊皇輿之所幸，每垂心于華圃。樂在茲之閒敞，作離宮以榮築。固爽塏以崇居，枕平原之高陸。恬仁智之所懷，眷山水以肆目。玩藻林以遊思，絕鷹犬之馳逐。眷耆年以廣德，縱生生以延福。慧愛內隆，金聲外發。功濟普天，善不自伐。尚諮賢以問道，詢芻蕘以補闕。盡敬恭于靈寺，遵晦望而致謁。

〔註15〕何晏之評斷，後人之論甚多，容肇祖「魏晉的自然主義」已為其伸冤矣。

其所言禮賢補闕乃施政用人之大端，不伐善，不殺生，則修身延福也，乃為君主個人計耳。而高允同乎何晏者，二人均藉帝王之建築陳設立言，肯定其必要，讚美建築之宏偉顯敞，待君王心曠神怡之際，順而曉以大義，如此則收效必彰，賦家深知心理也，漢代賦家〔註16〕早已採用之。然何晏生於魏，玄學見乎賦篇，儒家思想中雜有道家無為之思想，高允為後魏人，此時佛學大興，戒殺生、禮佛之思想亦入賦篇，遂令儒釋道三家思想兼容並蓄於一文之中矣。

此外亦有藉頌美其事以指出理想之境而為諷諫者，潘岳籍田賦是也：

> 動容發音而觀者，莫不抃儛乎康衢，謳吟乎聖世。情欣樂于昏作兮，慮盡力乎樹藝。靡誰督而常勤兮，莫之課而自厲。躬先勞以說使兮，豈嚴刑而猛制之哉。有邑老田父或進而稱曰：蓋損益隨時，理有當然。高以下為基，民以食為天。正其末者端其本，善其後者慎其先。夫九土之宜弗任，四人之務不壹，野有菜蔬之色，朝靡代耕之秩。無儲稑以虞災，徒望歲以自必，三季之衰，皆此物也。今聖上昧旦丕顯，夕惕若慄，圖匱于豐，防儉于逸，欽哉欽哉。惟穀之郵，展三時之弘務，致倉廩于盈溢，固堯湯之用心，而存救之要術也。

晉書潘岳傳云：「太始中武帝躬耕籍田，岳作賦以美其事」，則籍田乃確有其事，籍田賦則為美其事而作也。潘岳美武帝以身作則，為天下先，儉以防逸，有堯湯富民之用心，尚無不實之譽，雖則武帝或言及之，然身行之不篤。而「躬先勞以說使兮，豈嚴刑而猛制之哉」，乃孔子之誠居官者當先正己，所謂「子率以正，孰敢不正」，則頗有責求之意，而司馬氏之重法以治亂世之事實，益可揣摩「豈嚴刑猛制」之寄寓微妙深意矣；故雖為美言，亦有指出理想，藉以諷諭之意也。又言三季之衰，民生之凋敝，似寫漢末以來，鄉邑荒殘之景象，此時經濟田制為當務之急，潘岳有見於此，故舉之以為勸，國「衰」則似輕淡

〔註16〕漢代賦家班固兩都賦、張衡二京賦均用此方法。

而極有力之警告也。由是可知籍田賦不當以尋常頌美之作視之也。

　　然而士雖心存用世，世則未必納之，晉書潘岳傳謂「岳才名冠世，為眾所疾，遂栖遲十年出為河陽令，負其才而鬱鬱不得志」，才為一時之秀傑，而竟湮沒栖遲，宜乎其閑居賦之決絕也；惟此「學者之挫折感」〔註17〕之作早已見於荀賦、漢賦，蓋客觀現實終難符合士人之理想也，故「士不遇」宛似永不止息之哀歌，吟自一代代賦家之心靈。而自士言之，「不遇」乃其個人之經歷也，然政治環境之惡劣、迫害、殘殺士人，為六朝凸顯之普遍現象也，故論仕途實況當就此二端言之，首舉士不遇之例：

　　△憨良驥之不遇兮，何屯否之弘多。抱天飛之神驥兮，悲當
　　　世之莫知……思薛翁于西土兮，望伯氏于東隅。願浮軒於
　　　千里兮，曜華軛乎天衢……展心力于知己兮，甘邁遠而忘
　　　劬。哀二哲之殊世兮，時不遘乎良造。制銜轡于長御兮，
　　　安獲騁於逵道。(應瑒憨驥賦)
　　△惟日月之逾邁兮，俟河清其未極。冀王道之一平兮，假高
　　　衢而騁力。懼匏瓜之徒懸兮，畏井渫之莫食。(王粲登樓賦)
　　△僕少竊鄉曲之譽，忝司空太尉之命，所奉之主，即太宰魯
　　　武公其人也。舉秀才為郎，逮事世祖武皇帝，為河陽懷令
　　　尚書郎廷尉平。今天子諒闇之際，領太傅主簿，府主誅，
　　　除名為民，俄而復官，除長安令，遷博士，未召拜，親疾
　　　輒去官免。自弱冠涉乎知命之年，八徙官而一進階，再免
　　　一除名，一不拜職，遷者三而已矣。雖通塞有遇，抑亦拙
　　　者之效也。(潘岳閑居賦序)
　　△坦至公而無猜，卒蒙恥以受謗。雖懷瓊而握蘭，徒芳潔而
　　　誰亮？哀哉士之不遇，已不在炎帝帝魁之世。……庶進德
　　　以及時，時既至而不惠。(陶潛感士不遇賦)

「士不遇」形諸賦篇，表露其構成不遇之三大因素，一者士必自許懷才者，所謂天飛之良馬，馳力千里之名駒是也，此應瑒、王粲之自比

──────────

〔註17〕此說取自（Helmut Wilhel 著，劉紉尼譯──「學者的挫折感：論『賦』
　　　的一種型式」，見中國思想與制度論集。

也。潘岳「少以才穎見稱鄉邑，號爲奇童」〔註18〕淵明稟心至公、懷芳潔之瓊蘭，均一時出類拔萃之俊秀也，亦有此自覺也。負才始有遇不遇之遭際，鄙陋之質，無所謂遇也，以其無可賞識之質地也。又此懷才抱負之士必有求知己、思展力之心，即期待「遇」也。待價而沽，不見買者，故而有失望落空之嘆矣；良驥願浮軒於千里，爲知己者死，王粲冀騁力於高衢，故有俟河清之心。而若有伯樂之了解賞愛，明君慧眼能擢識於千萬人之中，則相知相得，焉有不遇之慨？是以未見明主乃「士不遇」不可缺之一環也，唯聖人早有先見之明，聖君賢臣之相逢，乃千載一遇也，宜乎士之感不遇矣。

　　且人君不能識才任用已矣，又動輒加之以傷害逼迫，因此賦家往往以「網羅」形容政治現實，潘尼懷退賦云：「背宇宙之寥廓，羅網罟之重深。常屛氣以歛迹，焉遊豫以娛心。」陶潛感士不遇賦云：「密網裁而魚駭，宏羅制而鳥驚」，士猶如受宰割之魚鳥，而網之密深，入乎淵水；羅之宏廣，偏全於寰宇，網盡生靈，眞令人驚怖耳。而人之本能反應則爲逃遁，或塗上保護色，因而入仕之前，張華以鷦鷯賦寓託其全生避害之哲學思想，即「色淺體陋，不爲人用。形微處卑，物莫之害」，以卑微陋質爲一己之保護顏色。傅咸儀鳳賦則承認「物生則有害」，視「有害」爲絕對普遍之眞理，即使質陋處卑如鷦鷯者亦不能免矣。

　　再者己既懷英俊而沈乎下僚，現實環境復險惡可怖，故賦家不由得不反自思省，回顧歷史，思索君臣之關係，以求得自處之道也，陽固演賾賦曰：「傷艱躓之相承兮，悲屯蹇而日臻。心惻愴而不懌兮，乃有懷于古人。」適可爲士人心靈歷程之寫照矣。茲舉潘岳、陸機、陶潛三人之賦作，以見士人之思想性情，及其由仕轉向隱之共同趨勢。

　　△悟時歲之遒盡兮，慨俛首而自省。斑鬢髟以承弁兮，素髮颯以垂領。仰羣儁之逸軌兮，攀雲漢以游騁。登春臺之熙熙兮，珥金貂之炯炯。苟趣舍之殊塗兮，庸詎識其躁靜。聞至人之休風兮，齊天地于一指。彼知安而忘危兮，故出

―――――――――――――――

〔註18〕見晉書潘岳本傳。

生而入死。行投趾于容迹兮，殆不踐而獲底。闕側足以及
泉兮，雖猴猨而不履。龜祀骨于宗祧兮，思反身于綠水。
且斂衽以歸來兮，忽投紱以高厲。（潘岳秋興賦）

△昔通人和長興之論余也，固謂拙于用多。稱多則吾豈敢，
言拙信而有徵。方今俊乂在官，百工惟時，拙者可以絕意
乎寵榮之事矣。太夫人在堂，有嬴老之疾，尚何能違膝下
色養，而屑屑從斗筲之役乎？（潘岳閑居賦序）

△傲墳素之場圃，步先哲之高衢。雖吾顏之云厚，猶内媿于
甯蘧。有道吾不仕，無道吾不愚。何巧智之不足，而拙艱
之有餘也。于是退而閑居，于洛之涘，身齊逸民，名綴下
士。（潘岳閑居賦）

由安仁秋興、閑居二賦，可知其不遇之失志情懷常在。其思索之焦點
一在周遭同儕，一在反省自我，而後尋求出路。秋興賦著於三十二歲
之年，英銳之氣尚在，雖美同輩爲官者爲羣儁，然評其知安忘危，出
生入死，意氣自得，語尚尖銳。五十之年作閑居賦，則唯言「俊乂在
官」，謂己爲拙，可以絕仕途之意，頗有酸苦之味耳。且無論以肯定
自我而否定他人，或肯定他人否定自我，終失平和之眞心，安仁仕宦
不達及其任性率情之氣質由此可見矣。隱居不仕爲其歸路，而秋興賦
仿莊子「寧其生而曳尾於塗中」，〔註19〕隱乃求生命之逍遙自得耳。
閑居賦則反對聖人「有道則見，無道則隱」之出處大節，斷然否決仕
意，不論天下有道無道與否，元遺山謂之「高情千古」，余則以爲乃
極端失望後負氣決絕之言，非其本意，亦非其思想也。本傳謂其「仕
宦不達，乃作閑居賦」，可與其賦心相映爾。其用世之情極熾熱，故
其絕望之感亦深切，晚年青春不再，機會難逢，更無以忍受，乃人情
之當然也。而其率性直言，難以收斂、平衡，固可知安仁之爲性情中
人。又其賦多寫一己之經歷，多用「吾」抒發一己之情，乃自我中心
之表現。以自我爲中心，視野懷抱自然較窄小，而其情則較率眞，直
抒本性，恍如波浪之洶湧，呈現動態之壯美也，宜乎詩品有「潘才如

〔註19〕此語見莊子〈秋水篇〉。

江」之語也。而自其善寫哀誄之詩文，亦可知其以情勝之特質。陸機
則異於安仁矣，乃重思理之賦家也。思理助人觀照更深更廣，且內在
縱有矛盾糾纏，表面則平坦如鏡，故詩品喻之以「海」，言之甚當矣。
理智恰似海岸包擁浪花，水流在淵深之處，所謂深水靜流也，是以陸
機絕少出負氣之言，呈現不平之心態。又不似安仁一味抒發個己激憤
之情，乃深入思考其原理，察照真實之現象，分析其得失利弊，因而
抉擇穩當可行之路矣。試取其賦以觀之：

　　△夫立德之基有常，而建功之路不一，何則？循心以為量者
　　　存乎我，因物以成務者繫乎彼。存乎我者，隆殺止乎其域；
　　　繫乎物者，豐約唯所遭遇。……是故苟時啟于天，理盡于
　　　民，庸夫可以濟聖賢之功，斗筲可以定烈士之業。故曰才
　　　不半古，而功業已倍之，蓋得之于時勢也。……廣樹恩不
　　　足以敵怨，勤興利不足以補害，故曰代大匠斲者必傷其手。
　　　且夫政由寧氏，忠臣所為慷慨；祭則寡人，人主所不久堪。
　　　是以君奭鞅鞅，不悅公旦之舉；高平師師，側目博陸之勢。
　　　而成王不遣嫌吝於懷，宣帝若負芒刺于背。非其然者與？
　　　嗟乎，光于四表，德莫富焉；王曰叔父，親莫昵焉；登帝
　　　大位，功莫厚焉；守節沒齒，忠莫至焉。而傾側顛沛，僅
　　　而自全，則伊生抱明允以嬰戮，文臣懷忠敬而齒劍，固其
　　　所也。因斯以言，夫以篤聖穆親，如彼之懿；大德至忠，
　　　如此之盛，尚不能取信于人主之懷，止謗于眾多之口，過
　　　此以往，惡睹其可。安危之理，斷可識矣。……知曩勳之
　　　可矜，暗成敗之有會，是以事窮運盡，必于顛仆，風起塵
　　　合，而禍至常酷也。……知盡不可益，盈難久持，超然自
　　　引，高揖而退。（陸機豪士賦序）
　　△禍無景而易逢，福有時而難學。惟萬物之運動，雖紛糺而
　　　相襲。隨性類以曲成，故圓行而方立。要信心而委命，援
　　　前修以自呈。擬遺迹于成軌，詠新曲于故聲。任窮達以逝
　　　止，亦進仕而退耕。庶斯言之不渝，抱耿介以成名。（陸機
　　　遂志賦）

陸機思想建功之途徑，檢討君臣關係，藉回顧歷史以知今，「時勢」乃仕之首要憑藉也，然不可外求而致，故委於「命」也，能委命而安處之，亦無出路之出路。「時勢」實則握於君主之手，然君臣之相待，臣永居於被動姿勢，且傷害之難免，史不絕書矣，思爲人臣者早當有此預備，而陸機則援取道家忌盈之思想，見機而退，不戀棧爵祿；平日則心中方正耿介，待人圓融和平，庶無樹敵遘怨。可以進仕，可以退耕，不貪戀權位，亦不放棄信心。其內在已思索通透，行事亦有不偏不倚之準則，竟死於政爭，遭殘酷之禍如其所引以爲鑒戒者，豈不哀哉！

　　陶潛潔己清操，以一片丹心投諸蒼生，志在濟世，非爲軒冕利祿耳；然仕宦雖可免飢寒之苦，而世已不可爲，復違己志，遂毅然決然求免以歸去矣，不苟且、周旋，此其異於潘岳、陸機之處，是非功過，各隨人定，淵明不爲己、不屈己之志節，深得儒者精神之內蘊矣，其仕與隱均足以爲六朝賦家之最高典型。劉熙載藝概卷三賦概云：「陶淵明云寧固窮以濟意，不委屈而累己，此即屢空晏如之意，可見古人言必由志也。」此非人云亦云之說，觀其感士不遇賦可知矣。

　　念張季之終蔽，愍馮叟于郎署，賴魏守以納計，雖僅然于必知，亦苦心而曠歲。審夫市之無虎，眩三夫之獻說。悼賈傅之秀朗，紆遠轡于促界。悲董相之淵致，屢乘危而幸濟。感哲人之無偶，淚淋浪以灑袂。承前王之清誨，曰天道之無親，澄得一以作鑒，恆輔善而佑仁。夷投老以長飢，回早夭而又貧。傷請車以備槨，悲茹薇而殞身。雖好學與行義，何死生之苦辛。疑報德之若茲，懼斯言而虛陳。何曠世之無才，罕無路之不澀。伊古人之慷慨，病奇名之不立。廣結髮以從政，不愧賞于萬邑。屈雄志于戚豎，竟尺土之莫及。留誠信于身後，慟眾人之悲泣。商盡規以拯獘，言始順而患入。奚良辰之易傾，胡害勝其乃急。蒼旻遐緬，人事無已。有感有昧，疇測其理。寗固窮以濟意，不委屈而累己。既軒冕之非榮，豈縕袍之爲恥。誠謬會以

取拙，且欣然而歸止。擁孤襟以畢歲，謝良價于朝市。

不以軒冕爲榮，不以貧賤爲恥，願達其一本然質性，乃淵明之本性也。然雖不慕利躁進，却有待時以從政之心。歷觀哲人之不遇，徒有秀朗淵政之才學，終鬱鬱以悴矣。君主則昏昧無知，或好鬼神而忽蒼生。智知之，而情不能止之，淵明爲古人流淚，亦同傷天涯淪落之人矣。君臣之知遇既不可逢得，此人事之缺憾；而天道常與善人，公義理當恆存，惟回首歷史，則又不然矣，人事天道盡皆可疑。而淵明猶思省聖人之教導，冀思建立大功，以永垂不朽，或立德以垂示後人。而現實情狀，仕則屈雄志於小人，無施展之餘地，且禍患急，德何得而立乎？回顧往古，碰觸現實，思天道而觀人事，叩門連連，沈寂無音，故淵明亦不得不轉向「隱居以求其志」之途矣。縱使其「性本愛邱山」，「隱」之抉擇亦未嘗非無奈之痛也。袁宏三國名臣頌序曰：「是以古之君子，不患弘道難，患遭時難；遭時匪難，遇君難。故有道無時，孟子所以咨嗟；有時無君，賈生所以垂泣。夫萬歲一期，有志之通塗；千載一遇，賢智之嘉會，遇之不能無欣，喪之何能無慨。」無道無時無君，淵明亦何能無慨乎！

三、隱：嚮往與無奈之歸向

隱居山林以自適，原爲人心深處之嚮往，鞠躬履方之士亦有肆然獨往之性、懷鄉念土之情，故一生馳騁沙場之幽咽老將，俯仰廟堂之重臣，解甲笏以歸鄉，猶其內心之宿願也。唐君毅先生「中華民族之花果飄零」云：「我深切了解中國之道地的知識份子靈魂深處，總是在懷念中國的農村。」誠深深道著知識份子之心矣。然而創功立業之雄志，心繫天下之憂情，令士人卷收懷想之念，思以青春盛年獻身社會，俟年老力衰方歸隱田園可矣。然不待老邁已不得不預期實現其嚮往，乃不遇之無奈也。士之失意，盡皆思歸，此中國文人之特殊心理也。惟非其時而歸，迫於外力而致，故隱之內涵，不僅有嚮往之單純情懷，亦含一份酸痛無奈也。

　　失意而隱之心路，賦篇作者頗能道其委曲深致，應瑒慜驥賦云：
「抱天飛之神驥兮，悲當世之莫知。赴玄谷之漸塗兮，陟高岡之峻崖。
懼僕夫之嚴策兮，載悚慄而奔馳。懷殊姿而因遇兮，願遠迹而自舒。」
世既不已知，則願孤芳以自賞；受否定之後，藉環境之改變而重建自
我，人始能得著平衡穩定，而另立生活價值與生命意義。佛洛伊德謂
此爲「自衛心理」，信哉。惟自衛趨於消極，此則有其積極意義也。
自衛可解釋其內心創傷之自我治療及避免再受生命、身體之傷害。若
潘岳秋興賦序云：「攝官承乏，猥廁朝列。夙興晏寢，匪遑匪寧。猶
池魚籠鳥，有江湖山藪之思」，即思江湖山藪有以溫慰其疲乏受傷之
心也，此乃深情之渴求矣。又陸機豪士賦：「若知險而退止，趨歸蕃
而自戕。推璇璣以長謝，顧萬邦而高揖。託浮雲以邁志，豈咎咨之能
集，儕爲山以自隟，歎禍至于何及。」退以避禍全生，算計安危之幾，
此理智之思慮也，二者均自衛心理之表現也。而達其浮雲之志，享擊
壤考槃之歡，擺脫權勢之範圍而與之抗衡，乃其積極之意義也。李樹
青「蛻變中的中國社會」九章「論知識份子」云：「二千年來手無寸
鐵的士大夫得以與歷代皇帝相抗衡者」，端賴此一精神。甚有見解也。
　　以下試舉潘岳閑居賦，陶潛歸去來辭爲例以論士之隱：

　　△傲墳素之場圃，步先哲之高衢。雖吾顏之云厚，猶內媿
　　于甯蘧。有道吾不仕，無道吾不愚。何巧智之不足，而拙
　　艱之有餘也。于是退而閑居，于洛之涘。身齊逸民，名綴
　　下士。陪京泝伊，面郊後市。浮梁黝以徑度，靈臺傑其高
　　峙。闚天文之祕奧，究人事之終始。其西則有元戎禁營，
　　玄幕綠徽。溪子巨黍，異絭同機。礛石雷駭，激矢蝱飛。
　　以先啓行，耀我皇威。其東則明堂辟雍，清穆敞閑。環林
　　縈映，圓海迴淵。聿追孝以嚴父，宗文考以配天。祇聖敬
　　以明順，養更老以崇年。若乃背冬涉春，陰謝陽施。天子
　　有事于柴燎，以郊祖而展義。張鈞天之廣樂，備千乘之萬
　　騎。服振振以齊玄，管啾啾而竝吹。煌煌乎，隱隱乎，茲
　　禮容之壯觀，而王制之巨麗也。兩學齊列，雙宇如一。右

延國胄，左納良逸，祁祁生徒，濟濟儒術。或升之堂，或入之室，教無常師，道在則是。故髦士投紱，名王懷璽。訓若風行，應如草靡。此里仁所以為美，孟母所以三徙也。爰定我居，築室穿池，長楊映沼，芳枳樹籬。游鱗瀺灂，菡萏敷披。竹林翁藹，靈果參差。張公大谷之梨，梁侯烏椑之柿，周文弱枝之棗，房陵朱仲之李，靡不畢殖。三桃表櫻胡之別，二奈曜丹白之色。石榴蒲陶之珍，磊落蔓衍乎其側。梅杏郁棣之屬，繁榮麗藻之飾。華實照爛，言所不能極也。菜則蔥韭蒜芋，青筍紫薑，堇薺甘旨，蓼菱芬芳。蘭荷依陰，時藿向陽。綠葵含露，白薤負霜。于是凜秋暑退，熙春寒往。微雨新晴，六合清朗。太夫人乃御版輿，升輕軒。遠覽王畿，近周家園。體以行和，藥以勞宣。常膳載加，舊痾有瘳。席長筵，列孫子。柳垂陰，車結軌。陸摘紫房，水挂赬鯉。或宴于林，或禊于汜，昆弟班白，兒童稚齒，稱萬壽以獻觴，或一懼而一喜。壽觴舉，慈顏和。浮杯樂飲，絲竹駢羅。頓足起舞，抗音高歌。人生安樂，孰知其佗。退求己而自省，信用薄而才劣。奉周任之格言，敢陳力而就列。幾陋身之不保，尚奚擬于明哲。仰眾妙而絕思，終優遊以養拙。(潘岳閒居賦)

△歸去來兮，田園將蕪胡不歸。既自以心為形役，奚惆悵而獨悲。悟已往之不諫，知來者之可追，實迷途其未遠，覺今是而昨非。舟遙遙以清颺，風飄飄而吹衣，問征夫以前路，恨晨光之熹微。乃瞻衡宇，載欣載奔。僮僕歡迎，稚子候門，三逕就荒，松菊猶存。攜幼入室，有酒盈樽。引壺觴以自酌，眄庭柯以怡顏。倚南窗以寄傲，審容膝之易安。園日涉以成趣，門雖設而常關。策扶老以流憩，時矯首而遐觀。雲無心以出岫，鳥倦飛而知還。景翳翳以將入，撫孤松而盤桓。歸去來兮，請息交以絕游。世與我而相遺，復駕言兮焉求。悅親戚之情話，樂琴書以消憂。農人告余以春兮，將有事乎西疇。或命巾車，或棹孤舟。既窈窕以尋壑，亦崎嶇而經丘。木欣欣以向榮，泉涓涓而始流。善萬物之得時，感吾生之行

休。已矣乎，寓形宇内復幾時，何不委心任去留！胡爲遑遑
欲何之？富貴非吾願，帝鄉不可期。懷良辰以孤往，或植杖
而耘耔。登東皋以舒嘯，臨清流而賦詩。聊乘化以歸盡，樂
夫天命復奚疑。（陶潛歸去來辭）

列潘岳閑居賦、陶潛歸去來辭並觀，以二賦均寫由仕而隱之決志歷
程，歸隱之家園與隱居之生活，且元遺山論詩絕句評閑居賦爲「高情
千古」；歐陽修謂晉無文，惟歸去來辭耳，可想見其評價之高矣。又
安仁與淵明均爲性情之人，惟其風懷人格則大異矣，頗值細品玩味焉。

　　潘安仁閑居賦之延展約可分爲四段，首以絕對斷然之語，表白其
不仕之志，繼而以二分之一篇幅描寫其居處之地理環境，西爲朝廷軍
營，東爲明堂辟雍，再以靜態筆調描寫其家園之果樹蔬荣，文字亦近
三分之一，末寫家人共處天倫之樂，重複其隱居之抉擇。自人情常理
言之，凡絕決之語胥出於一時之偏，非常態之思想觀念也，「有道吾
不仕」，誠違心之論也，此乃許由、巢父輩可得言而不言也，且其當
不致道出「仕」字以表白心跡。甯武子「邦有道則智，邦無道則愚」，
蘧伯玉「邦有道則仕，邦無道則卷而懷之」〔註20〕孔子讚嘆之，許爲
君子。既云己厚顏，復曰内媿甯蘧，媿之竟又反其道而言，層層委曲，
非坦然眞心之言也。以心理論之，否定自我乃不正常、不平衡之心理
也，過分屈壓自我，貶抑自我，以名冠當世之奇才，少即享譽鄉黨，
却反復自謂拙劣，非惟其心不信其言，讀者亦不能信之矣。是皆可知
閑居賦中闡明己志之說，非安仁平心靜氣，發諸肺腑之言也。遽以表
面之文許以「高情千古」，復因其「拜路塵」之史實，斷定「心畫心
聲總失眞」，無乃不知安仁而遽謂安仁欺世乎？安仁用世之心未嘗或
衰，不達而作閑居賦，賦中竟以半數之言寫朝廷之軍營、明堂及學校，
美其軍容足耀皇威，頌皇帝祭祖以追孝，祭天之禮容壯觀巨麗，美其
學校濟濟多士，風教化俗，此乃頌美政教也，安仁用力於此，此其仕

〔註20〕二人之評均出自孔子，〈甯武子見論語公冶長篇〉，〈蘧伯玉見衛靈公
　　　篇〉。

進之心之表現也。故效力於當世，安仁死而後已之志也；隱於田園，乃無奈之情而已矣。觀其寫庭園之林木，名目繁多，極力鋪陳，夸飾林木之珍奇罕見，安仁之心猶重視外飾，貴不凡，豈隱者沖澹之心所能存乎？又物盡為客觀寫實之靜態描繪，物自為物，安仁自為安仁，兩無相干，其非安仁深心所繫，情之貫注對象，可見一斑矣。寫太夫人與孫子祝壽共觴，人倫之情洋溢，其愛親之情吾不敢否定，惟太夫人登高遐望，竟「遠覽王畿」，此亦透露安仁終是心在魏闕之消息，此可瞞而不可瞞也。

淵明歸去來辭以具體之歸去路程、耕讀生活寫其心靈歷程，全文均為動態，或行動，或心靈，人與心，人與人，人與物，交流往返，渾然合一，惟見生命之化行，此乃真實生命之最高境界。序謂其「質性自然，非矯厲所得；饑凍雖切，違己交病。」乃袁宏「明謙」所云：「賢人君子推誠以存禮，非降己以應世；率心以誠謙，非匿情以同物。」自然之性不能改變，亦不願改變，以其重視精神情志更甚於飢寒現實也，仕既僅得果腹，復違反本性，則去之已矣，何必遲疑？然「恨然慷慨，深媿平生之志」，並不掩飾內心真實感情，表達其不能施展平生志向之感慨，是可知淵明之歸去，亦有深切之無奈也，而以其非熱中虛榮功名者，現實已無可為，遂歸回心所嚮往之田園矣。

「情真意真」乃淵明之本色，亦去來辭異於閑居賦者也。淵明不掩飾其怡悅，亦不掩去悲痛、失望、孤寂、深憂，及其矛盾徘徊。決意歸去，回顧仕途之際，思己為衣食而仕，以心為形役，遂惆悵而獨悲矣。否定過去之我，隨而肯定現在並追求未來，此乃能和諧自我之成熟心智也。而淵明「恨」晨光之熹微，遠在村里之外，即「瞻」望家園，既而載欣載奔，可見其歸心之迫切，擺脫過去之念強烈也。由其用字「悲」、「恨」，輒能感受淵明之心境乃處於極度動盪之中，以此際為一生之改變關鍵也。故此時之歡欣，拋離仕宦，非恆定之態也。其與家人相聚，見其所愛之松菊，飲酒自怡，不以容膝之家為意，有「寄傲」不必外求之自足其志。又庭園亦多趣，流憩其中以遐觀白雲飛鳥，雲之無心出岫，

鳥已倦飛而還，宛似自己，一切應多美好愜意矣，然淵明「撫孤松而盤桓」、「或棹孤舟」、「懷良辰以孤往」，三言「孤」字，其心靈深處之孤寂落寞可知矣，而此乃人世永恆之缺憾也，亦無可如何矣。世與志相遺，時不可為，無人知己，夫復何言？故淵明藉琴書以消憂，取人間情愛以慰心，更投身於丘壑、林木、泉流等自然世界以舒解愁悶，此乃其隱居生活之主體也，淵明之喜愛自然及自然物色善解人情之魔力由是可見。此外，生命短暫之感亦襲擊淵明之心，樂天知命，委心任化為其面對態度也。而生命哀感、人間情愛及自然怡情為淵明之人生主題，亦為六朝主題，以下將依次討論之。

　　總括而言，閑居賦為一靜物素描，平鋪直敘，各自擺定位置，甚與主題關係疏隔，而與相反之用心──仕進，有欲彰彌蓋之勢。所寫之物則為客體之存在，雖有費心張羅之功，極力鋪陳之意，物與我終無牽掛矣。歸去來辭全文乃一動作，心靈投諸肢體動作之舞台，徘徊往復，盤桓變化，而他人外物均化而為我，一併投入此變化之中，物之情態為我之情態，我亦以一己之情環抱外物也。無一景為虛設，無一物為特意安排，以高度悲慨，深入思省，觸碰內心之真醇，感情消融外物，而化為動人心靈之至文矣。安仁原為多情人，然閑居賦惟道母子天倫，內心世界則表現絕對「不仕」之高情，壓抑自我以言拙，圖障人眼目耳。淵明反之，以有血有肉之人之悲恨憂苦、怡悅歡欣入文，其境界終至天人合一，順乎天命之境，然歷程中邅邅矛盾，痛心無奈、獨立愴然之孤寂，唯自然山水為知己之深慨亦流露無遺矣。每讀其文，則深受感動，以淵明披盡心靈極深處之情懷，乃人不易道，亦不肯道也。捧此丹心至情，焉能無慟乎？其自處之實境，安仁僅以一時之任性衝動，率爾為言，腳尖未著隱居之地，則藉其反作用力向仕途直撞，未曾作片刻安歇，何論調整安頓？淵明乃肯定世與我相遺之事實，世不能接納我，我亦不能接納世界，不願勉強苟且，然與平生施展宏圖之志相背，又「立行之難，而一城莫賞」，焉能無「徒芳

潔而誰亮」〔註21〕之哀乎？故努力尋求安頓，以琴書、自然、情愛及哲思寬解心緒也。一篇之中可謂其心靈自我調整之過程。讀二家之文，二人之風懷氣質可想見矣。

末後以高大鵬先生「陶詩新論」評「隱」之價值作爲本節之結束：

> 儒是中國文人的外顯身份（active status），而隱則是他們的潛在身份（latent status），而潛在的東西往往比外顯的東西更深遠，更眞實。……但最重要的──它是一種文化價值的堅持和生命意義的終極關懷。「隱」之一字不論在自然、社會和文化、宗教各方面都有其歷史性的傳統，所以說它已成爲中國讀書人的集體潛意識，它已經「內化」（internalize）成爲知識份子性格的一部分，這也是他安身立命的最後根據，易言之，它是最基本的，也是最普遍的，甚至是最高的價值。

第二節　人間世之終身關懷：生命與情愛

一、生命之觀照與調和

日出日落，春去秋來，晨曦與晚霞送迎之際，蕭殺寒涼轉爲鵝黃嫩綠之時，時光悄然流逝矣。昨日孩提之童，今已長大成人，來日更步向何方？生命之路程乃自母親之腹以至墳墓？人類目的地爲死亡？志士仁人雖有殺身成仁，捨生取義之無我精神，然於生命之變化不能無感矣。歡笑與淚水必以一己之心靈領納，因此聖人懷「知其不可爲而爲之」之積極入世精神，然行於逝川之旁，見流水滔滔，奔向前方，當下之水已非前瞬之水，不能不慨然曰：「逝者如斯夫，不舍晝夜。」〔註22〕齊景公貴爲諸侯，富有天下，而有牛山之泣，〔註23〕生民詩歌

〔註21〕「立行之難，而一城莫賞」、「徒芳潔而誰亮」均引自陶潛感士不遇賦。

〔註22〕論語〈子罕篇〉。

〔註23〕韓詩外傳之說。

亦道出「今我不樂，日月其除」〔註24〕、「生年不滿百，常懷千歲憂」〔註25〕之生命哀感，是可知死生乃凡具生命者必親身經驗之過程也，為永恆之挑戰，恆新之體會，故古今中外文學之主題永遠環繞其左右，雖似老生之常談，實乃生命真誠之哀歌也。

　　然而中國文學中感慨生命無常，時間如飛而去，則甚於西方矣，其所以對時間特為敏感，以中國人無宗教思想，「不朽」永為不可解決之難題，此於本章前言已提及。而道家儒家如何指引人生？劉若愚先生中國詩學「中國人的一些概念與思想感覺的方式」云：

> 大部分中國的讀書人對靈魂不死並無信心……真正的道家所追求的是回到自然的生命之無限長流中，而不是個人的永久生存；佛家的目標是達到一切意識的停止；儒家不大談死後的生命。……

無論主流思想道佛，亦潛在思想儒家學說均無法引領六朝文人尋見永生，因而時間流動中生命之無常遂成人心不可抗拒之命運，自然所代表之空間——天地循環不息之生命，乃眼所能見之天之形象，亦撩起人心之悸動，或云「秋風蕭瑟天氣涼，草木搖落露為霜，羣燕辭歸雁南翔。念君客遊思斷腸」〔註26〕之同情；或謂「何天地之遼闊，而人生之不可久長」，〔註27〕天地之永恆對照人生之短淺無常，此時之天亦化而為不可違抗之命運也，因此時間空間乃中國文學中命運形象之表現，陳世驤先生「中國詩之分析與鑑賞示例」：

> 我們中國文學裏不出現命運之神，但常拿時間不可抗的流動，和空間無窮的運化來暗示命運的力量。我們稱命叫做「命運」是值得注意的，運的意思是流動。因而所謂命運，就像一個巨大無邊常常流動的節奏，沒有人格意志，不可抗拒，超乎任何個人的，在那裏運轉。所以個人沒法和它

〔註24〕詩經唐風蟋蟀。
〔註25〕古詩十九首。
〔註26〕曹丕燕歌行二首之一。
〔註27〕陸機大暮賦本文。

發生戲劇性的直接衝突。

取永遠流動之時間與無窮變化之空間以為命運之暗示與呈現亦六朝賦之主題。命運之超乎個人，不可抗拒表現於鮑照觀漏賦序：

> 客有觀於漏者，退而歎曰：夫及遠者箭也，而定遠非箭之功；為生者我也，而制生非我之情。故自箭而為心，不可憑者絃；因生以觀我，不可恃者年，憑其不可恃，故以悲哉。

鮑照以箭擬人，箭之射程操之於人，猶如人生之壽夭受制於不可知之命運，所謂「死生有命」是也。人無法自我主宰，亦不能抗拒，以是令人悲恨無已矣。而人唯能自傷，終無抗拒之具體對象，以爭取生命之自主權力，或打倒命運，或作永恆之努力，如希臘神話中之尤利西斯；或死而後已，如夸父追日，渴死而止。

人力既不可為，時間之流動將現在流成過去，使未來變為現在，一刻一秒劃心而過，賦家敏感其快速，屢屢以驚懼之筆表之矣：

△惟人生之忽過，若鑿石之未耀。（曹植感節賦）

△悲夫川閱水以成川，水滔滔而日度；世閱人而為世，人冉冉而行暮。（陸機歎逝賦）

△寒與暑其代謝兮，年冉冉其將老，豐顏暗而朝口兮，玄髮粲其夕晧……仰悲谷之方中兮，顧懸車而日昃。百年迅于分噓兮，千歲疾于一息。（陸雲歲暮賦）

△佩流歎於馳年，纓華思於奔月……觀騰波之吞瀉，視驚箭之登沒，箭既沒而復登，波長瀉而弗歸。注沈穴而海漏，射懸塗而電飛。墐戶牖而知天，掩雲霧而測暉。創百齡於纖隱，積千里於空微。……時不留乎激矢，生乃急於走丸。
（鮑照觀漏賦）

賦家將時間具象為空間中物體之運化，以時間本為抽象之觀念也。曹植取鑿石一擊而逝之現象，比喻人生之倏忽，陸機以江水滔滔類比人生冉冉而老，鮑照擬之以激矢、走丸、驚箭、騰波。物之取喻雖有大小之別，均有急速閃逝之共同特徵也。而陸雲輒直取時間之自身——

朝夕之變化，人類之生息噓氣以表現之，有眞切動人之力量也。諸位
賦家之靈敏亦見乎其賦，鑿石之光耀一閃即逝，已是目不及視，而曹
植更以「未耀」比之矣。鮑照善用震撼人心，令人與恐懼顫慄之動詞
性形容詞，如「馳」年、「奔」月、「騰」波、「驚」箭、「電」飛、「激」
矢、「走」丸等，本已流動迅急，復加更高級之形容，以增強其暗示
效果。此外鮑照亦採用對比之手法，以時間中極長與極短相比，空間
中極大與極小相比，「創百齡於纖隱，積千里於空微」，纖隱、空微於
百齡、千里對照之下，更顯得短暫渺小，而百齡千里指向纖隱空微，
亦同歸於短暫渺小矣。陸雲「百年迅於分噓兮，千歲疾於一息」，僅
取時間，然手法相同，朝爲紅顏玄髮，夕爲衰容皓首，意象鮮明生動，
青春流逝之現象表露無遺矣。李白將進酒「高堂明鏡悲白髮，朝如青
絲暮成雪」，亦取髮之意象代表青春全體，以夸飾之技巧表現年光之
飛馳。然而事實上，日日覽鏡自照，未覺容顏有何改變，不知何時而
竟皺紋生，鬢如霜矣，因此，文人感覺時間之流動常爲空間自然萬物
之變化所喚起，以時間本無可見之形體，須藉物色以表現其存在之事
實。而有生之物均難逃離時間之投影，漸微之變本不易察，人復諳於
自見，故除非撕盡日曆，始驚覺歲聿云暮。心靈中時間之感往往由物
色之動以搖焉：

　　△在余年之二七，植斯柳乎中庭。始圍寸而高尺，今連拱而
　　　九成。嗟日月之逝邁，忽疊疊以遄征。昔周遊而處此，今
　　　倏忽而弗形。感遺物而懷故，俛惆悵以傷情。(曹丕柳賦)
　　△四時忽其代序兮，萬物紛以迴薄。覽花蒔之時育兮，察盛
　　　衰之所託。感冬索而春敷兮，嗟夏茂而秋落。(潘岳秋興賦)
　　△望故疇之迴遼兮，沂南風而頹泣。長歎息而永懷兮，感逝
　　　物而傷悲。哀年歲之攸往兮，伊行人之思歸。(陸雲歲暮賦)
　　△試望平原，蔓草縈骨，拱木斂魂。人生到此，天道寧論。於
　　　是僕本恨人，心驚不已。直念古者，伏恨而死。(江淹恨賦)

與物交接之前，心本爲平靜冷凝之狀態，物之成長，四時之遞變，盛
衰搖落，始動人之心，喚起日月流邁之感，往日情懷之思矣。而遼迴

之故疇，荒煙蔓草縈骨斂魂之丘墓，一為有情之地，一為斷魂葬身之土，二者同以強烈之眷懷與憾恨恐懼扣住人心，令其臨風而泣，長懷無已。心驚痛悸之時，萬念俱起，物色之感人有如是矣！而亦以「僕本恨人」之故也，人有感物而動之本能，生當亂世，命如草芥，益使人興死生變故之痛，故能以情觀物，以情體物，遂而情以物興，佇立天地之中，獨愴然而淚下矣。然賦家或列自然物色與己平等而觀之，物如人生，有興衰存亡之痛，因而感物傷懷，憐己亦復憐物也。或有推萬物於自然天道，「天地常不沒，山川無改時」，〔註28〕今人不見古時月，今月曾經照古人，甚至朗照千萬年後之來人，天地永恆，而人生淺短，自然與人遂成對立，劉若愚先生中國詩學「中國人的一些概念與思想感覺方式」亦有此說：

> 他們（詩人）感嘆與「自然」的萬古常新對照之下人生的
> 短促。的確，給予許多中國詩一種特殊的痛切而且賦予悲
> 劇感的，正是這種對照：一方面是人生的易變和無常，而
> 另一方面是「自然」生命的永恆和常新。

非僅詩之呈現如此，賦之表現亦然，見自然生命之永恆常新，而人生短暫無常，對照之下，為怨難勝矣。

> △靈嶽鬱以造天，連岡巖以寒產。伊洛混而東流，帝居赫以崇
> 顯。山川汩其常弓，萬物化而代轉。何天地之難窮，悼人生
> 之危淺。歎白日之西頹兮，哀世路之多寒。（張協登北芒賦）
> △野每春其必華，草無朝而遺露。經終古而常然，率品物其
> 如素。（陸機歎逝賦）
> △志存業而遺績，身先物而長辭。豈重歡而可觀，追前感之
> 無期。寒往暑來而不窮，哀極樂反而有終。（鮑照傷逝賦）
> △春草暮兮秋風驚，秋風罷兮春草生，綺羅畢兮池館盡，琴
> 瑟滅兮丘壟平，自古皆有死，莫不飲恨而吞聲。（江淹恨賦）
> △故年花落今復新，新年一故成故人。那得長繩繫白日，年
> 年日月但如春。（沈炯幽庭賦）

〔註28〕陶潛形影神三首之一〈形贈影〉。

賦家所見自然之永恆性可自二端觀之，一者巨大不易改變之天地山川，其恆久性較之朝生夕死之物自然長久，現象如此，賦家不能齊壽夭，謂朝菌與萬歲之大椿同年，有絕對之形上哲思。現象界均自比較而來，天地之廣遠遼闊，山川之峻偉壯麗，令人敬畏而神往，故天地山川有似道之化生，張協筆下之山川崇顯蒼鬱，以頂天立地偉大之姿展現頗似之。而仰望蒼天，俯視厚地，山川聳立其中，省識自身，遂驚覺一己之渺小，乃人情之常也，亦以心作比較之觀故矣。其二則時序之變化有其一定之周期，自春盡、夏至視之為變，而自其循環之全體觀之，則永不改變也。隨時序而來物色之盛衰亦然，「春草暮兮秋風驚」為變，然「秋風罷兮春草生」則又回復，其次序則永恆不變矣。花落明年復開，原野凋零枯黃，明春復華，然人生復如何？死輒不能復生，青春一去永不復返，人間之哀樂必有終期矣。人自以為萬物之靈，復覺察其生命竟較花草而不若，焉得不悲哀怨望？張協登北芒賦以「悼人生之危淺」、「歎白日之西頹」、「哀世路之多蹇」表其深切之傷情，「悼」、「歎」、「哀」皆為沈痛之語也。江淹恨賦「自古皆有死，莫不飲恨而吞聲」，更有身雖死而悁悁不甘之心恆存，思與死亡作永世之搏鬥也。且情感雖強忍抑斂，然激烈、不平益顯也。陶潛歸去來辭之表現則平和多矣，「或命巾車，或棹孤舟，既窈窕以尋壑，亦崎嶇而經丘。木欣欣以向榮，泉涓涓而始流。善萬物之得時，感吾生之行休。」有一份賞愛羨慕之情，無恨己不如之痛切，然其感寓形宇內之短促，亦有隱微之痛楚存焉。惟自萬物當下之榮枯觀之，物之生命如人之生命，賦家往往以同情之心觀之，陸雲歲暮賦云：「普區宇之瘁景兮，頻萬物之衰顏。時凜戾其可悲兮，氣蕭索而傷心。淒風愴其鳴條兮，落葉翻而灑林……山振枯於曾嶺兮，民懷慘于重襟。」此時萬物之蕭條衰殺為賦家當下貞定之生命之現象，是以為之傷心，憐其搖落衰頹，以觀人之心觀物，未預見、思及明春之繁華異於人生也。賦家之心多重，不當以有系統之哲學思想論之矣。以其情思觸物生感，故當如是矣。

　　時間之流動，其實最可怖者乃死亡之威脅，即鮑照傷逝賦所云：
「哀極樂返而有終」之終止——生命之結束，然而人生自古誰無死？
死亡之爲必然，自個人而言如此；死亡亦是普遍之現象，普天之下，
古往今來，孰能趨避？賦家亦有見於此，鮑照觀漏賦謂死亡爲命定，
人力藥石無能令生命延長，其言曰：「理幽分於化前，算冥定於天秩。
與艾骨而招病，猶剚腸而興疾。」此由「死生有命」觀念而來也，然
冥冥中定於天秩，頗似佛家因果，今世之果乃前生所種之因，一切已
定矣。陸機歎逝賦云：「人何世而能新，世何人之能故」，鮑照蕪城賦
云：「邊風急兮城上寒，井逕滅兮丘隴殘。千齡兮萬代，共盡兮何言。」
均表現時間之普遍性，千齡萬代，世世推移之時間長流中，人人皆共
盡於黃泉矣。此外，陸機感丘賦云：「普天壞其弗免，窆吾人之所辭。」
地無分南北，皆難免於此運。死亡之伸展如此廣博，其堅強非人間權
勢富貴所能抵抗，紅顏美貌亦不能蒙其憐惜、留情，鮑照蕪城賦云：
「東都妙姬，南國麗人，蕙心紈質，玉貌絳脣，莫不埋魂幽石，委骨
窮塵。」江淹青苔賦云：「當其志力雄俊，才圓驕堅。錦衣被地，鞍
馬耀天。淇上相送，江南採蓮。妖童出鄭，美女生燕。而頓死艷氣於
一旦，埋玉玦於窮泉。」人類之秀傑——英雄美人，幽石窮泉亦其英
魂艷氣之歸宿，死亡之公義平等自是可見，普天下之共同悲劇亦在乎
此矣。故江淹恨賦遂一網打盡人間各種不同身份，不同際遇之人，指
出其最終之命運：「或有孤臣危涕，孽子墜心，遷客海上，流戍隴陰。
此人但聞悲風汩起，血下霑衿。亦復含酸茹歎，銷落湮沈。若迺騎叠
跡，車屯軌，黃塵匝地，歌吹四起，無不煙斷火絕，閉骨泉裏。」人
類之命運誠然如賦家所言，然而深思生命者唯思想家、文人耳。悲喜
之來以己之自覺、外物之感召也。因物興懷，故夫子有逝水之歎；個
人主觀之情存在，故騷人墨客、天涯失路之人易以己悲，觸物而傷情。
六朝文人喜愛自然美景，有賞月吟風之藝術情懷，而中原四季分明，
花飛草長，葉落林枯，動其心懷矣。且自覺之意識漸強，而現實一籌
莫展，即是失志之傷心人，亦爲落拓之閒散人，心本易感，復日日遊

於自然物色之中，觀物觀己，不論與物同傷凋零，抑恨宇宙之永恆，而人生之無常，均其心中之主題，亦賦篇多見之主題也。

而死亡既是人生惟一公平，故生時雖有妍媸富貴貧賤之別，死後則同歸一丘，陸機感丘賦云：「生矜迹于當已，死同宅乎一丘……託山原以爲疇，妍媸混而爲一。」鮑照觀漏賦亦云：「嗟生民之永迷，躬與後而皆恤。死零落而無二，生差池之非一。」何以如此？以生命結束，生時種種已難擁有，亦可謂隕滅淨盡矣，鮑照傷逝賦云：「盡若窮煙，離若箭弦。如影滅地，猶星殞天。棄華宇於明世，閉金扃於下泉。」正表現死後一無所有之事實。然無常非僅爲人之生命現象而已，唐君毅先生中國文化之精神價值「中國文學精神」曰：「人生無常感，即包含人間社會之一切人物，與其事業，及人間文化本身之無常感。」功業及文化納諸時間之流，迴轉變化，自建立者而言，其人已逝，千秋萬歲後之發展已逸出其掌握，且對照於天道之恆健，人類功勳惟存於過去之時空、人物，死生存滅，何人常記歌吟？短暫渺微亦其命運也。而實則唯人能毀滅其自己，丟棄民族之記憶，此乃人之自我取捨；毀壞先人文明建設，將繁華化爲死城，人之私慾所促成也，鮑照蕪城賦乃據此爲主題也，蕪城當其全盛之時，「車挂轊，人駕肩。廛閈撲地，歌吹沸天。孳貨鹽田，鏟利銅山。才力雄富，士馬精妍。故能奓秦法，佚周令。劃崇墉，刳濬洫……觀基局之固護，將萬祀而一君。」人建立生民賴以綿亙久居之地，經濟進步，日趨富庶，亦立法制爲人民所信守，加強國防、交通，誠人間之樂土也，此爲人深切之共同想望耳。樂土成之於人，亦非不可能，而「出入三代，五百餘載，竟瓜剖而豆分。」本不該、不致發生而產生，故鮑照謂之「竟」也，人類爲求幸福，却以自私殘暴毀滅其自己，可恨亦復可憫矣。生逢亂世，亂益滋亂，循環無窮，人間世去人心嚮往之樂土已不知幾千里矣，爲何竟致如此？「瓜剖豆分」乃人之自爲，自取之也。故鮑照眼中之人間已形同死域：「澤葵依井，荒葛罥塗。壇羅虺蜮，階鬪麏鼯，木魅山鬼，野鼠城狐，風嗥雨嘯，昏見晨趨……崩榛塞路，崢嶸古馗……孤蓬自振，

驚沙坐飛……通池既已夷，峻隅又已頹。直視千里外，唯見起黃埃。」
一切建設已頹壞，昔日雄富之城，而今不見一人，已爲荒煙蔓草，鬼
魅羣獸之住宅矣，鮑照以具體之景象呈現可怕之荒涼，而盛衰之對照，
人類之努力何其偉大，人類之自我摧殘更超而越之，凝思觀照之際，
孰能不若鮑照「心傷已摧」？死生之循環本爲自然，人惟寄予無奈之
嘆息耳，然人力之摧殘破壞，則不能不令人痛心扼腕矣！

　　時空恆定之運流與人爲莫名之摧傷，形成巨大不可知之命運，命
運無具體對象，人不能與其直接衝突，然而讀六朝賦中觀照思省生命
之作，油然而生「恐怖」與「悲憫」之情，賦，乃至中國文學亦表現
悲劇性？陳世驤先生「中國詩之分析與鑒賞示例」云：

> 實際人的世界就中國的命運觀念說，雖然像是自主，但絕
> 不是自己支持的。更有一個外面命運的洪流不斷的推動
> 他，在時間、空間的無止境的流動中，一切是可憐的改變
> 者。人的功名事業成就越偉大，說的越堅實，和時間空間
> 的流動對照起來，越顯得愈壯愈悲，越是可恐怖可憐憫的
> 無常，在偉大的對照中，更顯得那些東西在刹那間的消失。
> 但詩裏所成就的高度悲劇情感是借用另一手法：可以說，
> 不是用衝突而是用反映與對照。

鮑照蕪城賦以昔日全盛之時與其當日登臨觸目所見作一對照反映，時
間運流之中，蕪城之破敗於對照中表現更凸顯。其全盛時之榮華熱鬧
對照於荒涼凋殘，益令往昔之壯觀更顯可怖可憫之無常矣。蕪城賦之
外，江淹恨賦寫秦始皇亦可依陳先生之說以爲詮釋：「至如秦帝按劍，
諸侯西馳。削平天下，同文共規。華山爲城，紫淵爲池。雄圖既溢，
武力未畢。方架黿鼉以爲梁，巡海右以送日」，始皇之功業已臻雄偉，
天下盡納諸掌中，宛似時代之巨人，而對照於「一旦魂斷，宮車晚出」，
則其一生之勳業刹那間碎斷，捲曲於宮車之中，將與草木同朽矣。二
家亦取對照映襯之手法表現高度悲劇情感。此悲劇之感，唐君毅先生
深入探討其精神意義，復肯定其積極價值，中國文化之精神價值十一
章「中國文學精神」：

中國之悲劇意識，唯是先依於一自儒家精神而來之愛人間
世及其歷史文化之情深，繼依於由道家、佛教之精神而來
之忘我的空靈心境、超越智慧，直下悟得一切人間之人物
與事業，在廣宇攸宙下之「緣生性」、「實中之虛幻性」而
生……於是此「虛幻性」之悟得，亦可不礙吾人最初於人
間世所具之深情。既嘆其無常而生感慨，亦由此感慨而更
增益深情，更肯定人生之實在，於是成一種人生虛幻感與
人生實在感之交融。

唐先生之言甚是。人生雖愁多而歡寡，然人愛世間更甚於不可知之
「死」。尊重先哲，仰慕歷史文化，因此寧生不願死。鮑照傷逝賦所謂
「草忌霜而逼秋，人惡老而逼衰。誠衰耄之可忌，或甘願而志違。」歲
月催人老，而人深心留戀人世矣。然人若渾渾噩噩度其一生，不思不想，
則亦無所謂悲劇感。以人超越自我，反觀宇宙人生，故能於當下悟得死
生無常之感。尋求快樂安適乃人心自然之渴望，因此悲痛生命短暫之
際，人必重新調理應對之方，俾以重獲生命之安頓與悅樂，故人生歷練
後之境，乃唐先生所云感慨更增深情，搖動更貞肯定，進而珍惜其真實
人生，生命中虛實之感遂交融為一矣。然至此境地，必經歷反覆矛盾，
抑有至與未至之別也。試觀賦篇以見其調和抉擇之過程：

△慕牛山之哀泣，懼平仲之我笑。折若華之翳日，庶朱光之
長炤。願寄軀于飛蓬，乘陽風而遠飄。亮吾志之不從，乃
拊心以歎息……内紆曲而潛結，心怛惕以中驚。匪榮德之
累身，恐年命之早零。慕歸全之明義，庶不忝乎所生。（曹
植感節賦）

△感年華之行暮兮，思乘煙而遠遊。命海若以量津兮，吾欲
往乎瀛洲……望王母于弱水兮，詠白雲之清歌……振仙車
之鳴鸞兮，吐玉衡之八和。託芝蓋之後乘兮，飧瓊林之朝
華。修無窮以容與兮，豈萬載之足多。（陸雲喜霽賦）

曹植、陸雲之作，均以年命之短缺而興遠遊之思，仿屈原離騷魂揚遨遊
以舒解鬱結之情懷，然神思千里之外，萬載之前，歸回現實，終未去寸
步耳，此乃虛幻之感而已矣，能暢一時之快，未能助實質於絲毫矣。此

外亦有由虛入實，但求晚墜全其自然生命者，陸機感丘賦是也，其言曰：「願靈根之晚墜，指歲暮而爲期。」此乃切乎實際之願望也，神仙不可期，惟願老而離世，壽終正寢，既合乎人情，亦非貪求也。然制生非人也，人焉能以一己之力令生命延長霅時？故存此想望無乃虛妄之痛苦也，不若任之自然，「縱浪大化中，不喜亦不懼。應盡便須盡，無復獨多慮。」〔註29〕如是始能逍遙自得矣，持此觀念者亦復不少：

△齊萬物兮超自得，委性命兮任去留。（嵇康琴賦）

△然後弭節安懷，妙思天造。精浮神淪，忽在世表。窈大暮之同寐，何矜晚以怨早。指彼日之方除，豈茲情之足攪。感秋華於衰木，瘁零露于豐草。在殷憂而弗違，夫何云乎識道。將頤天地之大德，遺聖人之洪寶。解心累于末迹，聊優遊以娛老。（陸機歎逝賦）

△已矣乎，寓形宇内復幾時，何不委心任去留！胡爲遑遑欲何之？富貴非吾願，帝鄉不可期。……聊乘化以歸盡，樂夫天命復奚疑？（陶潛歸去來辭）

△物不可以兩大，得無得而雙昌。薰晚華而後落，槿早秀而前亡。姑屏憂以愉思，樂茲情於寸光。從江河之紆直，委天地之圓方。漏盈兮漏虛，長無絕兮芬芳。（鮑照觀漏賦）

諸位賦家由感物而情慟，情至深處復凝爲理智之思，以尋求生命至樂爲其終極目標，緣此而思，則莊子齊物逍遙之思想遂爲賦家生命之共同走向也。齊生死，以「絕對」打破相對，故能委心任命，安時處順，不矜晚亦不怨早，惟命是從矣。此外，明確切斷長生之幻想，接受現實亦爲其共同之認識也，由此而更肯定人生，珍惜時光，願「優遊以娛老」、「姑屏憂以愉思，樂茲情於寸光」，以歡怡之心接受命運之流轉，努力享受生命之悅樂。爲心靈喜悅，用力排除憂思，是亦一辛苦之事也。且若本憂戚，用人力去除，亦是一憂勞，憂果能去乎？無憂則得喜乎？雖盡是問號，然人排愁以增愉，亦有其積極之意義也。然人如何以怡悅心靈，享受生命？自然景致、創作、琴書、酒等是也。

〔註29〕陶潛形影神三首之三〈神釋〉。

余少好音聲，長而翫之。以爲物有盛衰，而此無變，滋味
有猒，而此不勸。可以導養神氣，宣和情志，處窮獨而不
悶者，莫近于音聲也。（嵇康琴賦序）

永不改變，永不令人厭倦，能宣和情志，予人欣悅，而不須外求於人，
乃琴之特色，亦自然美景、書、酒、創作之特色也，故賦家均寄予深
情，優遊於其中，此亦其藝術生活也。寫其賞愛自然物色之作尤多，
或愛田園，沈浸自然，參與耕作，如張華歸田賦、陶潛歸去來辭、鮑
照園葵賦等是。賦家之情與物合一之表現，將擬於第四章詳論之，此
處暫略。唯取歸去來辭及鮑照觀漏賦以見之：

　　△三逕就荒，松菊猶存。攜幼入室，有酒盈罇。引壺觴以自
　　　酌，眄庭柯以怡顏……悅親戚之情話，樂琴書以消憂……
　　　懷良辰以孤往，或植杖而耘耔。登東皋以舒嘯，臨清流而
　　　賦詩。聊乘化以歸盡，樂夫天命復奚疑！（陶潛歸去來辭）
　　△聊弭志以高歌，順煙雨而沈逸。於是隨秋鴻而汎渚，逐春
　　　燕而登梁。進賦詩而展念，退陳酒以排傷。（鮑照觀漏賦）

賦家登山臨水，溶入煙雨飄逸迷濛之中，與花鳥同樂偕遊。自然美麗
寧靜、單純而無心機俗念，復永遠接納賞心之人，不致傷害壓迫，其
存在之變化亦較人生恆定，是以世人每愛遊賞其中，吸吮自然之美與
其溫慰。自然誠造物至善至美之賞賜，亦人生悅樂之源泉也。此外，
賦詩以詠志，酌飲美酒，彈琴高歌，讀古人之書，尚其志，友其人，
亦人間之至樂也。然是皆以己投入客體，乃單向、自以爲是之生命交
流，雖無受創之虞，然未若人間情愛往還不已之相互回應、加深加厚，
至情無限矣。且花雖芬芳芊麗，終不解語，縱以「淚眼問花」，然「花
不語」，〔註30〕故眞摯之情誼乃人間之情愛也，是以淵明云：「悅親戚
之情話」，而屈原謂「樂莫樂兮新相知，悲莫悲兮生別離」。〔註31〕誠
可謂情愛乃無常人生之終極關注、永恆貞定之信諾也。

<hr />

〔註30〕歐陽修蝶戀花「庭院深深深幾許」。
〔註31〕屈原九歌中少司命。

二、情愛之投注與安置

生命之源起本於愛，人類之始與個人生命之始均是也。

神話傳說乃初民之思索想像，綿傳於後代子孫，漸滙合而成民族共同之心靈矣。生命從何而來？中國與希伯來先民仰觀星辰，俯察山川草木，見物色之美，品物之盛，其結論乃生命始於愛也。而具化於神話中，則中國有盤古開天〔註32〕之故事；希伯來舊約聖經創世紀寫上帝創造天地，照自己之像創造人。盤古以血肉奉獻天地，誠至大之愛也；上帝以地上之塵土造人，賜予生命靈氣，而陽光雨露，荣蔬穀食，飛鳥走獸乃爲人之生存預備也，亦至高之愛矣。盤古以身投入，上帝以手創造，觀念自異，一以人爲主，一以神爲主，遂有人本思想與宗教信仰二途之歸趨。然自生命觀之，生本乎愛乃共同之肯認也。

生命個體之形成始於愛，乃父母靈與肉合一之結晶也。故愛爲不學而能，不學而知者也，乃爲生命之自身爾。孟子盡心篇上云：「人之所不學而能者，其良能也；所不慮而知者，其良知也。孩提之童，無不知愛其親者；及其長也，無不知敬其兄也。親親，仁也；敬長，義也。無他，達之天下也。」愛爲人類與生俱來之良知良能，孟子言之甚詳矣。而天下父母無不愛其子女，兄長無不疼其弟妹，則生於愛，亦長於愛之環境，加之呵護、薰染，人遂懷仁愛而不失矣。愛之對象由家庭向外擴展，愛父母，然後兄弟，以至於延向血親之外，朋友、情人，及乎孔子所云「泛愛眾」之人類愛，不必選擇，亦不須熟悉。而由家庭之愛亦推及祖先、故鄉之情，是以人間情愛常涵括親情、鄉情、友誼與愛情也。

雖然生命本乎愛，倫理制乎情，然情禮之平衡匪易矣，禮形於外，反易於掌握，遂以禮代情，以尊卑秩序爲主。然而物極必反，禮教太嚴，或流於徒具形式矣，加以個性解放，人心由羣體返之於個體，則思打破桎梏，回歸自然之情，以情之「親至」取代禮之「尊卑」，此

〔註32〕徐整（三五曆記）。

乃六朝人之意識傾向〔註33〕也，由世說新語之記載可見其實情：

　　△王戎喪兒萬子，山簡往省之，王悲不自勝。簡曰：「孩抱中
　　　物，何至於此？」王曰：「聖人忘情，最下不及情；情之所
　　　鍾，正在我輩！」簡服其言，更為之慟。(傷逝)

　　△謝太傅語王右軍曰：「中年傷於哀樂，與親友別，輒作數日
　　　惡。」(言語)

　　△過江諸人，每至暇日，輒相邀新亭，藉卉飲宴。周侯中坐而
　　　歎曰：「風景不殊，正自有山河之異！」皆相視流涕。(言語)

　　△王安豐婦，常卿安豐。安豐曰：「婦人卿壻，於禮為不敬，
　　　後勿復爾。」婦曰：「親卿愛卿，是以卿卿，我不卿卿，誰
　　　當卿卿？」遂恆聽之。(惑溺)

是可知六朝人重情：無以忘情，亦非不及情者也。緣事而哀樂，死生
離別及乎愛子親友，乃至舊鄉、故國。令人讀其文而感其情無乃太多
乎，且其人亦有此自覺也，自謂「情之所鍾」者。又夫妻之間親近狎
暱，非復梁鴻、孟光「舉案齊眉」之「相敬如賓」矣！以其重情愛，
故賦篇中以情為主題之作僅次於山水物色之賦，而男女之情，夫妻之
愛為一生一世之伴侶，飲食同在，起居共處，心靈身體亦相結合，恆
久之關係，故其思慕深，其愛熾烈，情濃恩長，職是之故，以情為主
題之賦篇數甚多。

　　親情以血緣牽扯遊子之心，以家之溫暖自在呼喚羈旅風霜之客。
雖無可選擇，亦無由否定，然誠為心靈之安穩依傍，情感之仰賴寄託，
故離父母則頓成漂泊無根之人。思慕，渴望慈顏藹然之愛也；哀戚，
為不得承歡膝下也。左芬、王劭之以女子深刻細微之情寫思親：

　　既愚陋而寡識兮，謬忝側於紫廬。非草苗之所處兮，恆怵
　　惕以憂懼。懷思慕之忉怛兮，兼始終之萬慮。嗟隱憂之怵
　　積兮，獨鬱結而靡訴。意慘憤而無聊兮，思纏綿以增慕。
　　夜耿耿而不寐兮，魂憧憧而至曙……昔伯瑜之婉孌兮，每

〔註33〕余英時先生「名教危機與魏晉士風的演變」，見中國知識階層史論，
　　　　頁343。

綵衣以娛親。悼今日之永隔兮,奄與家為參辰。豈相去之
云遠兮,曾不盈乎數尋。何宮禁之清切兮,欲瞻觀而莫因。
（左芬離思賦）

左芬寫「女子有行,遠父母兄弟」之思親情懷,女子本是無家之人,
父母之家終不能久留,然父母之愛,誰能替代?養育之恩,竟無以回
報,焉能無慨?惟此雖可哀,乃千古以來已視同自然之現象也,且回
家省親能免思念之苦,相夫教子之務,夫妻恩愛,嬌子情愛,亦可轉
移目標,填補於一二矣。而左芬入宮,與親永隔,咫尺竟成天涯,是
乃中國宮女之共同命運也,極慘無人道之制度也。又左芬姿陋無寵,
以才見敬,絕無愛情可言,何論顧弄嬌兒?深宮之寂寥益增其思念雙
親之苦,終宵難眠,意慘憤而無聊,生命於落寞愁思中消逝矣。王劭
之懷思賦「憶昔日之懽侍,奉膝下而怡裕。及同生而從容,常欣泰以
逸豫。」充分表現親子團聚之歡欣,心境之舒泰從容。文字雖平淡,
而寫家居時心中之平靜喜悅、自在隨意,則甚為親切、真實。劉潛歔
別賦以具體之事描繪往昔昆弟之遊樂:

保私庭之宴喜,共昆弟而嬉遊。校小文於搖筆,比楷式於
臨流。心每歡於接膝,行如喜於同軶。忽一去而數千,遂
離居而別域。阻同被於當寐,乘共飡於終食。

憶昔兄弟遊則並偕,行則接膝,較量文章,相互吟賞,復同被共餐,
手足情深。然親情若手足之一體共生,亦難逃離別之利斧矣,是亦人
生之當然也。

孩提之童無不知愛其親,親之愛子則更甚矣,子乃父母骨中之
骨、肉中之肉,故心靈相通,情感相繫矣。又幼兒之天真嬌憨,為父
母憂勞生命中頻添一片純真、喜樂。其稚嫩、幼小,亦令人疼惜、憐
愛。是以愛子夭折,父母視同自己生命之消失,希望之殞滅矣。曹植
慰子賦、江淹傷愛子賦均寫其喪子之痛:

△彼凡人之相親,小離別而懷戀。況中殤之愛子,乃千秋而
不見。入空室而獨倚,對牀幃而切歎。痛人亡而物在,心
何忍而復觀。日晼晚而晼沒,月代照而舒光。仰列星以至

晨，衣霑露而含霜。惟逝者之日遠，愴傷心而絕腸。（曹植
慰子賦）

△惟秋色之顥顥，心結縎兮悲起。曾憫憐之慘悽，痛掌珠之
愛子。形檉檉而外施，心切切而內圮。日月可銷兮悼不滅，
金石可鑠兮念何已……酷奈何兮胤卿，那逢天兮不祐。爾
誕質於青春，攝提貞乎孟陬。謂比方於右列，望齊英於前
修。邁高行之美迹，弘盛業之清猷。白露奄被此百草，爾
同凋於梧楸。憶朱明之在節，顧岐嶷之可貴。睍鑪帳而多
怊，瞻戶牖而有慰。奚在今之寂寞，失音容之髣髴……奪
懷袖之深愛……惟人生之在世，恆歡寡而戚饒……然則生
之樂兮親與愛，內與外兮長與稚。（江淹傷愛子賦）

親子之愛乃人間最自然之愛，況幼子全然依偎父母，情親至極矣。無少
年時之叛逆反抗，亦無成人後心思複雜而滋猜疑、獨立、脫離以致或有
疏隔矣。懷抱之物，貼心慰切，故一旦中殤，曹植以痛愛之情寫其心境，
既念永別，復痛物在人亡，仰列星以至晨，徹夜不寐，思之情切矣。庾
信亦以傷心之語云：「天道斯慈，人倫此愛。膝下龍摧，掌中珠碎。」
〔註34〕人子之亡摧碎父母之心肝矣。且江淹謂人生之樂唯親與愛，而懷
袖之深愛見奪，人生之樂亦傷。父子之情恆繫於心，悼之念之永難滅止，
然愛子之「生而神俊」，江淹寄予「美器」〔註35〕之期望，是以惜之愈
甚也，此乃人惜愛才慧美質之本心，況乎己子之岐嶷，後生可畏，正可
有為，以完成父母未盡之理想，彌縫其人生之缺憾矣。

　　天倫之愛既為人生之樂，中國復為安土重遷之大陸文化，然何以
有高樓處即有望鄉之人？有流水之處即有流浪天涯之遊子？人竟去
樂而求苦？反其道而行以自苦？亦人生本有太多不得已之無奈？或
因遊宦，或遭流放，遭遇世亂，而交通不便，地域廣大，山河阻絕，
歸去故鄉實為不易之事也。然親人之愛、鄉土之思念並未以此而中

〔註34〕庾信「傷心賦」。
〔註35〕江淹傷愛子賦序云：「江艽字胤卿，僕之第二子也，生而神俊，必為
　　　　美器，惜哉遘閔，涉歲而卒。」

絕？加以他鄉流落，人情不似故鄉，物色終非舊土，則懷歸之情更深
切矣。而賦中「鄉」之意義有二，一為祖先父母所居之家鄉，一為君
主所在之故國，鮑照遊思賦云：

> 信海上之飛鶴，指煙霞而問鄉，覽林嶼而訪泊，撫身事而
> 識苦，念親愛而知樂。苦與樂其何言？悼人生之長役。捨
> 堂宇之密親，坐江潭而為客。

鮑照所問之「鄉」乃至親至愛之堂上密親所居之家鄉，問鄉，為問親
也。然則袁黼思歸賦曰：

> 日色黯兮高山之岑，月逢霞而未皎，霞值月而成陰。望他
> 鄉之阡陌，非舊國之池林……行復行兮川之畔，望復望兮
> 望夫君，君之門兮九重門，余之別兮千里分。願一見兮導
> 我意，我不見兮君不聞……彼鳥馬之無知，尚有情于南北。
> 雖吾人之固鄙，豈忘懷于上國？去上國之美人，對下邦之
> 鬼域。形既同于魍魎，心匪殊于螢賊。

由其所思之對象為「君」、「美人」，此「君」之門九重，見君，乃盼
君導我意也，然不得其門而入，君亦不聞，是可知「君」乃君王之謂
也。「美人」、「夫君」，乃以夫妻喻君臣關係也。故「舊國」、「上國」
均指君王所在之國也。六朝之際，世遭紛濁，衣冠渡江，南北永隔，
無論親人、抑君王之所在，胥為遊子孤臣之所繫念也。以「鄉」乃生
命植根之處，徙植移根，難適異地之土質氣候，庾信枯樹賦言之至為
深切：

> 若乃山河阻絕，飄零離別。拔本垂淚，傷根瀝血。火入空
> 心，膏流斷節。橫洞口而敧臥，頓山腰而半折。文表者合
> 體俱碎，理正者中心直裂。

庾信以樹喻人，自生命習慣言之，飄零異鄉一若把本移植，此一行動
勢必傷根；又新土若貧瘠崎嶇，異乎本鄉，則存活不易矣。落入生活，
故袁黼思歸賦謂他鄉為「鬼域」，江淹待罪江南思北歸賦云：「況北州
之賤士，為炎土之流人。共魍魎而相偶，與蠛蛸而為鄰。」亦然。流
落之時本有思親念鄉之痛，覩物已無歡愉，復無情於他鄉，故不論美

惡，賦家均無意稍留也。王粲登樓賦云：「雖信美而非吾土兮，曾何足以稍留！」異鄉縱使優美、富庶，難留遊子之足跡，而個己之逢遇不論達與不達，懷土之心無異矣：

> 昔尼父之在陳兮，有歸歟之歎音。鍾儀幽而楚奏兮，莊舄
> 顯而越吟。人情同於懷土兮，豈窮達而異心？（王粲登樓賦）

故鄉永爲遊子魂牽夢繫之地，親人、往日生活，情份與記憶疊聚，亦爲安息地、力量之根源，漂泊令人疲乏，他鄉總不若家鄉親切、溫暖，名利之追求亦是虛空之虛空，何能比親情於萬一？而縱使肯定己身之成就，亦盼至愛之人分享，富貴而歸家鄉，始爲眞實之榮耀，貼心之安慰也。而落魄江湖，江湖雖任己浪跡，然以溫馨接納全然擁抱者唯家鄉之泥土，親人之胸懷耳，故不論窮達，遊子永遠仰望故鄉之天空，以望當歸矣！

何以遊子總愛望鄉？總愛登高？離鄉去國，則家鄉必在遠方，唯登高始能望遠，是以遊子思念家園，一解愁緒，遂登高以遠眺，然所見雖遠，故園猶在千里之外，無以達成因望鄉解憂之預想，滿目盡是異鄉景致，山長水闊之阻絕具現爲事實，心之鬱悶更甚，懷鄉之情益殷矣，此時登高而作賦，抒發個己懷鄉之情矣。

> 登茲樓以四望兮，聊暇日以銷憂。覽斯宇之所處兮，實顯
> 敞而寡仇。挾清漳之通浦兮，倚曲沮之長洲。背墳衍之廣
> 陸兮，臨皋隰之沃流。北彌陶牧，西接昭丘。華實蔽野，
> 黍稷盈疇。雖信美而非吾土兮，曾何足以稍留。遭紛濁而
> 遷逝兮，漫踰紀以迄今。情眷眷而懷歸兮，孰憂思之可任。
> 憑軒檻以遙望兮，向北風而開襟。平原遠而極目兮，蔽荊
> 山之高岑。路逶迤而脩迴兮，川既漾而濟深。悲舊鄉之壅
> 隔兮，涕橫墜而弗禁。（王粲登樓賦）

仲宣冀銷憂而登當陽樓，願望見心所繫之故土。然極目所視乃流浪地之形勢，仲宣以不挾感情之客觀筆觸詳盡道其地理位置、古蹟、物產，動詞之運用，令山川具象生動，此修辭之功也。然無賞愛之情寓乎其中，其總結「雖信美而非吾土兮，曾何足以稍留！」雖肯定其美之客

觀事實，然不能令遊子投入其中，不惜一筆掃去前文。不戀即目之景，以其所眷懷者舊鄉也，然歸去亦當有舟楫，而視野所及，平原無盡，山高水深，路途遙遠逶迤，阻隔壅塞。以不得歸去遂傷心落淚，淚水濛濛之中，遊子似望見其望不見之故鄉，遂堅決立定歸鄉之志：

　△塞風馳兮邊草飛，胡沙起兮雁揚翮。雖燕越之異心，在禽鳥而同感。悵收情而拭淚，遣繁悲而自抑。此日中其幾時，彼月滿而將蝕。生無患於不老，奚引憂以自逼。物因節以卷舒，道與運而升息。賤賣卜以當壚，隱我耕而子織。（鮑照遊思賦）

　△是時霜翦蕙兮風摧芷，平原晚兮黃雲起。寧歸骨於松柏，不買名於城市。（江淹去故鄉賦）

物色啓示人生之短暫無常，若是何苦而離親愛以傷己，引憂以自逼？既不喜邊草胡沙，胡不歸去？貧賤而親人相依亦是福樂矣。是以身雖離居在外，決志歸去之信諾發自內心，「寧歸骨於松柏，不買名於城市」，意志何等堅決！「賤賣卜以當壚，隱我耕而子織。」則甘於平淡貧賤，惟願親愛常相廝守耳。家鄉恆立於遊子之夢魂，遊子亦努力拭落流浪之風塵，歸向生根之泥土，不再爲過客，而是歸人。

　　由「他鄉遇故知」之爲人生四大樂事，可知寂寥異鄉之客，友誼乃其溫馨之慰藉也。而離父母之膝，步出家門以與人羣相處，士人生命之必然過程也，「獨學而無友，則孤陋而寡聞。」（禮記學記）個人之智悟終究淺窄，朋友之交流適足互補。而「知人」本人性自愛自知之延伸，希望觸見另一心靈世界；亦深願他人知己、賞己，「賞心有侶，詠志有知」，誠生命之歡悅也。以人非自足自具之完全者也，心中終存留一片空處，期待識路之人進入；亦有不安之觸腳，盼望進入他人生命之中，同心契合，如蕙蘭之揚芳，易繫辭之言甚美：「二人同心，其利斷金；同心之言，其臭如蘭。」然朋友不若父母、兄弟之繫於既定之血緣，以人而合，故有「可與言」、「不可與言」之選擇，有選擇必有取與捨，志不同道不合則不相爲謀，管寧與華歆割席而

坐，嵇康與山濤絕交。呂安賞愛嵇康之高致，「每一相思，輒千里命駕」，〔註36〕任昉答陸機感知己賦回應知遇之情，是以友情乃自主、純粹之人間情誼。自身即為聯繫之力量，此其難得可貴之處；而不深之恩亦以此而輕絕，「朋友信之」，誠然不易，死生富貴貧賤，「信」之試金石也。試展卷以覽六朝賦中之友誼。

　　情為友誼之質素，喜愛、欣賞，人始於並陳之距離中向前跨步，以就其人。亦惟雙方均提起自我往前邁進，二人方能相遇。江淹傷友人賦曰：

> 余幼好於斯人，乃神交於一顧。邈疇年之繾綣，竊生平之遊遇。既遊遇兮可尋，乃協好兮契心。懷愛重於素璧，結分珍於黃金。

江淹幼即愛慕其人，匆匆一顧之形像常留腦際，與之神交，是乃仰慕之至情也，雖未接交，情份已深。惟此情乃單向之思慕，年歲懸殊，致二人雖有接近之機會，故至乎此時，一動一靜，邈不相遇矣。其後相遇而有契心之交，二人之情分比璧玉、黃金貴重。傅咸感別賦云：

> 嘉天地之交泰，美萬物之會通。悅朋友之攸攝，慕管鮑之遐蹤。退以文而會友，欽公子之清塵。信同聲之相應……
> 幼則同遊，長則同班。同心厥職，其臭如蘭。

二人同心認可情誼，而有相應、會通，往還施報無窮，友誼遂逐漸增深加重。傅咸與友人魯庶叔之相交，「同」可表現其情之親密深長，先有同聲相應之信心，自幼及長同遊同班，亦不相離，若非同心護持，焉能及此？

　　「愛人者人恆愛之」，就主動者言之也，若就被動者言，則「人愛者其恆愛之」，朋友定交，若有一方跨出友愛之步伐，表其了解賞愛之情，則受者往往較易回應，一者感恩知遇，一以人之自我中心意識，較能接納喜愛自己之人，且龍與龍交，鳳與鳳遊，物以類相聚，人亦然也，欣賞己者多為同類之人，故結交此人乃其本心所願也。潘

〔註36〕晉書嵇康本傳。

岳懷舊賦云：

> 余總角而獲見，承戴矦之清塵。名余以國士，眷余以嘉姻。
> 自祖考而隆好，逮二子而世親。歡携手以偕老，庶報德之
> 有鄰。

潘岳年十二而獲見於戴矦，以是而知名，非僅名之以國士，表其評價
之高；復申之以婚姻，益表現其肯定、期許於摯愛，知己愛己，蒙受
者焉能無動於衷？故歡然執手定交，願有所回報，爲人情之常也。陸
倕之見賞於任昉亦然，陸倕感知己賦贈任昉云：

> 竊仰高而希驥，忽脂車而秣馬。既一顧之我隆，亦東壁之
> 余假。似延川之如舊，同伯喈之倒屣。

任昉之推賞陸倕，以頗具聲譽之文壇前輩提拔後生籍籍無名小子，遂
令陸倕感恩無已，作感知己賦以贈之。二人之交由仰視、俯視而拉平，
始能會通往還，否則恆爲高處往低處流，即任昉答陸倕感知己賦所
云：「雖有望於己知，更非謂其知己。」知其人，未必爲其所知。仰
高企慕，無路可攀爬，亦終是神交而已，故立於平等位置始能相知相
契，心照情交。惟情雖爲友誼之質，而情之相契，以其志同道合也，
才性與理想既投合，其追求之歷程切磋琢磨乃友誼之內涵也，江淹知
己賦、傷友人賦著重砥礪學問：

> △我筠心而松性，君金采而玉相。伊邂逅之未遇，爰契闊於
> 朱方。丹瓊譬而非寶，綠蘭比而無芳。每賞矜其如契，貴
> 懷允而不忘。亟間席兮惆悵，屢環帶而從容。論十代兮興
> 毀，訪五都兮異同。談天理之開基，辯人道之始終。翳龍
> 圖及鳳書，傾蒼冊與篆字。（知己賦）

> △捨一代而笑淺，訪古人而來深。固齊術而共徑，豈異袖而
> 同襟。爾凝情於霜柏，我發志於冬桂。譬千品之消散，鏡
> 百候之衰替。帶荊玉而爭光，握隨珠而比麗。披圖兮炤籍，
> 抽經兮閱史。共檢兮洛書，同析兮河紀。既思遊兮百說，
> 亦窮精兮萬里。愛詩文之綺發，賞賦艷兮錦起。翳古今之
> 寶貴，殫竹素之探奇。信明日之徒晨，屬夜星之空移。覽
> 秋實於西苑，摘春華於東池。（傷友人賦）

情誼之堅固恆久以道也，友朋心性情志切近，持共同之信守，論古今之興亡，地理山川，乃至談天理，辯人道，鑽研淵深之文字學，閱覽經史，致力於學問之研究。或成一家之言，以傳之不朽；或各逞才華，沈思翰藻以比麗爭光；奇文成則共賞共評，相互推動勉勵，真誠批評指正，互補所短，以造就他人，發展自我。

豐富生命，啓引人生方向，並堅守立定之道，此乃友誼之潛在力量，其嚴肅之一端也。而携手共遊，覽秋實，摘春華，登山臨水，把酒促膝，情志之照會，乃情誼令人流連難忘之處，雖則死生離別亦無以奪去矣。

死者雖已矣，生者常惻惻，是以悼亡之作不絕於書，人間友誼亦因之永恆不朽矣，向秀思舊賦序云：

> 余與嵇康呂安居止接近，其人竝有不羈之才。然嵇志遠而疏，呂心曠而放。其後各以事見法。嵇博綜技藝，于絲竹特妙。臨當就命，顧視日影，索琴而彈之。余逝將西邁，經其舊廬。于時日薄虞淵，寒冰凄然。鄰人有吹笛者，發聲寥亮。追思曩昔遊宴之好，感音而歎。故作賦云。

向秀以思舊一賦而佇立六朝賦壇，以其情盡乎辭也。因此劉熙載藝概卷三賦概云：「賦必有關著自己痛癢處，如嵇康敍琴、向秀感笛，豈可與無病呻吟同語。」思舊賦、非惟賦佳，序亦佳，由序所言益可見向秀之友情矣。其與嵇康、呂安居處近，嘗共鍛於大樹下，因此向秀深知二人之才性，其評語短而切確矣，三人情志之互通可知。而嵇康妙于絲竹，其遭際之境，山陽舊居遊宴之好，均烙印於向秀之心。遠去之前猶返舊地，以眷懷思念故人。笛韻非琴音，竟成故友之妙聲。嵇康死於政治微妙因素，向秀竟敢爲文追悼，而顧影彈琴，「寄餘命於寸陰」，遂使嵇康之形像永存人心矣。思舊賦令向嵇之友誼永恆，亦人間友誼超乎利害死生之證明也。

友誼之外，愛情亦爲生命之主題。愛情雖非生命之全體，誠爲人心內在之渴慕；雖未超越一切之上，實爲人生美滿幸福之所繫。造物

賦予品類率爲多雙，以獨居不好故也，因此，人深信茫茫人海必有一人爲我之半圓，終有一日驀然回首，那人定然立於燈火闌珊之處。故思念伊人，遂以一己之想像形容賦予伊，偏尋滿堂之美人中與予目成者，或見己意中之人，遂魂繫夢縈，情靈搖蕩，遑遑然不可終日，是乃人情之動也。然會之無因，求之無路，相思祇成自多情，多情惟是枉然，思省抑止，俾令心靈回復平靜，此爲婚前情愛追求之過程，六朝賦家據以爲文者多矣。情愛之缺憾，生離死別摧迫情份中斷，生離，因良人遠赴他鄉，或游學，或仕宦，妻子永遠扮演深閨等待之人。亦有情意不專，棄舊迎新者，而盡爲出婦含悲而去，女子因愛而生，爲愛受苦是也。所愛者死，長流悲痛懷念於人間，而若死者爲良人，寡婦之生惟待同穴之日耳。此類賦篇均出自男子之手，是可見賦家有情，了解女子重情更甚於男子，而寄予無限之同情。而其態度正如劉若愚先生「中國人的一些概念與思想感覺的方式」（中國詩學）所云：

> 中國人對愛的概念與歐洲人的概念不同的地方是：前者並不把愛讚揚爲某種絕對的東西而使戀愛中的人完全不受道義責任的約束。愛通常也不像有些形而上詩人那樣，認爲是靈之結合的一種外在的標記。中國人對愛的態度是合理而實際的：愛做爲一種必要的有價值的經驗而在人生中給予合適的位置，但不將它提昇到其他一切之上。

六朝賦家並未視愛情爲絕對，必受禮義約束，所謂「發乎情，止乎禮義」是也，故寫婚前之思念追求，心中悅愛，渴慕一親芳澤，然其自處乃：

> 考所願而必違，徒契契以苦心。擁勞情而罔訴，步容與于南林……意夫人之在茲，託行雲以送懷，行雲逝而無語，時奄冉而就過。徒勤思以自悲，終阻山而帶河。迎清風以袪累，寄弱志於歸波。尤蔓草之爲會，誦邵南之餘歌。坦萬慮以存誠，憩遙情于八遐。（陶潛閒情賦）

淵明考察而知所願必違，擁情無以傾訴，復不可強求，執著徒自苦其心耳。生命悠悠而過，豈可爲情所累？清風流波可飄舉鬱結，故以理

智之思索令深情歸返，藉自然以滌情思，是乃淵明之處也，發乎情，
止乎理智。均本乎自然人情，爲道德之至境也。亦有以禮義抑止者：

　　△假信氣之精微兮，幸備嬿以自私。願申愛于今夕兮，尚有
　　　訪於是非。（阮籍清思賦）

　　△嗟佳人之信脩，羌習禮而明詩。抗瓊珶以和予兮，指潛淵
　　　而爲期。執眷眷之款實兮，懼斯靈之我欺……收和顏而靜
　　　志兮，申禮防以自持。（曹植洛神賦）

　　△登高樓以臨下，望所歡之攸居。去君子之清宇，歸小人之
　　　蓬廬。欲輕飛而從之，迫禮防之我拘。（曹植愍志賦）

　　△稟純潔之明節，後申禮以自防。重行義以輕身，志高尚乎
　　　貞姜。（阮瑀止欲賦）

賦家寫想像中之美人，或現實中悅愛之情人，表其申禮以自持，反省
是非，頗有讚許之意，益增其賞愛之情，是可知禮義雖使己情意不得
陳述，無以獲致歡聚，猶得賦家認許也。再則男子思親近所愛，扭轉
緩急之情勢，爭取所歡之心，此繫乎一生之情緣也，亦不得不迫於禮
防。此際其心必深恨禮防，然仍接受之也，追求愛情不得超離羣體秩
序之維繫者——禮義，儒家思想深植人心，由是可見。惟求之不得，
無法以自我理智舒解執著之心，外在禮義之命令亦只能抑止行動，而
無以控制飄蕩牽念之思，則以「夢」補償其未竟之願乃賦家之另一解
脫之途也：

　　△道攸長而路阻，河廣瀁而無梁。雖企予而欲往，非一葦之
　　　可航。展余轡以言歸，含慘痒而就牀。忽假瞑其若寐，夢
　　　所懽之來征。魂翩翩以遙懷，若交好而通靈。（陳琳止欲賦）

　　△恨年歲之方暮，哀獨立而無依。情紛挐以交橫，意慘悽而
　　　增悲。何性命之奇薄，愛兩絕而俱違。排空房而就衽。將
　　　取夢以通靈。目炯炯而不寐，心忉怛而惕驚。（王粲閑邪賦）

　　△思宵夢以從之，神飄颻而不安。若憑舟之失棹，譬緣崖而
　　　無攀。（陶潛閑情賦）

日有所思，夜有所夢，夢爲現實人生之補償，夢亦爲現實人生之延長線。
深藏之潛意識浮現於意識之中，現實中欲往而近佳人絕不可能，恨恨壓

抑於潛意識，遂於夢中達成願望，所歡飄然就近，兩情相悅，交好而通靈也。佛洛伊德夢之解析以兩性關係解析一切夢境，頗遭批駁，然於此據佛氏之說或可行也。夢能完成現實之不可能者，雖虛幻不實，而至少可享遂願之歡，故人失望於現實，遂嚮往夢中之補償。然夢與現實無可攀緣，努力追索入夢以通靈，以夢追隨佳人，未可強致也。

以理智調和情感，或以禮義自防，或追求美夢以補償，均能內轉情感，歸於平衡，其心靈過程乃唐君毅先生所謂「欲進還止之迴環婉轉之情也」。〔註37〕追求之時婉轉以起相思，欲進還止，此可謂「溫柔敦厚」內斂之情也。至於婚後見棄，雖悲驚飲恨，亦不至外發報復以洩恨，乃隱忍於內，含悲長辭，王粲出婦賦最為此中代表：

> 既僥倖兮非望，逢君子兮弘仁。當隆暑兮翕赫，猶蒙眷兮見親。更盛衰兮成敗，恩情固兮日新。竦余身兮敬事，理中饋兮恪勤。君不篤兮終始，樂枯夷兮一時。心搖蕩兮變易，忘舊姻兮棄之。馬已駕兮在門，身當去兮不疑。攬衣帶兮出戶，顧堂室兮長辭。

郎君心搖蕩而變易，忘却舊姻，不篤於終始，猶謂其弘仁，無諷刺之尖酸意味，乃真心信任之摯愛。謙稱己能託身喬木為高攀也，勤恪敬事以盡妻職，盼維繫恩情，偕百年之好。不意君竟變心，然訴說來從容和平，敍其事實而已，不見一「怨」、「恨」字。臨當就去，有長辭之志氣與堅強，然猶回顧堂室，其珍惜往日情意之情態盡於「顧」之中矣。溫柔婉順而有情，堅強堅決以面對情愛之變，吞忍怨恨不平，形諸於外者乃溫柔敦厚之中正和平，是誠中國女子之性情也。其遭良人捐背之變亦然，寧化餘生為思念，持守共有之情愛，不作一時之殉，潘安仁寡婦賦敍孤寡之心，無論晨昏，漫漫多夜，抑綿綿夏日，傾想疇昔，思君憶君為其情感之全部，而其所以不殉，不忍稚子之無依也：

> 亡魂逝而永遠兮，時歲忽其遒盡。容貌儡以頓顇兮，左右悽其相愍。感三良之殉秦兮，甘捐生而自引。鞠稚子于懷

〔註37〕唐君毅先生中國文化之精神價值中「中國文學精神一章」，頁339。

　　抱兮，羌低徊而不忍。獨指景而心誓兮，雖形存而志隕。

以稚子乃二人情愛之結晶與延續也，懷抱稚子如同懷抱情愛，良人雖逝，情愛永存，未亡人當繼續護守有情天地之中二人之深情。其實，稚子之外，同住之屋宇牀幃，携手暢遊之地，良人所愛之物，無不恆留良人之愛，怎忍拋置而死？因此作一旦之傾身殉情非中國人處理情愛之方式，於女子而言，恆守貞以思君，志雖隕而形存，珍重情愛之常留人間，或抑有尊重自然生命之意也。男子則「愛情誠可貴，生命價更高」矣，阮籍清思賦云：「既不以萬物累心兮，豈一女子之足思」是也，「兒女情長，英雄氣短」，非大丈夫之襟懷。而以愛情滋養生命，俾令生命成其高揚之志，始可謂得其正也，此既愛情之合適位置。而其中亦有儒家「士尚志」之消息在焉。

　　又賦家筆下之愛情亦非純精神，僅求靈之結合而已，乃重實際身體之結合，故其寫想像之神人、意悅之佳麗，無不著力於形像容貌之雕刻，且不止於欣賞，思宜室宜家也：

△其形也，翩若驚鴻，婉若遊龍。榮曜秋菊，華茂春松。髣髴兮若輕雲之蔽月，飄颻兮若流風之迴雪。遠而望之，皎若太陽升朝霞。迫而察之，灼若芙蕖出淥波。穠纖得衷，脩短合度，肩若削成，腰如約素。延頸秀項，皓質呈露。芳澤無加，鉛華弗御。雲髻峩峩，脩眉聯娟。丹脣外朗，皓齒內鮮。明眸善睞，靨輔承權。瓌姿艷逸，儀靜體閑。柔情綽態，媚于語言……余情悅其淑美兮，心振蕩而不怡，無良媒以接懽兮，託微波而通辭。（曹植洛神賦）

△媛哉逸女，在余東濱。色曜春華，艷過碩人。乃遂古其寡儔，固當世之無鄰。允宜國而盜家，實君子之攸嬪。伊余情之是說，志荒溢而傾移。（陳琳止欲賦）

△何淑女之佳麗，顏炯炯以流光。歷千代其無匹，超古今而特章……予情說其美麗，無須臾而有忘。思桃夭之所宜，願無衣之同裳。（阮瑀止欲賦）

其所思愛之美人皆絕世無雙，古往今來之第一人。容貌之麗，令人心

動神馳，賞之悅之，難以自已，情靈之會通無以滿足，宜其室家乃其深心所願也，此本人情之自然，中國人合於實際之表現。

此類賦作源自宋玉高唐賦，漢代張衡有定情賦，蔡邕作靜情賦，六朝之作更多。賦中之女子，個己之情思，殆想像與現實之融合，而愛情、美人自古常爲君臣、君主之象徵，屈原之思美人已然。惟必有愛情自身存在，始有因其部分共通而轉借託喻之可能，故思截然畫分，或將一切愛情釋爲君臣關係，恐徒增困擾而已，曹植洛神賦之爭辯可爲一例，必落入質實謂其感甄而作，或隱喻明帝，乃自陳己志之作，當讀其文，考其生平背景，始可斷定。且一文暗示多種心志，表現多種情懷亦非不可能，諸說並存，亦無不可矣。如張華詠懷賦寫美人「既惠余以至懽，又結我以同心。交恩好之款固，接情愛之分深。誓中誠于曒日，要執契以斷金。」可詮釋爲夫妻情愛之深厚堅定，而謂美人之愛爲「惠」，上施於下也，「結我以同心」，美人主動，此於中國男女交往中甚少見也。而「二人同心，其利斷金」亦可指友誼。其後云：「嗟附天道幽昧，差錯繆于參差。怨祿運之不遭，雖義結而絕離。」夫妻以情交，乃二人及其家族之事而已，或遇死生變故，何至乎錯繆參差？且與不遭祿運何關？又君臣始以義結，君掌握人臣之祿運，百官眾僚之官場人際複雜，遇不遇之運命錯繆參差，據上之述，詠懷賦或可以君臣關係視之，而情愛或爲君臣之諭託由是可知矣。

第三節　時代現實之返照：戰亂與民生

一、戰火離亂之摧傷

人生普遍主題已述於前二節，惟亂多於治，分裂長於統一，爲六朝特殊之時代狀況，落實其中，風貌自有不同。月爲共象，而月印萬川，或爲浮光躍金，或爲靜影沈璧，本節則著重亂世生命之殊相，俾以見其境中之眞相。名士殺戮之政治現實已見於本章第一節「安身立命之二重肯定」，此不重複，擬據戰亂與民生討論賦篇。

賦家筆下之亂世影像乃國破家亡，親人喪生離散，己則羈旅飄泊，身陷異域以寄人籬下，含悲忍垢以苟存性命耳，而思歸故國，懷念家鄉、親人乃其刻骨腐心之渴望矣。其回顧喪亂，一者傷痛家國之淪亡，一者反省檢討。試觀寫戰亂之作：

> 淳風杪莽以永喪，縉紳淪胥而覆溺。呂發釁于閫牆，厥攜摧以傾顛。疾風飄于高木，迴湯沸于重泉。飛塵翕以蔽日，大火炎其燎原。名都幽然影絕，千邑闃而無烟。(李暠述志賦)

李暠以自然可怕之破壞力形容戰爭之摧殺力，疾風飄、迴湯沸，飛塵、大火等巨大無可逃離之災禍降臨，遂使縉紳淪胥，名都與夫千邑盡為影絕無烟之空城矣。人為之戰禍猶如天災，生命以己之手斬殺生命以至於是矣。然李暠似為超離者以全知觀點攝取戰禍鏡頭，不若投入其境者自身已有恐懼哀憐之情，如沈約憫國賦則寫圍城時心境：

> 余生平之無立，徒跡弛以自閑。處圍城之惵惵，得無用於行間。對僚友而不怡，咸悄顏而相顧。畏高衝之比擬，壯激矢之南度。駭潛師之夜過，驚躍馬之晨呼。矛森森而密豎，旗落落而疎布。時難紛其未已，歲功迫其將徂。育素蟻於玄宵，垂葆髮於緌胡。

文臣臨國難之心情躍然紙上，非客觀描寫戰爭，乃寫己對戰爭之感受也。文人生平無武功之訓練，故乃戰無一用是書生耳，惟能憂心悄悄，驚駭恐懼而已，略聞動靜則心驚膽顫，曾婦人女子之不若也。然文臣縱不能決勝千里之外，當能運籌帷幄之內，臨事而懼，慎謀以斷，若沈約此輩文人之頓弱無能，則南朝滅亡無乃太遲矣！亡國之臣驚懼如此，君主之憂更甚矣：

> 忽值魏師入討，于彼南荊。既兵車之赫赫，俄一鼓而凌城。同寘生之舍許，等小白之全邢。伊社稷之不泯，實有感于生靈…寡田邑而可賦，問丘井而求兵。無河內之資崝，同縈陽之未平。夜騷騷而擊柝，晝孑孑而揚旌。烽連雲而迴照，馬伏櫪而悲鳴…寂寥井邑，荒涼原野。(後梁宣帝愍時賦)

後梁宣帝掌握戰情，籌畫應敵之方。軍隊、糧草為戰爭之主力，糧缺

軍乏，倉促賦求，故不致徒然坐愁恐懼，其所憂愍亦非僅身家性命而已，乃天下生靈塗炭，江山淪陷，及嗣統滅絕之事也。生當敗亡之際而為繼絕存亡之君，誠不易也。非惟人君難為，人臣亦然。幸不死於亂軍，而亡命他鄉，其自責自傷，痛故國之亡亦甚矣，庾信哀江南賦序云亡國之臣之心境：

> 粵以戊辰之年，建亥之月，大盜移國，金陵瓦解。余乃竄身荒谷，公私塗炭。華陽奔命，有去無歸。中興瓴銷，窮于甲戌。三日哭于都亭，三季囚于別館。天衢周星，物極不反。傅燮之但悲身世，無所求生；袁安之每念王室，自然流涕。

子山既傷身世，亦悲王室，以國之於人猶巢之於卵，覆巢之下焉得完卵？且生命無以獲存，何論施展志向？寄人之地，心恆抱愧戰兢；仰人鼻息，似履薄冰矣。因此故國之思益殷，回憶往昔，既怖且驚，而己為官守者，竟無力護守家邦，而奔命竄身，公私塗炭，思省而心愧痛之。以文學修養極高之文人而遭此世變，遂交迸而成深刻動人之賦篇。其文非若李暠之純客觀敍述，亦不似沈約獨寫個人情懷，乃近後梁宣帝兼寫個己與家國，惟宣帝文學工力不及子山耳。子山以高度運作力操其萬端感慨，以情緯文，真不世出之巨著也。其為文或直寫金陵喪亂之史實，或寄史實於典故之中，或以物喻己。直寫史實者，傷心賦、哀江南賦是也；以典故喻史事，竹杖賦是也；而枯樹賦乃以物喻己也。試觀其賦：

> 在昔金陵，天下喪亂。王室板蕩，生民塗炭。兄弟則五郡分張，父子則三州離散。地鼎沸于袁曹，人豹狼于楚漢。(傷心賦)

傷心賦以極簡鍊之文字寫金陵喪亂之事，化繁為簡，以少傳多，兼包王室、生民，並言流離分散之現象，喻之以楚漢之爭，漢末之亂，以史事乃背景耳，故以簡御繁。而哀江南賦則據喪亂為主題，故言之繁富已極。

> 天子履端廢朝，單于長圍高宴。兩觀當戟，千門受箭。白

虹貫日，蒼鷹擊殿。竟遭夏臺之禍，遂視堯城之變。官守
無奔問之人，干戚非平戎之戰。陶侃則空裝米船，顧榮則
虛搖羽扇。將軍死綏，路絕重闉。烽隨星落，書逐鳶飛。
遂乃韓分趙裂，鼓臥旗折。失群班馬，迷輪亂轍。猛士嬰
城，謀臣卷舌。昆陽之戰象走林，常山之陣蛇奔穴。五都
則兄弟相悲，三州則父子離別。護軍慷慨，忠能死節。三
世爲將，終于此滅。濟陽忠壯，身參末將，兄弟三人，義
聲俱唱。主辱臣死，名存身喪。敵人歸元，三軍悽愴。尚
書多算，守備是長。雲梯可拒，地衝能防。有齊將之閉壁，
無燕師之臥牆。大事去矣，人之云亡。申子奮發，勇氣咆
勃。實總元戎，身先士卒。胄落魚門，兵填馬窟。履犯通
中，頻遭刮骨。功業夫枉，身名埋沒。或以隼翼鷃披，虎
威狐假。霑漬鋒鏑，脂膏原野。兵弱虜強，城孤氣寡。聞
鶴唳而心驚，聽胡笳而淚下。據神亭而亡戟，臨橫江而棄
馬。崩于鉅鹿之沙，碎于長平之瓦。

侯景之亂，庾信身與其事，知之甚詳，故筆觸深細，自帝王、武將、
末將、百姓，假威肆行之奸小及亡命奔竄之人均詳爲刻畫矣。梁武遭
囚禁，憂憤而卒，官守無奔問之人，滿朝文武不見忠義之臣，而將帥
無力平亂，養兵千日，不可用於一旦，帝王至此，夫復何論？庾信謂
之「主辱」，亦有愧恨乎？六朝世族雖少功臣，〔註38〕而卑官末將則
不寡身先士卒，以死報君之人。而兵荒馬亂之際受苦最多者乃無辜之
百姓也，既不得望敵先奔，亦無人保護營救，己復無武力以抗大軍，
任受搜刮，任憑宰割。親朋死生別離，不相存問，誠人間之至慘也。
逃難亡命之人，驚惶倉促之際，風吹草動，鶴唳笳鳴則驚怖恐懼矣。
身外之攜，隨處而亡失，身無定居，心無寧時，時刻惶恐畏害，乃人

〔註38〕臺靜農先生魏晉文學思想的述論云：「清談家都是政治上有崇高地位
的人，王謝兩大門閥實爲之領袖……於是而有『口談浮虛，不遵禮
法，尸祿耽寵，仕不事事』的惡習……永嘉之時，已經如此，到了
江左，此風更盛……故江左世族無功臣……此種清談家的人生觀形
成絕對的自利主義。」清談家多爲世族，居高官，然宅心事外，以
爲不關心事務，便成高致，故少有戮力王室之功臣矣。

生之至苦也。此悲慘痛苦之經驗，庾信離江南至北朝，雖居官安定，年至白首，猶難忘懷矣。而其竹杖賦則藉寓言人物丘先生之口言楚漢、漢末之亂，實則言梁季之亂也：

> 若乃世亂市朝，年移陵谷。猿吟鷹屬，風霜埃黷。楚漢爭衡，袁曹兢逐。獸食無草，禽巢無木。于時無懼而慄，不寒而戰。胡馬哀吟，羌笛悽轉。親友離絕，妻孥流轉。玉關寄書，章臺留釧。寒關悽愴，羈旅悲涼。疏毛抵于矰繳，脆骨被于風霜。髮種種而愈短，眉彭彭而竞長。是以憂幹扶疏，悲條鬱結。宿昔儆醜，俄然耆耋。

楚漢之爭，漢末之亂多次為庾信所用，殆去梁未遠，且不若直言近代之犯忌也。而其實乃指梁代之亂事耳。禽獸不須築屋而有洞穴枝條可居，不必生產而有草糧可食，取之於自然之食物鏈，而今竟無草無木，何論人類之建築糧食？戰爭之殘害民生至乎此。且心靈失去安全感，生命無保障則較死於饑荒刀劍更為可怕難堪。而個人生命之威脅較之親友離別，親愛喪亡，羈旅飄零，後者情之煎熬痛苦更甚矣。人以有限之年，血肉之軀，而承擔戰爭離亂之人世風霜，焉得不速老？是可知親人死亡離別，個己漂泊異鄉乃戰爭賦予有情人生最大之摧傷也。

思鄉傷亡及自念己身乃一時而並至也，以鄉土、故國、親友為己生命之愛，親愛離絕，故園難歸，生之所求為何？是以既悼子女喪於戰亂，復歎羈旅無歸之遭際，乃庾信傷心賦之所由作也，其序云：

> 余五福無徵，三靈有譴。至于繼體，多從夭折。二男一女，竝得勝衣，金陵喪亂，相守亡歿。羈旅關河，倏然白首。苗而不秀，頻有所悲。一女成人，一外孫孩稚，奄然玄壤，何痛如之。既傷即事，追悼前亡，唯覺傷心，遂以傷心為賦。

子山由傷心後代夭亡，而思己流亡之遭際。且子女夭折，以戰亂之故也。人生於世，自然之死生，自我抉擇之離親去鄉，可感念而不致傷心也。而人為戰亂之流離痛苦，非為子山一家一姓之遭遇，乃六朝人共同之命運也，其哀江南賦云：

> 余烈祖于西晉，始流播于東川。泊余身而七葉，又遭時而

> 北遷。提挈老幼，關河累年。死生契闊，不可問天。況復
> 零落將盡，靈光歸然：逼切危慮，端憂暮齒。

南渡北遷，流播無定，懷念故土，思歸舊鄉乃人心尋求歸根之想望，
且同來之人多可遂願，子山輒獨羈旅無歸，以行將就木之年猶流落異
國，悲恨傷心無極，傷心賦與枯樹賦均表思歸無望之情，枯樹賦乃以
物喻己也。

> △況乃流寓秦川，飄颻播遷。從宦非宦，歸田不田。對玉關
> 而羈旅，坐長河而暮年。已觸目于萬恨，更傷心于九泉。(傷
> 心賦)

> △況復風雲不感，羈旅無歸。未能採葛，還成食薇。沈淪窮
> 巷，蕪沒荊扉。既傷搖落，彌嗟變衰。淮南子云：木葉落，
> 長年悲，斯之謂矣。乃爲歌曰：建章三月火，黃河千里槎。
> 若非金谷滿園樹，即是河陽一縣花。桓大司馬聞而歎曰：
> 昔年移柳，依依漢南。今看搖落，悽愴江潭。樹猶如此，
> 人何以堪。(枯樹賦)

子山之賦誠傷心人之語也。未能在朝爲官佐君，還成亡國之人，是其
一痛也。身事異朝，行不由己，居官不似居官，不能任要職，蒙受親
信。且滿懷冰炭，復不得不作熱切之應酬語，以周旋異族，抑或低頭
忍受輕視鄙夷，若小園賦所云：「不暴骨于龍門，終低頭于馬坂。」
仕宦異國如此不堪，寧可歸田，一若其在南朝未仕前之生活，而歸田
亦難遂心願，是又一痛也。以此故令子山回憶往日小園之逍遙無憂，
而入仕之後有侯景之亂；聘魏，而遇大盜移國。世亂毀滅小園，迫己
永離故國，似荊軻寒水之悲，一去不得復返；如蘇武稺風之別，坐白
髮于異域。歲月搖落，菁華已晚，歸骨家鄉亦無望矣。千悲萬恨之際，
更懷念江南家園，遂以思憶當歸，而有小園賦之作矣：

> 若夫一枝之上，巢父得安巢之所；一壺之中，壺公有容身
> 之地。況乎管寧藜牀，雖穿而可坐；嵇康鍛竈，既煖而堪
> 眠。豈必連闥洞房，南陽樊重之第；綠墀青瑣，西漢王根
> 之宅。余有數畝敝廬，寂寞人外，聊以擬伏臘，聊以避風

霜。雖復晏嬰近市，不求朝夕之利；潘岳面城，且適閒居之樂。況乃黃鶴戒露，非有意于輪軒；爰居避風，本無情于鐘鼓。陸機則兄弟同居，韓康則舅甥不別。蝸角蚊睫，又足相容者也。爾乃窟室徘徊，聊同鑿坏。桐閒露落，柳下風來。琴號珠柱，書名玉栝。有棠梨而無館，足酸棗而非臺。猶得敧側八九丈，縱橫數十步。榆柳兩三行，梨桃百餘樹。撥蒙密兮見窗，行敧斜兮得路。蟬有翳兮不驚，雉無羅兮何懼。草樹溷淆，枝格相交。山爲簣覆，地有堂坳。藏狸竝窟，乳鵲重巢。連珠細菌，長柄寒匏。可以療飢，可以棲遲。啟陬兮狹室，穿陋兮茅茨。簷直倚而妨帽，戶平行而礙眉。坐帳無鶴，支牀有龜。鳥多閒暇，花隨四時。心則歷陵枯木，髮則睢陽亂絲。非夏日而可畏，異秋天而可悲。一寸二寸之魚，三竿兩竿之竹，雲氣蔭于叢蓍，金精養于秋菊，棗酸梨酢，桃榹李薁。落葉半牀，狂花滿屋。名爲埜人之家，是謂愚公之谷。試偃息于茂林，迺久羨于抽簪。雖有門而長閉，實無永而恆沈。三春負鋤相識，五月披裘見尋。問葛洪之藥性，訪京房之卜林。草無忘憂之意，花無長樂之心。鳥何事而逐酒，魚何情而聽琴……薄晚閑閨，老幼相攜。蓬頭王霸之子，椎髻梁鴻之妻。燋麥兩甕，寒菜一畦。風騷騷而樹急，天慘慘而雲低。聚空倉而雀噪，驚懶婦而蟬嘶。昔草濫于吹噓，藉文言之慶餘。門有通惠，家承賜書。或陪玄武之觀，豈參鳳凰之墟。觀受釐于宣室，賦長楊于直廬。遂乃山崩川竭，冰碎瓦裂。大盜潛移，長離永滅。摧直轡于三危，碎平途于九折。

戰亂破滅多少美好家園，豈止子山一人之小園？政權分裂，奸賊移國，遂使千萬生靈無土可依，永離故國。其客居異地，寧無故園之思？而流離飄蕩，百艱並至，悲恨無奈已令紅顏衰老，心靈亦大異乎少年之時矣。子山回憶家園已非當日園中之生活，乃以今日之心思重遊小園耳。庾信小園賦澹然率性，隨性自然，不樂功名利祿，甘於平淡，唯親人、田夫是遊也。景中含情，人與自然融而爲一。其心境涵養直

可遙契淵明矣。殆人事滄桑滌淨其心，唯願全其自然天性，暢其情志，享自然之美、天倫之樂於生身之家園。其情調迥異乎春賦「新年鳥聲千種囀，二月楊花滿路飛。河陽一縣併是花，金谷從來滿園樹。一叢香草足礙人，數尺遊絲即橫路。」春賦刻意誇飾自然生命之盛麗，不若小園「草樹溷淆，枝格相交」之自然天成，「礙人」「橫路」乃侵犯也，使人深感不便，不似小園「落葉半牀，狂花滿屋」自然與人共生共存，以牀以屋包容落葉花瓣耳。夢遊家園，子山願以心靈賞納一切，故思念中一草一木盡都美麗悅人。其在北魏雖官顯，而「龜言此地之寒，鶴訝今季之雪。」天寒地凍，心亦寒如冰雪，悽愴斷腸矣。寧羨嵇康鍛竈，煖而堪眠，自適其適，不必受風霜之苦。為唯願有容身之地，不願低頭以事人。只求食以療飢，窟室棲身，茅茨穿陋，簷低而妨帽，戶平行而礙眉亦無妨，能居家則可慰其心懷矣。心如枯木，髮似亂絲，隨意任性，不受外來束縛，與花鳥共閑遐，隨田時而行邁，任之自然，無忘憂之意，無長樂之心，不畏夏日，不悲秋氣。無亂離兵禍則是福樂，守田園，共自然已當知足矣。與親人共居相容，攜妻子老幼，常在無離為天倫至樂也，淵明歸而有「世與我相遺」之憾，而於子山等遭難之人唯能追憶往昔、神遊小園亦大相逕庭矣。

　　子山終蕪絕於異域，沈烱則於陳周通好，南北流寓之士各歸其舊國之良機歸國，自思歸遂願觀之，烱幸於子山，然讀其歸魂賦，其遭遇之慘絕人寰則甚於子山也：

> 爰逮余躬，值天地之幅裂，遭日月之雰虹。去父母之邦國，埋形影于胡戎。絕君臣而辭眷宇，踏厚地而跼蒼穹。抱北思之胡馬，望南飛之夕鴻。泣霑襟而雜露，悲微吟而帶風。昔休明之云始，余播棄于天地。自太學而遊乘明，出書生而從下吏。身豫封禪之官，名入南宮之記。登玉墀之深眇，出金門之崇邃。受北狄之奉書，禮東夷之獻使。實不嘗至屈膝遜言，以殊方降意。嗟五十之踰年，忽流離于凶忒。值中軍之失權，而大盜之移國。何赤疹之四起，豈黃霧之云塞。祈瘦弟于赤眉，乞老親于劇賊。免伏質以解衣，遂窘身而就勒。

既而天道禍淫，否終斯泰。聖靈奮發，風雲饗會。埽纏槍之
星，斬蚩尤之旆。余技逆而效從，遂妻誅而子害。雖分珪而
祚土，迄長河之如帶。肌膚之痛何泯，潛黷之悲無伏。我國
家之沸騰，我天下之匡復。我何辜于上玄，我何負于鄰睦。
背盟書而我欺，圖信神而我戮……爾乃背長夏，涉素秋。臥
寒野，坐林陬。霜微凝而侵骨，樹裁動而風道。思我親戚之
顏貌，寄夢寐而魂求。察故鄉之安否，但望計而觀牛。稚子
夭于鄭谷，勉勵愧乎延州。聞愛妾之長叫，引寒風而入楸。
何精靈以堪此，乃縱酒以陶憂。至誠可以感鬼，秉信可以祈
天。何精殞而魄散，忽魂歸而氣旋。解龍騁而見送，走郵驛
于亭傳。出向來之大道，反初入之山川。受繞朝之贈策，報
李陵之別篇。泪未悲而自墮，語未咽而無宣……每日夕而靡
依，常一步而三歎。蠻蜒之與荊吳，玄狄之與羌胡。言語之
所不通，嗜欲之所不同。莫不疊足斂手，低眉曲躬，豈論生
平與意氣？止望首丘于南風，悲域邑之毀撤。惠風水之渺
揚，既盡地而謁帝。乃懷橘而升堂，何神儡之足學，此即雲
衣而虹裳也。

沈初明此賦乃親身經歷之寫照，故悲憤慷慨、哀苦痛切。乃為情而造
文也，故言至傷心憤慨處，每令人掩卷歔欷矣。引文中約可分為四段，
首云大亂起而去國離鄉，埋影胡戎，風霜之苦與思歸之悲並至之。「抱
北思之胡馬，望南飛之夕鴻」，雖為詩人所常用──「胡馬依北風，越
鳥朝南枝。」〔註39〕「抱」、「望」則用之甚切，能表現其思想之殷矣。
「泣霑襟而離露，悲微吟而帶風。」文字幽絕，化人心之悲泣與自然
風露之侵襲為一，是乃血肉脆骨所難堪也。次以今昔之對比控訴其不
幸遭遇，昔為朝廷代表，接遇使節，未嘗屈膝遜言，乃不卑不亢，今
竟以老親幼弟受制於劇賊之手而窘身就勒。更以己風從匡復，而妻誅
子害於侯景之手，言之悲痛難泯。其身歷國破家亡，親愛喪歿，人生
之痛，何能踰此？其言云：「我國家之沸騰，我天下之匡復，我何辜

〔註39〕古詩十九首「行行重行行」。

于上玄？我何負于鄰睦？背盟書而我欺，圖信神而我戮」。用類字「我」，直呼天搶地之自陳哀訴也。蓋人對天道之公義恆存信心，以為災難之來因其得罪天、抑或虧負人也。而無負於天人，竟罹此凶禍，焉能不感慨悲怨？天道難知，孰能詳察？人哀苦無告則呼天問天，然天恆以沈默回應耳。三段寫其思親懷鄉及返歸故國之經過，思親之愁思非酒無以紓解，而人事全無可憑，唯信鬼神上蒼之悲憫慈愛矣。其後終得歸國，而未悲淚先流，未語聲已咽，歡欣與哀感盡涵於幽咽老淚之中矣。末寫其歸來後，雖則和風溫暢，人情醇厚，而心已千瘡百孔，非復舊日書生矣。滿目所見城邑摧撤，親舊流亡，行於故土，蒼涼無極矣。且往日流落異國之記憶難以忘却。言語不通，猶如啞者；嗜欲不同，難習其俗，無可傾訴之人，復懼誤會而受欺凌侮辱，故唯卑躬屈膝，低眉以討取生存耳，生平之意氣蕩然無存矣，此乃移居異域必然面臨之遭遇也。思此而益肯認還鄉之幸，畢竟，舟子歸去，歸去海洋；華夏子女，當歸江南也。

　　且雖然戰亂流離以致長年不歸，思親念鄉至為迫切，而戎務在身，隨師外征，其冀望兵革止息，歸鄉有時，亦甚殷切也，自潘岳征賦、陸機思歸賦均可見之：

> 遭千載之嘉會，皇合德于乾坤。弛秋霜之嚴威，流春澤之渥恩。甄大義以明責，反初服于私門。皇鑒揆余之忠誠，俄命余以末班。牧疲人于西夏，攜老幼而入關。丘去魯而顧歎，季過沛而涕零。伊故鄉之可懷，疚聖達之幽情。矧匹夫之安土，邈投身于鎬京。猶犬馬之戀主，竊託慕于闕庭。眷鞏洛而掩涕，思纏綿于墳塋。(潘岳西征賦)

安仁雖歌頌皇恩流渥，得蒙任用以西征，表達其犬馬戀主，託慕闕庭之忠愛耿耿，而掩涕以眷鞏洛，認定聖達猶存懷鄉之幽情，則其思念家鄉亦可知矣。陸機思歸賦以思歸為題，未有旁徵並起之意旨，見其序可確知其心意：

> 余牽役京室，去家四載，以元康六年冬取急歸。而羌虜作亂，王師外征，職典中兵，與聞軍政，懼兵革未息，宿願

有違，懷歸之思，憤而成篇。

陸機自吳入洛，思歸之心已亟，復值亂事，兵革未息，已與聞軍政，恐未能如願歸鄉。序言短促，心急如焚之情洋溢無遺矣。賦之本文乃其思歸心境之描寫：

> 節運代序，四氣相推。寒氣肅殺，白露霑衣。嗟行邁之彌留，感時逝而懷悲。絕音塵于江介，託影響于洛湄。彼離思之在人，恆戚戚而無歡。悲緣情以自誘，憂觸物而生端。晝輟食而發憤，宵假寢而興言。羨歸鴻以矯首，挹谷風而如蘭。歲靡靡而薄暮，心悠悠而增楚。風霏霏而入室，響泠泠而愁予。既邀遊于川沚，亦改駕乎山林。伊我思之沈鬱，愴感物而增淒。歔隨風而上逝，涕承纓而下尋。翼王事之暇豫，庶歸寧之有時。俟良風而警策，指孟冬而爲期。願靈暉之促景，恆立表以望之。

心雖急盼兵革止息、王事暇豫，得以歸返故鄉，而以其身在軍中，不慮衣食匱乏，無露宿野臥風霜之苦，又將軍征夫與之同行，可相互照料，不致轉乎溝壑，孤獨僵仆沙場，故現實切膚之痛少而思歸之情悠悠。全心貫注於離思，慽慽無歡，悲緣情而起，憂觸物以興，晝夜靡寧，欣羨歸鴻，藉遨遊山水以消憂，乃從容閒逸之鄉愁也。未言及征戰之苦，戰事之情況，殆詩人未易受制於現實，且軍隊尚稱齊備，不若家破人亡孤軍奮鬥，轉蓬流離者之吐泣血之音。

災難之來，打擊摧傷生命，人始則顛仆受創，以身臨難，哀慽痛楚，號泣呼天，繼而冷然佇立，撫觸傷痕，放眼普天下生靈之受害而思索反省：爲何平地而起戰亂？亂何以亡我家國？且爲天下蒼生、民族命運乃至後代生命之延續，當如何記取教訓？

干戈日尋，都邑寂寥荒廢，戰禍之烈如此，故賦家目睹死傷流血之慘狀，悲生民死亡，歎國家之憂患，後梁宣帝愍時賦指出戰亂之罪魁禍首：

> 余國家之俟匡，庶興周而祀夏。忽縈憂于此屈，豈年華之天假。加以狗盜鼠竊，蜂蠆狐狸。群圉隸而爲寇，聚臧獲而成

師。窺臨津渚，跋扈江湄。履征肇于殷歲，頻戰起于軒時。

罵亂兵為鼠狗狸，以奸狡盜竊國家者，均臧獲圉隸等小人所聚而成也，且其人數甚眾，屢興戰端，滋亂無已。亂世百姓淪為亂賊，本不得已也，而亂賊益多，為亂益熾，循環不已，加之人人希圖為王，家家思霸，此六朝戰亂不止之主因也，李暠述志賦云：

> 淳風杪莽以永喪，縉紳淪骨而覆溺……斯乃百六之恆數，
> 起滅相因而迭然。于是人希逐鹿之圖，家有雄霸之想。闇
> 王命而不尋，邈非分于無象。故覆車接路而繼軌，膏生靈
> 于土壤。

君臣之綱不存，民無忠心以擁戴，有離心之私以自立，而率土之濱，唯尊一王，人人擁兵，思逐鹿中原，稱霸群雄，遂使社會秩序崩析紛亂，癱瘓瓦解，禍患接路繼軌，永無止息矣。李暠身為武將，啟霸圖，自稱大都督、大將軍，形同君主，故深知亂世奸雄之用心及戰禍緣於綱紀解體，人皆思為皇帝之存心也。然若君王英明，中央力量強大，應可一舉殲滅亂賊，平定天下，何至於國破家亡？人之致病，除強有力之病原體外，尚須待之頓弱之身軀，國家亦然也。一國之武力衰頹，無能抵抗，勢必迎敵而潰不成軍，一敗塗地矣。朝廷重文輕武，士以纖弱如婦人女子為美，〔註40〕視干戈為兒戲，恥壯夫而不為，以清談代廟略，宜乎養兵千日，一旦緩急而無可用之兵也。庾信哀江南賦回顧敗亡，言之慘然神傷：

> 值五馬之南奔，逢三星之東聚，彼凌江而建國……于時朝
> 野歡娛，池臺鐘鼓。里為冠蓋，門成鄒魯……吳歈越唫，
> 荊豔楚舞。草木之藉春陽，魚龍之得風雨。五十季中，江
> 表無事。王歙為斂親之侯，班超為定遠之使。馬武無預于
> 甲兵，馮唐不論于將帥。豈知山嶽闇然，江湖潛沸。漁陽
> 有閭左戌卒，離石有將兵都尉。天子方刪詩書、定禮樂。

〔註40〕屠龍鴻〔苞節錄〕卷一曰：「晉室重門第，好容止……士大夫手持粉白，口習清言，綽約嫣然。」又三國志何晏傳曰：「晏性自喜，動靜粉帛不去手，行步顧影。」可知六朝文人以纖弱白晳為美也。

設重雲之講，開士林之學。譚劫燼之灰飛，辯常星之夜落。
地平魚齒，城危獸角。臥刁斗于滎陽，絆龍媒于平樂。宰
衡以干戈爲兒戲，搢紳以清譚爲廟略。乘漬水以膠船，馭
奔駒以朽索。小人則將及水火，君子則方成猿鶴。敲箕不
能救鹽池之鹹，阿膠不能止黃河之濁。

典午南遷，衣冠渡江，君臣盡爲亡國破家之人，寄人土地，心常懷愧
慚之情，而風景不殊，山河有異，鄉關之思乃一時之念耳。人心之健
忘至乎是矣：永嘉之艱已忘，二帝蒙難，半壁河山淪陷異族，而竟歡
娛於東南偏安之地，敢謂江表無事。君臣同歌共樂，以點綴昇平，直
把健康當汴州矣。自古偏安絕不能長存久安，除非二方政權均腐爛至
極，同歸於盡，否則一方自甘墮落，以歡樂承平自欺，終欺不得他人
也。不圖匡復，不謀統一大略，則形同自取滅亡矣。南朝君臣無意匡
復江山，恨志決收復中原之桓溫而毀謗之，削弱之，更以其敗於枋頭
而鼓掌稱賀，無恥至乎極點。宰衡視干戈爲兒戲，軍隊之無組織紀律、
無實力可知矣。又士族唯清談是務，仕不事事，尸祿耽寵，敗壞政綱，
爲國家之蠹耳。如是國中盡爲無用之人，兼以人君譖於知人，以朽索
馭悍將，悍將武力擴張，叛逆攻城，舉國殘將弱兵焉足以抵抗？此處
子山殆以梁武帝之待侯景爲暗示也。是以主上之知人用人繫乎一國之
命脈也。梁武帝之迎納侯景來歸，賜予重地，伏下身死國亡之禍根，
乃庾信深以爲憾而思昭煚戒者也，故其竹杖賦云：

中國明于禮義，闇于知人。

由哀江南賦云：「天子方刪詩書，定禮樂」，可推知明禮義而闇于知人，
豈非暗指梁武？不知侯景包藏禍心而納之，遂致舉國失喪矣，庾信哀
江南賦曰：

既而魴魚頳尾，四郊多壘。殿狎江鷗，宮鳴野雉。湛盧去
國，餘皇失水。見披髮于伊川，知百季而爲戎矣。彼姦逆
之熾盛，久遊魂而放命，大則有鯨有鯢，小則爲梟爲獍。
負其牛羊之力，肆其水草之性。非玉燭之能調，豈璿璣之
可正。值天下之無爲，尚有欲于羈縻，飲其琉璃之酒，賞

其虎豹之皮。見胡桐于大夏，識鳥卵于條支。豺牙密屬，
虺毒潛吹。輕九鼎而欲問，聞三川而遂窺。始則王子召戎，
姦臣介冑，既官政而離邊，遂師言而泄漏。望廷尉之逋囚，
反淮南之窮寇。出狄泉之蒼鳥，起橫江之困獸。地則石鼓
鳴山，天則金精動宿。北闕龍吟，東陵麟鬭……昔江陵之
中否，乃金陵之禍始。雖借人之外力，實蕭牆之內起……
不有所廢，其何以昌。有嬀之後，遂育于姜。輸我神器，
居爲讓王。天地之大惪曰生，聖人之大寶曰位。用無賴之
子弟，舉江東而全棄。惜天下之一家，遭東南之反氣。以
鶉首而賜秦，天何爲而此醉。

「不有所廢，其何以昌。」乃庾信哀江南賦之歸納，除君臣上下酣
醉昇平，自毀元氣之外，梁武之用侯景亦爲梁朝興亡之關鍵也。「用
無賴之子弟」，遂使江東全棄，將神器輸讓，生命與帝王之位亦拱手
讓人。江陵之敗，實埋禍于金陵之禍，侯景進兵健康，梁武憂憤而
死，簡文帝爲侯景所弒，梁元帝無救駕之意，而即位江陵，亦旋爲
西魏所擒害，後梁宣帝則稱藩於西魏，父子兄弟叔姪不相救急，甚
而對立，蕭牆之禍亦爆發自侯景之叛，故若梁武帝知人善任，擒侯
景而斬之，則禍根除，禍害何由而起？且胡戎不可用，早有前鑒矣。
羯胡之本性難移，以厚賞牢籠之，以善待邀籠之，終無效用，其口
大而心貪，永無饜足，非以取九鼎掠江山爲己有不知足。故用之重
之，則如返窮寇逋囚、蒼鳥困獸，令其縱力傷人，肆其凶暴以荼毒
生靈耳。庾信以「殿狎江鷗，宮鳴野雉」，形容侯景之入主梁，以「牛
羊之力」、「水草之性」，指其猛力本性，諸物均非人，足見子山不以
人視之也。以其掀起戰禍，致使生民流離，主辱臣死，乃罪惡之首，
令人恨惡難消耳。

　　然以一夫之力眞可以亡天下，宰制億萬生民之命運？其或天乎？
抑或氣數盡而國亡？不信兵敗如山崩之事實，不願承認人事之慘，庾
信歸命於天意矣：

　　孫策以天下爲三分，眾裁一旅。項籍用江東之子弟，人唯

八千。遂乃分裂山河，宰割天下。豈有百萬義師，一朝卷
甲。芟夷斬伐，如草木焉。江淮無崖岸之阻，亭壁無藩籬
之固。頭會箕斂者，合從締交；鋤耰棘矜者，因利乘便。
將非江表王氣，終于三百年乎？

子山反省：項羽以八千子弟，足以亡秦於鉅鹿一戰，孫策據一旅之眾，
三分天下有其一，是乃江南人才非遜於北方之證也，而梁以百萬義師
敗如塗地，地理形勢無屏障之外，為王氣之終乎？天之亡我乎？然天
道乃生民所仰賴者也，天降意於人事，豈無所昭示？「板蕩識忠臣」
及夫「殷憂所以興國，多難所以興邦」乃憂患之積極意義也，世事人
生焉能徒然而過？血淚豈可白流？板蕩與憂患，人之所惡也；不得已
而臨之，不去也。以身投入歷煉，以心思念，而恆以眼目前瞻未來，
記取慘痛教訓，激勵生命自身之力量，北魏李騫釋情賦無楚囚之哀，
乃掘出苦難生命之正面價值，其言曰：

> 逮孝莊之入統，乃道喪而時昏。水群飛于溟海，火載燎于
> 中原。延膠船而越水，若朽索而乘奔……天步忽其多難，
> 橫流且其云始。既雲擾而海沸，亦岳立而㟞峙。睇三綱之
> 日紊，見四維之不理。顧茂草以傷懷，視匪車而思起。雖
> 風雨之如晦，亮膠㗧而不已。自牽役于宰朝，實有懷于骨
> 恥。在下僚而栖屑，顧奮迅于泥滓……始蒙塵以播蕩，卒
> 流氓而居鄭。彼上天之降鑒，實下民之請命。因艱難以隆
> 基，據殷憂而啟聖。

北魏至胡太后稱制，亂事紛至，太后弒孝明帝，爾朱榮舉兵晉陽，立
孝莊帝，沈胡太后。其後孝莊帝殺爾朱榮，爾朱兆弒孝莊帝。至乎東
西魏之分，高歡、宇文泰各峙一方，攻伐無時，子高洋、宇文覺篡位
為北齊、北周。其動亂亦不下於南朝，自顧不暇，故令東晉宋齊梁得
以苟延殘喘。且雖烽火燎原，君臣之綱日紊，鮮見知廉恥、循禮義之
人，而貞亮忠誠之士猶存，居下僚而願奮力於黑暗混亂之現實，思雪
國恥，端正風俗，步政治之正軌。身雖蒙塵而播蕩，亦深信蒼天必有
其美旨。此乃下民之請也，居上位者當體念之，因艱難而隆其國基，

據殷憂而憐憫天下蒼生，思開天下之太平，濟百姓於福樂，行仁政，創彝倫，則憂患亦有其價值矣。身陷苦難而有剛毅卓絕之鬥志，積極福世之用心，宜乎北朝能統一天下也。此亦戰火摧傷後重新振起之貞剛力量，生命憂患之肯定，生命力堅韌剛強之見證也。不畏風雨，不懼患難，寧爲雨霽後之草木，不願爲歷煉之祭品爾。

　　總而言之，據戰火離亂之現實爲文者，少數客觀敍述之語外，率多血淚迸發之作、情眞意切之文。以其多寫親身體驗之苦痛，爲情而造文，以情緯文也。且其經歷慘，其心志磨礪多，能忍人之所不能忍者，處人所不能處者，故其思深，其慮遠，其情厚，發而爲文，自不同於吟弄風月之作矣，古人云「文窮而後工」，信然。六朝戰亂之背景，乃此類文章之源泉也，北周書庾信傳史臣曰：「既而中州板蕩，戎狄交侵，僭僞相屬，士民塗炭，故文章黜焉。其潛思於戰爭之間，揮翰於鋒鏑之下，亦往往而間出矣。」於戰火鋒鏑之下爲文，則其據戰亂現實以作賦亦眾矣。

二、經濟生活

　　漢末以來之動亂，令農民或流離本鄉，或依託豪族以寄命，遂失去其土地，因此土地由私有而流回政府之手。魏行屯田制度，復兵於農，然屯田所得，除公費外，胥入於公，故此一制度逮戰亂告終，浮於現實制度，乃租稅之加重也。魏晉之稅，持官牛者官得六分，百姓得四分，私牛而田者，與官中分。其後晉武帝平吳，置戶調式，課十分之七之田租。租稅如此重，加以荒年兵亂，人民無以爲生矣。至乎東晉南遷，士族盛佔土地，而不必賦稅，竄入士流，便可規避課役。流徙之人而佔人山澤田地，反賓爲主，縱情享受，置當地百姓之生死於不顧，無怪東南吳姓內心之反感矣。由赤貧之當地居民負擔國家全部賦收，而士族則擅割林池，專利山海，貧弱者薪蘇無託，由謝靈運山居賦對照於束晳貧家賦，可略窺其梗概也。北朝則不似魏晉南朝以豪取自居，北魏行均田制，恢復漢代三十稅一之制，能惠澤人民，復

留意饑饉之救濟，百姓生活安適，負擔減輕，社會經濟欣欣向榮，民富國亦富矣，降乎北齊北周，乃至隋代均沿用不墜。

除北朝之外，本期人民生活均甚貧窘，然寫之於賦作者甚寡，蓋以賦家多非平民，未必取人民之現實以入賦。又「士而懷居，不足以為士矣。」（論語憲問篇）文人或能超離物質之貧乏，不以貧困為意，因而不注意經濟實況者眾矣。然而由少數表現經濟生活之作，亦可推知其現實生活。

首觀宗室將軍之後代，曹植身為魏之宗室，封為王侯，陶潛為大將軍陶侃之曾孫，而竟至衣食不繼，不足以自給，雖難令人置信，然其言之鑿鑿，絕無誇張之意，故作虛假之態也，曹植遷都賦序云：

> 余初封平原，轉出臨淄，中命鄄城，遂徙雍丘，而末將適于東阿。號則六易，居實三遷，連遇瘠土，衣食不繼。

雖然魏文帝、魏明帝或有意為難曹植，然而連遇貧瘠之土，由人供養，取租稅之王侯尚衣食難繼，則人民之匱乏更何論之？

> 覽乾元之兆域兮，本人物乎上世。紛混沌而未分，與禽獸乎無別。桥蟲蟄而食蔬，摭皮毛以自蔽。（曹植遷都賦）

食蔬以充飢，摭毛皮而自蔽，貧苦之窘境畢見矣，以漢末之亂，海內荒殘，戶少民居，稅寡而捉襟，亦非不可能也。植曾上疏自言貧苦，明帝憐而賞之，可知其言非虛也。史載漢獻帝還洛，百官飢乏，或餓死牆壁間，其境況之慘猶甚於植矣。

陶潛之曾祖陶侃為晉大司馬，權勢之隆，甚可奪位，三傳至乎淵明，竟至貧困缺乏，其歸去來辭序曰：

> 余家貧，耕植不足以自給，幼稚盈室，缾無儲粟。生生所資，未見其術。親故多勸余為長吏，脫然有懷，求之靡途。會有四方之事，諸侯以惠愛為德。家叔以余貧苦，遂見用于小邑。于時風波未靜，心憚遠役，彭澤去家百里，公田之利，足以為酒，故便求之。

淵明坦然自述家貧，不足以自給，遂而求官。可見耕植不足以養一家大小，此殆農人共同之生活情況也。稅收十分之七八，須種子、肥料

之成本，且日日荷鋤南畝，汗水滴落不知凡幾，而一年僅二季，或一季收成，復以十之七八賦稅，舉家人口祇以十之二三維生，其何以自足？而天或梅雨連綿，致使糧作腐爛發芽；或大火炎炎，數月不雨，令作物乾旱而死，此際百姓恐思存命而不易矣。淵明以貧而見用於小邑，貧民百姓能如是乎？唯能聽天由命耳。悲哉。而淵明若爲陶侃後代，何至乎一貧如洗，人頗有懷疑者也。惟戰亂之時，縱有百萬家產，一炬則可焚盡所有矣。加以逃亡離散，人之雙手能攜帶何物？且通貨膨漲，金錢億萬轉瞬間即成廢幣矣。亂世之洗劫財物至乎是。甚有慘於淵明者，思遊賦之作者摯虞，歷晉秘書監衛尉卿，從惠帝幸長安，流離輾轉，飢餓山中，甚拾橡實以充飢，晉書本傳云：「及洛京荒亂，盜竊縱橫，人飢相食，虞素清貧，遂以餒卒。」世亂之際，居官者亦同人民飢餓而死，生命之悲慘莫此爲甚矣。非僅人民，動植生物亦然，庾信竹杖賦曰：「楚漢爭衡，袁曹競逐。獸食無草，禽巢無木。」戰爭非僅殘害人類社會，亦破壞自然之秩序，戕害無辜生靈。

　　潘岳與束皙皆仕晉爲官，而著賦以述其貧窮，潘岳狹室賦曰：

> 歷甲第以遊觀，旋陋巷而言歸。伊余館之褊狹，良窮獎而極微。闔了戾以互掩，門崎嶇而外扇。室側戶以攢楹，檐接楣而交榱。當祝融之御節，熾朱明之隆暑。沸體愗其如鑠，珠汗揮其如雨。若乃重陰晦冥，天威震曜。漢潦沸騰，叢溜奔激。臼竈爲之沈溺，器用爲之浮漂。彼處貧而不怨，嗟生民之收難。匪廣夏之足榮，有切身之近患。青陽萌而畏暑，白藏兆而懼寒。獨味道而不悶，喟然向其時歎。

潘安仁以其住屋之褊狹窮弊，寫其貧窘之情狀也。冬之日寒，而隆暑炎熱難熬，陰雨則漏雨積水，臼竈沈溺，器物盡爲之漂浮，人無一立足之乾地可知矣。觀安仁之描繪極爲眞切生動，此種情況頗似今日低窪處平房之逢水災也。貧而不怨難矣，希冀廣廈非爲虛榮，乃免切身之患也。安仁之言至爲眞誠中肯，居乃人生之需要，因之以避風雨、驅寒潦，不得良屋則不適矣。然則猶不至如衣食不繼，負債累累之無

以爲生矣，束晳貧家賦之敍述更慘於狹室賦，其言曰：

> 余遭家之轗軻，嬰六極之困屯。恆勤身以勞思，丁飢寒之苦
> 辛。無原憲之厚德，有斯民之下貧。……有漏狹之單屋，不
> 蔽覆之受塵。唯曲壁之常在，時弛落而壓鎮。食草葉而不飽，
> 常嗛嗛于膳珍。……涉孟夏之季月，迄仲冬之堅冰。稍煎蹙
> 而窮迫，無衣褐以蔽身。還趨牀而無被，手狂攘而妄牽。何
> 長夜之難曉，心咨嗟以怨天。債家至而相敦，乃取東而償西。
> 行乞貸而無處，退顧影以自憐。衒賣業而難售，遂前至于饑
> 年。……煮黃當之草菜，作汪洋之羹饘。釜遲鈍而難沸，薪
> 鬱絀而不然。至日中而不孰，心苦苦而飢懸。丈夫慨于堂上，
> 妻妾歎於竈閒。悲風噭于左側，小兒啼于右邊。

束晳兼取現實生活食衣住需要短缺，以表現貧家之情狀。除貧家賦之外，束廣微尚有勸農賦、近遊賦、餅賦等，晉書本傳謂其「文頗鄙俗」，明張溥漢魏六朝百三家集束晳題辭曰「文辭鄙俗，今雜置賦苑，反覺其質致近古，較彼雕繢少也。」二者均就其形式而言，然觀其內容，亦可察知其接近民間現實，題材之取，若非出於個己之經驗，亦取自民間也。若夫窮以懶惰之故，其自取也，然貧家之丈夫乃勤身勞思之人，故不可責也。其屋唯曲壁常在，餘者時時剝落。食非米糧，乃草葉也，而又不足以填飽肚腹。廣微乃採逐層加強之技巧以表現，夏唯飢饉，冬日又加以寒冷，而無衣無被，難捱漫漫長夜矣。飢時常嗛嗛于膳珍，寒時狂攘而妄牽，顯露人生本然之欲及人爲努力之徒然，「狂攘」、「妄牽」，可笑之中，更有一份可憐。至此貧家之窘迫已近乎極至，而廣微猶不輕易放過，抽取「債」與「饑年」爲特寫加強，貧而無債，亦可勉強維生，而借東以還西，債之存在祇會累積，永無止息之日矣。且人願借錢予我，或可以舉債度日，而至乎乞貸無路，已至於絕路矣，此際人不憐憫，只得自憐。已臻絕境偏逢饑年，猶如屋漏偏遇連夜之雨，更見其窘態，煮草菜以食之已堪憐，復以汪洋之水和之始足一家之用，草菜之少可知，偏又釜鈍薪絀亦欺弄人，肚亦不饒人，復懸其饑，苦其心。生命與環境之作弄人可悲嘆，亦令人深覺可

笑。人猶如小丑，一再蒙受撥弄、挫折，行動拙劣誇張，其奮力而守之物卑微，竟爲其活命所繫，迫人讀之莞爾而笑，心却悽楚而傷之。

　　人生志氣果眞受制於肉體需要？全爲物質之奴隸乎？非也，現實生活無以牢籠意志堅強稟性澹泊之人，束皙讀書賦曰：「耽道先生，澹泊閒居。藻練精神，呼吸清虛。抗志雲表，戢形陋廬。垂帷帳以隱几，被紈素而讀書……是故重華詠詩以終已。仲尼讀易於終身，原憲潛唫而忘賤，顏回精勤以輕貧。倪寬口誦而芸耨，買臣行唫而負薪。」君子憂道不憂貧，澹泊明志，寧靜致遠，非不愛富貴，不強求妄求耳；非自居清高，能安貧也。故不汲汲於富貴，不斤斤於貧賤，惟行道全志爲念耳。陶淵明歸去來辭序云：「質性自然，非矯厲所得。饑凍雖切，違己交病。」適可爲之註腳。

　　末後試取謝靈運山居賦與潘岳、束皙之賦作並觀比較，宋書謝靈運傳云：「靈運父祖並葬始寧縣，并有故宅及墅。遂移籍會稽，修營別業，傍山帶江，盡幽居之美……作山居賦，并自注以言其事。」已有故宅別墅，還修別業。其別業有山有水，芳草鮮美，百果具備，其棟宇之壯偉可想見矣。山居賦之創作手法，內容涵蓋，擬同漢賦上林、羽獵之作，是可知其地之廣闊，品物之眾矣。家居如此，較之潘岳之狹室，束皙之陋屋，眞不啻天壤矣。謝靈運山居賦乃王謝士族大家生活之抽樣也。其賦甚長，多爲山水草木鳥獸蟲魚之鋪張陳列，試摘其片段以觀之，並與潘岳狹室賦、束皙貧家賦略作比較：

　　　其居也，左湖右江，往渚還汀。面山背阜，東阻西傾。抱含吸吐，欵跨紆縈。……近西則楊賓接峰，唐皇連縱。室壁帶谿，曾孤臨江。竹緣浦以被綠，石照澗而映紅。月隱山而成陰，木鳴柯以起風……茸騈梁於巖麓，棲孤棟於江源。敞南戶以對遠嶺，闢東窗以矚近田。田連岡而盈疇……蔚蔚豐秋，苾苾香秔。送夏蚤秀，迎秋晚成。兼有陵陸，麻麥粟菽。……修竹葳蕤以翳薈，灌木森沈以蒙茂。蘿蔓延以攀援，花芬薰而媚秀。日月投光於柯間，風露披清於嶺岫。夏涼寒煥，隨時取適。階基迴互，橑櫨乘隔。此焉

卜寢，翫水弄石。適即回眺，終歲罔斁。

靈運山居賦序云「敍山野草木水石穀稼之事」，內容乃極其繁富矣，為便於討論之故，僅摘其居形勢之一隅，近西一處之物色，田地物產及建築而觀之，其居處之地形乃山水擁繞之勝景，視野遼遠，佔地極廣，兼括江湖與山巖，潘岳之狹巷焉得與之並論？而竹綠花紅，室壁帶谿，悠遊乎清風山月之間，豈如束皙之轗軻困屯？其畫棟雕梁臨山傍沼，矗立高聳，夏涼而冬暖，隨時取適，無積水之虞，無風寒燠熱之苦，無怪乎潘安仁望廣廈而長想矣。束皙嘆寒夜之難曉，而靈運謂之終歲無斁爾。靈運自家之田疇阡陌縱橫，凡麻麥粟菽等主食雜糧隨季收成，宛似大農場之生產，故其視三餐所需為「粒食、漿飲」，微不足道，對照於束皙賦「食草菜而不飽，常嗛嗛於膳珍。」填飽肚腹為極不易之大事，欲求一碗草菜羹湯以存活，苦待至日中而不熟，故夫慨妻歎兒啼齊作，共成人間哀苦窘困之景象。然靈運則「選自然之神麗，盡高樓之意得」，玩賞花木，從容自得，士族與寒門平民其去直不可以道里計也。人民生活貧困為六朝之普遍現象，而貧富不均亦其社會之嚴重問題，觀其賦篇可對照以得之矣。

第四章 論六朝賦之藝術表現

第一節 藝術媒材之選取與造象

藝術作品之形式與內容不可二分，乃近代文學研究者之共同體認。以徒具內容尚不能稱之爲藝術作品，豐富之思想，清幽美景與夫巧笑美目均爲原始素材而已，必待創造、表現，始得成爲作品矣。反之，空無一物亦無由表現，無可表現。故內容形式必互相依恃而存在，猶生命之與軀體密契合一，分立拆離爲不可能之現象也。是以上章六朝之抒情傳統，雖以內容思想爲主，猶不免時而旁涉藝術表現之探討，以其情志必待藝術手法表現。而本章旨在討論藝術表現，亦不能不觸及媒材，非蓄意混淆眼目，乃不得已也。

藝術媒材之分佈甚廣，情志、物象爲其二端，而情志亦人心之風景也。王靜安先生人間詞話云：「境非獨謂景物也。喜怒哀樂，亦人心中之一境界。故能寫眞景物、眞感情者，謂之有境界。否則謂之無境界。」境涵括景物與感情。情亦多藉物以表現襯托，所謂寓情於景，景中含情、情景交融是也，由此可見物象爲藝術作品中不可或缺之媒材。藝術家之靈心亦能將人之形象、思想、情感、言行、事態推出主觀距離之外，而以客觀之眼觀之，詠之一如詠物，然技法高明之藝術

家復以深情調整其超距，〔註1〕俾令其不即不離，情韻深長矣。本章將取物象與物象化之情志以討論六朝賦媒材之選擇與造象。

　　賦家以審美眼光觀照物象，包舉物象，受人物志以來之美學觀點與魏晉玄學之影響。此於外緣思想已略提及，此則針對其影響六朝文人之生命情調而言之。劉劭人物志以品鑑之系統論述人之才性或體別、性格或風格，牟宗三先生謂之「美學的判斷，欣趣的判斷」，〔註2〕對生命之滲透有廣大之涵蘊與深遠之強度，其言曰：

> 每一「個體的人」皆是生命的創造品、結晶品。他存在於世間裏，有種種生動活潑的表現形態或姿態。直接就這種表現形態或姿態而品鑑其源委，這便是人物志的工作。這是直接就個體的生命人格，整全地、如其爲人地而品鑑之。這猶之乎品鑑一個藝術品一樣。人是天地創生的一個生命結晶的藝術品。我們也須要直接地品鑑地來了解之。這種了解才是眞正關於人的學問，乃是中國學術文化中所持重的一個方向。

其品鑑人物直接就其表現之形態或姿態，整全、如其爲人，一者表現品鑑猶如藝術品之鑑賞，直覺觀察其形相，孤立形相。自形相而言，則其於鑑賞者聚精會神觀賞之下爲一獨立自足之世界，此即牟先生所謂「整全」之個體生命人格。亦乃美感經驗中之「形相直覺」也。

　　人物志九徵篇云：

> 故其剛柔明暢，貞固之徵，著於形容，見乎聲色，發乎情味，各如其象。故心質亮直，其儀勁固。心質休決，其儀進猛。心質平理，其儀安閑。儀動成容，各有態度：直容之動，矯矯行行；休容之動，業業蹌蹌；德容之動，顒顒卬卬。夫容之動作，發乎心氣。心氣之徵，則聲變是也。

〔註1〕「超距」（over distance），表示距離太過之意，與「差距」（under-distance）距離不及同爲失距。此說引自布洛論文「作爲一個藝術中的因素與美學原理的『心理距離』」。見劉文潭先生「現代美學」頁253。

〔註2〕牟宗三先生「才性與玄理」頁44。

> 夫氣合成聲，聲應律呂：有和平之聲，有清暢之聲，有回
> 衍之聲。夫聲暢於氣，則實存貌色。故誠仁，必有溫恭之
> 色。誠勇，必有矜奮之色。誠智，必有明達之色。

五質五德著於內，則必形於外在之儀態、容止、聲音與貌色，故觀其人外現之姿態可推知其內著之質性才情。其品鑒直接就其形態，形態亦以孤立自足呈現，故人乃美感之品鑒也。雖依人物先天、定然之形相立論，未能開出「超越領域」，轉化為成德之學，卻能開出美學領域與藝術境界，此其可欣賞者也。〔註3〕文人名士品鑑人物，乃至詠物寫物，亦多自人物、物色之形相以造其意象，脫去實用之事功，尊重生命之整全，亦肯定生命自身即有價值，世說新語德行篇：

> △李元禮嘗歎荀淑、鍾皓曰：「荀君清識難尚，鍾君至德可師。」
> △客有問陳季方：「足下家君太丘，有何功德，而荷天下重名？」季方曰：「吾家君譬如桂樹生泰山之阿，上有萬仞之高，下有不測之深，上為甘露所霑，下為淵泉所潤；當斯之時，桂樹焉知泰山之高，淵泉之深，不知有功德與無也！」

錢穆先生為之詮釋曰：「至德無名可指，換言之，即是其無功德可言也。」〔註4〕鍾皓父祖均以至德名世，皓承其高風，不為官，為海內所師也。而荀淑拔取英彥，所在流化，異乎鍾皓也，其「清識」，錢穆先生釋之為「苟能除却人世間外在種種功德建樹，而認識得人生仍有其內在獨立之價值，此即所謂清識也。」深入陳季方之答解蘊含，錢穆先生曰：「桂樹則有一種內在堅久之生命力，並有清芳遠播，此即桂樹之德，而又植根泰山之阿，高出氛穢，超然世外。上霑甘露，下潤淵泉，得天地之護養。人生如此，縱無實際功德，而自有其本身內在之價值。」以人之所以為人評鑒，肯定人之本身即有內在之價值，孤立、獨立，不須外假事功，此六朝人之藝術精神也。

〔註3〕討論人物志之價值與局限可參見牟宗三先生「才性與玄理」第二章「人物志」之系統的分析。

〔註4〕此說與後文錢穆先生之語均出自錢先生「略論魏晉南北朝學術文化與當時門第之關係」一文。

　　人物志美學鑑賞之風氣外，玄學中莊子思想進入六朝人心亦為關鍵所在，不以世務攖懷，不意毀譽，否定立德立功立言，齊萬物，一死生，而求其內在自足自得之逍遙，故生命內在為其認定之價值，而自然山水為其生命安頓之處，故思回歸自然，與自然合一。〔註5〕視自然為美之觀照對象，追求自然，為求心靈之安歇與美感之滿足。其審美之對象由人物自身而及乎自然萬象，落實於文學則有山水田園、詠物、宮體及詠人之情事思理動作，山水田園、物象由人物品鑑之轉向發現，然而宮體及人生情態之客觀掌握，乃人物品賞之延伸變化，此即六朝藝術精神下藝術媒材之選擇與造象也，徐復觀先生嘗評論此二類藝術媒材之造象（中國藝術精神）：

> 因為有了玄學中的莊學向魏晉人士生活中的滲透，除了使人的自身成為美的對象以外，才更使山水松竹等自然景物，都成為美的對象。由人的自身所形成的美的對象，實際是容易倒壞的；而由自然景物所形成的美的對象，卻不易倒壞；所以前者演變而為永明以後的下流色情短詩；而後者則成為中國以後的美的對象的中心、骨幹。

莊學使人之自身及自然成為美之觀賞對象，而徐先生以為自然成為美之對象不易倒壞，人之自身為美之對象則易倒壞，評永明以後之宮體詩為下流之色情詩。此由於距離太近之緣故也。創作者與品鑑者之於以人物自身為藝術媒材之作品，均易產生差距之偏差，以其產生實用目的之聯想也。流露個人慾望，則有色情之傾向；或者作者能以純粹美感創作，而讀者無法抽離人生之欲念，保持一己與媒材之距離，遂而責其為下流。而自然景致與人生本即存有距離，故無論作者抑讀者皆易保持清明之觀照距離。惟就藝術媒材言之，二者無分軒輊也，而超越現實利害，保持距離之能力則為品賞必備之涵養。若是則其造象何可得而分易倒壞否？評六朝宮體賦亦當以此態度也。

〔註5〕史賓格勒「西方的沒落」第十一章「始源於風景：自然宇宙與內在宇宙」亦談及人回歸自然之希冀，乃以人之二元對立歸向植物全然而完整之存有。頗能析解人心嚮往自然之原由。見頁302。

　　總括言之，人物品鑒與莊子思想成就六朝人之藝術精神，其藝術媒材由人之自身伸向自然萬物，其觀照乃直覺、無所爲而爲，純粹美感之觀照。寫之於賦篇，一草一木均成一獨立自足之宇宙，呈現其個體生命獨特之風姿及其神采。且表現與自然親和，通物象，乃至物化人生情態之意象，以下試就自然、詠物、宮體及人生情態之物化討論其造象。

一、詠自然

　　魏晉之前，文學中自然之造象多爲「比」、「興」，此乃類似情態之聯想，有意取以比擬，以豐富其意象也。興即內蘊之情思偶合境遇而爲之觸發，自然之境遂成其背景，以烘托、點染其氛圍。然而人均爲作品之主體，自然僅爲輔助而已。至乎六朝，自然爲美之對象，人主動追尋自然，歸向自然，江湖山林之思乃人心懷念之寫照，故士不遇則歸返田園以全其志。且生命短暫，百憂俱至，自然物色爲其求則得之怡悅。而賦家或見木落水盡而憐物悲己，或念山川無改而感人生如寄，物色之動人至乎是矣，王羲之蘭亭集序云：

> 此地有崇山峻嶺，茂林修竹；又有清流激湍，映帶左右，引以爲流觴曲水。列坐其次，雖無絲竹管絃之盛，一觴一詠，亦足以暢敍幽情。是日也，天朗氣清，惠風和暢；仰觀宇宙之大，俯察品類之盛，所以遊目騁懷，足以極視聽之娛，信可樂也。

山嶺流水及林木和風各呈現其特有之風貌，生意欣然而豐茂，令人暢適悅樂矣。唯「暢敍幽情」、「極視聽之娛，信可樂也」，表現人心之情懷，主體乃自然山水林木等之描寫耳，然人心已具現於物色姿態之中，透露物色召人之消息也。蕭子顯云：〔註6〕

> 若乃登高目極，臨水送歸；風動春期，月明秋夜；早雁初鶯，開發落葉；有來斯應，每不能已也。

蕭子顯寫其感物之情，謂無論何種物色均足以搖蕩情靈也。文賦則以

〔註6〕梁書蕭子顯傳。見兩漢魏晉南北朝文學批評資料彙編頁 257。

此爲創作過程中之預備階段，故陸機雖以賦表達其文學創作之觀念，亦有感物情懷，其言曰：

> 佇中區以玄覽，頤情志于典墳。遵四時以歎逝，瞻萬物而思紛。悲落葉于勁秋，喜柔條于芳春。心懍懍以懷霜，志眇眇而臨雲。詠世德之駿烈，誦先人之清芬。遊文章之林府，嘉麗藻之彬彬。慨投篇而援筆，聊宣之乎斯文。

四時物色之動人，乃文思之奧府，陸機以作者言創作理論，故能眞切若此。江淹四時賦取四時物色觸動其情意以爲文，物色非惟興感之旁襯，乃牽縈人心之意象也，其文云：

> 北客長歎，深壁寂思。空林連流，圭竇淹滯。網絲蔽戶，青苔繞梁。春華虛豔，秋月徒光。臨飛鳥而魂絕，視浮雲而意長。測代序而饒感，知四時之足傷。若乃旭日始暖，蕙草可織。園桃紅點，流水碧色。思舊都兮心斷，憐故人兮無極。至若炎雲峯起，芳樹未移。皋蘭生坂，朱荷出池。憶上國之綺樹，想金陵之蕙枝。及夫秋風一至，白露團團。明月生波，螢火迎寒。眷庭中之梧楸，念機上之羅紈。至於冬陰北邊，永夜不曉。平蕪際海，千里飛鳥。何嘗不夢帝城之阡陌，憶故都之臺沼。是以軫琴情動，戞瑟涕落。逐長夜而心殞，隨白日而形削。

四時之景象與心情如形影之相隨，一前一後，永不分離也。景物適爲牽引情意之媒介，而以想像爲線串結之。良辰美景令其思念舊都故人，聯想之跳動遂由物而及人。進而覩物思故國之物，聯想之二端意象愈近矣，然眼前之景猶爲憶念往日故土之跳板而已，直至「眷庭中之梧楸」，始定睛於當前之景物而賦予情意，此時人與自然物色始臻於密合之境，物色之造象即人之心象也，是以江淹憐「平蕪際海」，而憶「故都之臺沼」，「千里飛鳥」、「帝城之阡陌」，海與鳥亦成有情之物，夢憶其曾停駐之舊鄉，其情適乃江淹之情也。自然與人遂合而爲一，是乃賦家之癡耶？而焉知海之不憶，鳥之不夢？以臺沼爲海水之故鄉，阡陌乃飛鳥盤旋遨遊之地矣。江淹造象高妙而富情味，且物

象與心象逐次拉近，終而疊合爲一，益可見二者之密契如文心雕龍物色篇所謂「既隨物以宛轉」，「亦與心而徘徊」也。

「情以物興，物以情觀」，雖爲感物之現象，而親近大自然，以消除煩憂，重獲平靜喜樂，亦人心之所同然也。然而情性異，其觀物之情自異，同理其選擇媒材，構造意象亦然。而一人之情亦隨時隨境而異。且賞玩山水與守拙田園之生命情調相異，自媒材而言，所賞之山水必名山麗水，始有賞玩之吸引；然田園則是凡常之自然草木、田萊菜蔬耳。山水之遊乃由己之住處而涉水登山，須一段路程以拉近物我之距離。及至山水在望，人亦是客，故主客猶爲分明。田園爲田夫耕種收割以維生之地，日日置身其中，行於阡陌之間，無須跋涉登臨，亦難分孰爲田園之主客。且山水之遊必富貴閒人作無所爲而爲之觀賞，田園之樂乃營生之時偶而望南山，賞園葵，落入現實生活，與現實生活打成一片。故概括而言其造象，山水較接近客觀之描寫，人與自然依作家之情性而有不同程度之距離。田園輒多爲物我合一、主觀之呈現也。

以山水爲媒材之賦篇，其意象之架構有二：一者就物色之自身「極貌以寫物」，巧構形似之言；一者抒寫物我交融之情景。以紀遊而爲文，敍述周遭環境者，其筆力以前者爲主，孫綽遊天台山賦，張載敍行賦及謝靈運山居賦可爲代表，試舉其文以觀之。孫綽遊天台山賦：

> 大虛遼廓而無閡，運自然之妙有。融而爲川瀆，結而爲山阜。嗟台嶽之所奇挺，實神明之所扶持。蔭牛宿以曜峯，託靈越以正基。結根彌于華岱，直指高于九疑……釋域中之常戀，暢超然之高情。被毛褐之森森，振金策之鈴鈴。披荒榛之蒙蘢，陟峭崿之崢嶸。濟楢溪而直進，落五界而迅征。跨穹隆之懸磴，臨萬丈之絕冥。踐莓苔之滑石，搏壁立之翠屏。攬樛木之長蘿，援葛藟之飛莖……恣心目之寥朗，任緩步之從容。藉萋萋之纖草，蔭落落之長松。觀翔鸞之裔裔，聽鳴鳳之嚶嚶。過靈溪而一濯，疏煩想于心胷。蕩遺塵于旋流，發五蓋之遊蒙。追羲農之絕軌，躡二老之玄蹤。

孫綽寫其遊天台山，自天地山川之生成以言之，乃以天台山爲一小宇宙以探其源委也。首以靜態描寫其地基與高度，客觀寫實，却失之於平板耳，唯其後藉跋山涉水之動作，呈現天台山之幽邃窈窕及纖草長松鸞鳳等物色，猶不失爲生動。且「濯靈溪」，頗有滌盡塵思之寓意，雖不若左思「振衣千仞岡，濯足萬里流」氣魄之大，亦有其超邁之神味。然其物色雖由動作帶出，其動作如藉芳草，以長松爲蔭或亦含感情成份，其表現則僅作現象之呈現耳，猶未合情景以爲文耳。

　　張載敍行賦：

　　　　歲大荒之孟夏，余將往乎蜀都。脂輕車而秣馬，循路軌以
　　　　西徂……入函谷而長驅，歷新安之鹵阜。行逶迤以登降，
　　　　涉二崤之重阻。經嶔岑之險巇，想姬文之避雨。出潼關以
　　　　迴逝，仰華岳之崔嵬。勤大禹之疏導，豁龍門之洞開。舍
　　　　予車以步趾，玩卉木之璀錯。翳青青之長松，蔭肅肅之高
　　　　柞。緣阻岑之絕崖，蹈偏梁之懸閣。石壁立以切天，岌嶜
　　　　隗其欲落。超陽平而越白水，稍幽蔓以迴深。秉重巒之百
　　　　層，轉木末于九岑。浮雲起于轂下，零雨集于麓林。上昭
　　　　晰以清陽，下杳冥而晝陰。聞山鳥之晨鳴，聽玄猨之夜吟。
　　　　雖處者之所樂，嗟寂寞而愁予心。造劍閣之崇關，路盤曲
　　　　以腌藹。山崢嶸以峻狹，仰青天其如帶。兼習坎之重固，
　　　　形東隘以要害。豈乾坤之分域，將隔絕乎內外。

距離之存在，令遊賞者更能發現山岳之奇特，故敍行賦寫來險絕不凡。至蜀都，經函谷關，出潼關，造劍閣，地皆遠在西方邊陲，非平日所易見也，首次置身其中，山水物色遂凸顯而出。張載以行程之動作表現山高阻深之外，其因地而興起史事之聯想，於空間感之中加入時間，益添天地恆久，生命綿延之深意。又張載以想像之筆使物靈動似人，「石壁立而切天，岌嶜隗其欲落。」石壁岌嶜之造象生動凸出，呈現賦家心中第二自然之姿態。其客觀之描寫「上昭晰以清陽，下杳冥而晝陰」意象鮮明，勾勒山中「陰陽割昏曉」〔註7〕之特殊氣象。

〔註7〕杜甫詩「望嶽」。

復以人文之觀點美其地形險隘，乃國防之重地也。文學難與人文截然分割，自是可見矣。

茲舉謝靈運山居賦一段以觀其體物寫物之功力：

> 自園之田，自田之湖。泛濫川上，緬邈水區。濬潭澗而窈窕，除菰洲之紆餘。悆溫泉於春流，馳寒波而秋徂。風生浪於蘭渚，日倒影於椒塗。飛漸榭於中沚，取水月之歡娛。旦延陰而物清，夕棲芬而氣敷。顧情交之永絕，覿雲客之暫如。水草則萍藻蘊藫，蓲蒲芹蓀，蒹菰蘋蘩，蕰荇菱蓮。雖備物之偕美，獨扶渠之華鮮。播綠葉之鬱茂，含紅敷之繽翻。怨清香之難留，矜盛容之易闌。必充給而後寧，豈蕙草之空殘。卷敏弦之逸曲，感江南之哀歎。秦箏倡而溯游往，唐上奏而舊愛還。

前半段至「覿雲客之暫如」，以遊賞川上寫湖中之美景，後半段則鋪陳水草。靈運自注云：「此皆湖中之美，但患言不盡意，萬不寫一耳。」足見深心賞愛，極思盡意以表現物態之風姿矣。首言潭澗之窈窕紆餘，此湖不變之形貌也。次以春秋時序之遞移，寫其不同之姿態、溫度，以風、以日之撥弄、倒影呈現其異采，窮其妍態之所具。「風生浪於蘭渚，日倒影於椒塗。」以擬人手法摹寫物狀，極爲俏美可喜。復以日夕之間氛圍陰清、敷芬之異寫其多種風調，靈運造象綿密而整全，文字自然生動，可堪「出水芙蓉」之美譽也。後段水草之鋪寫乃先一一陳列品目，未作任何構造處理，其後取扶渠特寫，不失爲靈巧之手法，以筆力專注於一物遠勝泛寫眾物也，一物之容采較易把握，細描亦比一筆帶過更能凸顯其出類拔萃之特色，故靈運孤立扶渠而寫之，「華鮮」爲生命之全體展現，繼而描繪綠葉、紅敷花瓣及其清香，以「繽翻」形容紅瓣之濃密，使一色紅豔竟有繽紛之感，而「翻」令其纖巧之姿態俏然飛動，體物之工，可謂「曲寫毫芥」，得其神理矣。宋徽宗燕山亭：「裁翦冰綃，輕疊數重，淡著臙脂勻注。新樣靚妝，豔溢香融，羞殺蕊珠宮女。」有以似之，而益之以工巧耳。末數舉典故言昔人感物致賦，意象跳動快速，復無必然之關聯，遂隔而不切，是乃靈運用典故之敗筆也。

以抒寫物我交融之情境者多能與自然共憂樂，將生之憂苦消融於自然之中，而自然物色何以有此力量，江淹江上之山賦曰：

> 見紅草之交生，眺碧樹之四合。草自然而千華，樹無情而百色。嗟世道之異茲，牽憂患而來逼。懷爐炭於片景，抱絲緒於一息。

自然美景千變萬化，盡多賞心悅目而無傷害之虞。然處人世則憂患逼人，故能安息於片景之中，亦是人生之福樂也。此時之自然乃人取而為慰藉之心靈良藥，物象與人之心象相交，非僅賦家眼中之第二自然，為擬人之奇美景象而已。深簡文帝述羈賦曰：

> 奉明后之霑渥，將遠述於荊楚。歎雲霞之窅漫，對江山之遙阻，是時孟夏首節，雄風吹甸。晚解纜乎鄉津，涕淫淫其若霰。舟飄飄而轉遠，顧帝都而裁見。遠山碧，暮水紅。日既晏，誰與同。雲崖峩而出岫，江搖漾而生風……戀逐雲飛，思隨蓬卷。觀江水之寂寥，願從流而東返。

王靜安先生人間詞話曰：「昔人論詩詞，有景語、情語之別。不知一切景語，皆情語也。」他文余未敢全同，然簡文此賦則可謂「一切景語皆情語也。」雲霞窅漫，猶如一己之步履，江山之遙阻，乃對己而言也。有雄風吹襲，小舟從此飄離故土，均是其不願遠別而不得不之心態呈現。又美景亦其渴望賞心有侶之媒介，「戀逐雲飛，思隨蓬卷」景與我揉合為一，情語、景語已不能拆離矣。一己之寂寥移情為江水之寂寥，見寂寥江水歸去，人亦願從之而返矣。其以物言人，以人從物，頗富人文氣息。〔註8〕

此外簡文帝駕鴦賦亦表現賦家之心與自然合一之境：

> 朝飛綠岸，夕歸丹嶼。顧落日而俱吟，追清風而雙舉。時排荇帶，乍拂菱華。始臨涯而作影，遂覽水而生花。

〔註8〕徐復觀先生「魏晉玄學與山水畫的興起」：「莊學思想，在文學上雖曾落實於山水田園之上，但依然只能成為文學的一支流；而文學中之山水田園，依然會帶有濃厚的人文氣息。」其言甚是。見中國藝術精神頁23。

以鴛鴦之於自然表現其心，〔註9〕鴛鴦朝夕之間，乃至一生，或飛或歸，均在自然世界之中。與落日清風俱吟哦、飛舉。非惟靜觀，非僅接受，乃投入、參與自然，回應其召喚耳。嬉水生花，臨涯作影，表現其捕捉自然之喜趣，眞一片物我流行之天然韻趣也。此乃劉熙載藝概卷三賦概所云：「在外者物色，在我者生意，二者相摩相盪，而賦出焉。」梁元帝採蓮賦更以喜劇動作表現物我交纏之境：

> 紫莖兮文波，紅蓮兮芰荷。綠房兮翠蓋，素質兮黃螺。於時妖童媛女，蕩舟心許……棹將移而藻挂，船欲動而萍開。爾其纖腰束素，遷延顧步……恐沾裳而淺笑，畏傾船而斂裾。故以水濺蘭橈，蘆侵羅襪，菊澤未反，梧臺迴見。荇濕霑衫，菱長繞釧。

梁元帝以滿地顏色爲其豔極之場景，人物乃妖童媛女，以包括湖水與荇菜……，「恐沾裳而淺笑，畏傾船而斂裾。」言笑則輕聲細語，動作小心翼翼，豈知竟「荇濕霑衫，菱長繞釧。」其與自然水草糾纏不清，渾爲一體，更甚於周美成六醜「長條故惹行客，似牽衣待話，別情無極」矣，而筆者乃自其動作之笨拙令人發笑，許爲喜劇。〔註10〕梁元帝之意則在塑造與自然物色纏繞之境，以表現妖童媛女嬉笑怒罵，渾然忘我，男女相悅之情。

此外，以田園爲媒材之作品，多寫其耕種田萊之生活，其所關切者乃作物之生長，物非純粹美感欣賞之對象，但自有其深厚親和之情。物象之呈現如實描寫，無極力刻畫之表現；亦未合情景以言之，乃自適其適，各得其時，自然融合無違耳。耕者平日荷鋤墾植之現實

〔註 9〕其寫鴛鴦與自然共通，乃泯除動物與植物、清風等物色之距離也，賦家之意趣自是可見。黃永武先生「中國詩學」云：「中國詩人的透視力，不僅動物植物的界限可以流通，人與物的界限也可以泯滅的。」誠一語道破詩人之心耳。見頁45。

〔註10〕此說取自亞里斯多德詩學：「關於喜劇，如前所述，係模擬惡於常人之人生。此間所謂「惡」，並非指任何一種的罪過，有其特殊之意義，是爲『可笑』。『可笑』爲醜之一種；可以解釋爲一種過失或淺陋，但對他人不產生痛苦或傷害。」見姚一葦先生詩學箋注頁62。

生活外，極少出遊，即或出遊亦在田園之中，以其一己之情歸依自然，花鳥作忘機之友，俾令人亦如自然之沖澹無心，非取自然美景以爲個己之所有物，怡悅其心耳。試舉張華歸田賦、陶潛歸去來辭、鮑照園葵賦、陸倕思田賦以觀之。此類作品極少，然據以上四篇已可略見其特質。自媒材而言，躬耕之生活爲其共同選擇之媒材也：

△歸郊鄗之舊里，託言靜以閑居。育草木之藹蔚，因地勢之丘墟。豐蔬果之林錯，茂桑麻之紛敷。(張華歸田賦)

△農人告余以春兮，將有事于西疇……或植杖而耘耔。(陶潛歸去來辭)

△風煖凌開，土冒泉動。游塵曝日，鳴雉依隴。主人拂黃冠，拭藜杖。布蔬種，平坼壤。通畔脩直，膏畝夷敞。白莖紫蒂，豚耳鴨掌。溝東陌西，行三畦兩。既區既鉏，乃露乃映。(鮑照園葵賦)

△臨場圃以築館，對櫺軒而鑿池。(陸倕思田賦)

春耕、夏耘、秋收、冬藏爲農人一年四季之工作，故其架構之物象非悅目可玩之美物，乃豐實紛敷，其心中以爲美者爲通畔脩直、平坦而肥沃之田地。且作物爲其所培育，作物成長均在其關顧之中，朝夕呵護灌漑，既寄予成長之期待，亦同享生命成長之喜悅，鮑照園葵賦最能道出其中心情：

> 既區既鉏，乃露乃映。勾萌欲伸，蘽牙將散。爾乃晨露夕陰，霏雲四委。沈雷遠震，飛雨輕灑。徐未及晞，疾而不靡。柔芋爰秀，剛甲以解。稚葉萍布，弱陰覔抽。萋萋翼翼，沃沃油油。下葳蕤而被逕，上參差而覆疇。承朝陽之麗景，得傾柯之所投。

既已撒種，即潤之以甘露，照之以陽光，期待種子快快萌芽，「欲伸」、「將散」皆未發之動作也。非種子欲伸，乃農夫之瞑思也；種子尚未萌芽，而將散乃農人之希望也。又晨露之外，農作物猶須甘霖之灌漑。當天降飛雨時，農人絕少注意雨景之美，唯關心雨令種子破殼萌芽、樹枝抽芽，作物長得豐茂、肥厚耳。期盼風調雨順，得以豐收。雨中

之農作充滿欣欣生意之時，人心亦飽含快樂之憧憬矣，「萋萋翼翼，沃沃油油」，彷彿已看見那看不見之美麗遠景矣。賦家因作物之形象具體展現農人誠實無欺之期待與希望。

再則表現田園之樂者，各以其生命情調傳達其型態：

△時逍遙于洛濱，聊相伴以縱意。目白沙與積礫，玩眾卉之同異。揚素波以濯足，泝清瀾以蕩思。低徊往留，棲遲菴藹。存神忽微，遊精域外。藉纖草以爲茵，援垂陰以爲蓋。瞻高鳥之陵風，臨儵魚于清瀨。眇萬物而遠觀，脩自然之通會。以退足于一壑，故處否而忘泰。(張華歸田賦)

△懷良辰以孤往，或植杖而耘耔。登東皋以舒嘯，臨清流而賦詩。聊乘化以歸盡，樂夫天命復奚疑！(陶潛歸去來辭)

△盪然任心，樂道安命。春風夕來，秋日晨映。獨酌南軒，擁琴孤聽。(鮑照園葵賦)

△聽啁哳之寒雞，弄差池之春燕……瞻巨石之前卻，玩激水之推移。雜青莎之霍靡，拂細柳之長枝。感風燭與石火，嗟民生其如寄。苟有胸而無心，必行難而言易。幸少私而寡欲，兼絕仁以棄智。(陸倕思田賦)

道家樂天安命之思想爲其共同之認知，故自然乃眞心歸向之生命安頓。其把玩之物惟凡常之物，自然與人親近，然素淡平和，各適其生。惟讀其賦而覺張華歸田賦之心路繁雜，以遊賞田園爲其文之主題，不近農人之實情，意念隨物迴轉多變；淵明決意歸田，然「世與我相遺」之惆悵、憾恨難平，須時時親近自然，以尋求內心之寧靜；而鮑照則呈現孤傲特立之形象，春風秋日與之共存而各自獨立矣；陸倕則頗有憂生感傷之情懷。合而言之，田園之賦落實而情思深刻雋永，誠眞實生命再現之作品也。

二、詠一物

物象之存在本爲一客觀事實，其屬性、質地及形象恆定，然而經由心靈之創造，表現而爲藝術作品之時，往往展現殊異之姿態，此乃

藝術家個人性格、情趣之表現也。惟民族共通之理念，共同之記憶，如「歲寒，然後知松柏之後凋也」〔註11〕松柏後凋之貞心勁節遂爲後世恆常不變之詮釋，「螳螂捕蟬」之寓言至今三尺之童亦熟知。傳統與個人，承襲與突破，交織而成既含個人心境，亦流露民族理念之作品矣。賦作亦可作如是觀。

亞米亞日：「一片自然風景即是一種心境」，〔註12〕王靜安先生亦日：「一切景語皆情語」，均謂景物之意象即藝術家之心象。文心雕龍詮賦篇云：「賦者，鋪也。鋪采摛文，體物寫志也。」以體物寫志爲賦之旨，物之形容姿采與人心存在連鎖之關係，物與人難以絕對劃分。然自賦作之表現觀之，或爲物象整全之呈現，或由物象而延伸至人文之道德、操守，或亦物無其象，人賦予之象以表現一己情思，三者皆有作者之心境在。惟第一類乃設身處地，以物觀物，隨物而宛轉，物爲全文之主題，此余名之爲純粹詠物之作。第二類可謂「借他人酒杯，澆自家塊壘。」物之象爲「酒杯」，爲物與人之中介，其中存在必然之關係，可謂之「借物託志」也。第三類則境由心生，發揮想像之張力，自由點染物象，而物象盡爲其心象之呈現，二者無必然之線索可尋，旨在寫志，可名之爲「以物言志」〔註13〕之作也。是可知賦之體物寫志實有輕重層次之別，試取賦篇以觀之：

> 有遐方之奇草，稟二氣之純精。仰紫微之景耀，因令色以定名。剛莖勁立，纖條繁列。從回風以搖動，紛蘭暘而蕙潔。蔚青蔥以增茂，並含葷而未發。於是散綠葉，秀紫榮。蘊若芝草之始敷，灼若百枝之在庭。炳參差以昭耀兮，何光麗之難形。葩豔于碧枝兮，煥若珊瑚之萃英。渙渙昱昱，而奪人目精。下無物以借喻，上取象于朝霞。妙萬物而比

〔註11〕論語〈子罕篇〉。
〔註12〕朱光潛先生文藝心理學引，頁159。
〔註13〕「以物寫志」鈴木虎雄先生謂之「以主觀的寫客觀的者。」謂之「以主觀的者……不在寫實，以假物寫我而爲主者」意近筆者之說法，唯覺「以物寫志」較簡易明確，故另立名稱。見賦史大要頁147。

豔，莫茲草之可嘉。(傅玄紫華賦)

可見作者嘉美之意及「擬其形容，象其物宜」，巧構意象之用心，然全文之重心落在「紫華」，以表現紫華爲主。未見德行之引申，無作者個人心意之比附，謂之純粹詠物之作可也。

而張華鷦鷯賦曰：

> 何造化之多端兮，播群形于萬類。惟鷦鷯之微禽兮，亦攝生而受氣。育翩翾之陋體，無玄黃以自貴。毛弗施于器用，肉弗登于俎味。鷹鸇過猶俄翼，尚何懼于置罦。翳薈蒙籠，是焉游集。飛不飄颺，翔不翕習。其居易容，其求易給。巢林不過一枝，每食不過數粒。棲無所滯，游無所盤。匪陋荊棘，匪榮苣蘭。動翼而逸，投足而安。委命順理，與物無患。伊茲禽之無知，何處身之似智。不懷寶以貫害，不飾表以招累。靜守約而不矜，動因循以簡易。任自然以爲資，無誘慕于世僞。

張華鷦鷯賦自序云：「夫言有淺而可以託深，類有微而可以喻大。」表白其取鷦鷯之微禽以喻人生，以淺言寄託深微之哲理，是可知鷦鷯賦非同尋常詠物之作也。而張華援取鷦鷯形微守約，任自然而去害之至德，則由鷦鷯之形象延伸以得之也。其筆下之鷦鷯體陋毛醜，食之不甘，飾之無美，乃百無一用之禽鳥也，是誠鷦鷯之形象也。而易居給，一枝之林，數粒之食，已可維持生命，是乃鷦鷯之需求耳。由此作者見其無罹禍之虞，以其卑微不遭人忌，復少私寡欲，故張華感其舉止從容安逸，遂思省而及人生之自處亦當如是也。因鷦鷯之處身而喻生命委命順理之至境。實輒生命之安頓乃作者最終之關注也，然此心志則借鷦鷯形象之表現而引申具現，終而成爲全文之主題。此乃借物託志之賦也。然以物言志之賦則往往以物爲主體，不見人之痕跡，惟物即人之自況，鮑照舞鶴賦是也。

> 散幽經以驗物，偉胎化之仙禽。鍾浮曠之藻質，抱清迥之明心。指蓬壺而翻翰，望崑閬而揚音。币日域以迴鶩，窮天步而高尋。踐神區其既遠，積靈祀而方多。精含丹而星

曜，頂凝紫而煙華。引員吭之纖婉，頓修趾之洪姱。疊霜
毛而弄影，振玉羽而臨霞。朝戲於芝田，夕飲乎瑤池。厭
江海而游澤，掩雲羅而見羈。去帝鄉之岑寂，歸人寰之喧
卑。歲崢嶸而愁暮，心惆悵而哀離。於是窮陰殺節，急景
凋年。涼沙振野，箕風動天。嚴嚴苦霧，皎皎悲泉。冰塞
長河，雪滿群山。既而氛昏夜歇，景物澄廓。星翻漢廻，
曉月將落。感寒雞之早晨，憐霜雁之違漢。臨驚風之蕭條，
對流光之照灼，喉清響於丹墀，舞飛容於金閣。始連軒以
鳳蹌，終宛轉而龍躍。蹲躅徘徊，振迅騰摧。驚身蓬集，
矯翅雲飛……輕迹凌亂，浮影交橫。眾變繁姿，參差洊密，
煙交霧凝，若無毛質。風去雨還，不可談悉。既散魂而盪
目，迷不知其所之。忽星離而雲罷，整神容而自持，仰天
居之崇絕，更惆悵以驚思。

鮑照以對照之手法寫鶴生活環境之改變及其心靈情緒，其時之景象、
舞姿與音聲均其心境之表現也。逍遙芝田瑤池之際，呈現其從容悅樂
之神釆，頗有俊逸出塵之姿，無怪乎杜甫云「俊逸鮑參軍」。〔註14〕羈
棲於金閣之中，其驚懼凌亂之舞姿，「急景凋年，涼沙振野」，霧嚴苦
而泉悲風驚，均為其「驚思惆悵」心境之告白，其「驚挺險急」〔註15〕
誠動人心魄矣。而其所以見羈雲羅，乃「厭江海而游澤」也，其心不
甘寂寞，游近人間，此豈非士之仕耶？鮑照自非舞鶴，焉知其心境之
曲折乎？「知之濠上」乎？實則舞鶴之形象即其心象也，浮曠情迴乃
其自然質性也，順此性而縱適天地之間，無入而不自得矣。弄如霜之
身影，戲芝田，臨明霞，自賞自愛，欣欣然於生命自身之悅樂，亦賞
玩親和自然之美景，真全其性而樂其生矣，此豈非「隱居以求其志」
之生命境界？而人間之思念與關注，「誤落塵網中」，〔註16〕遂令其生
命情態急轉而驚思嚴苦，挺立飛舞，魂散目盪，終難平適心境矣。其

〔註14〕杜甫詩「春日憶李白」。
〔註15〕南齊書文學傳論評鮑照云：「發唱驚挺，操調險急，雕藻淫豔，傾炫
　　　心魂。」舞鶴賦有以似之。
〔註16〕陶潛詩歸園田居。

悲心哀離，沈澱凝聚，以歸去之途崇絕，上有冥冥之青天，下有淥水之波瀾，此乃思歸不歸、羈旅沈痛無奈之靈魂也。是以舞鶴爲賦家心靈之自況，寫舞鶴即寫其個己之志也。其文猶存古詩賦義，故明吳訥文章辨體序說引元祝堯古賦辨體云：「……明遠舞鶴等篇，雖曰其辭不過後代之辭，乃若其情，則猶得古詩之餘情矣。」

　　賦家借物託志，以物寫志，借物象之聯想觸及人生，以一己之心象陶鈞自然，創造物象，是乃賦家個性之表現也。然文化中既已貞定之信仰亦有其影響力量，黃永武先生（中國詩學）「古典詩中的桃與柳」：

> 詠物的詩，對所有的物有一種特別的看法，這看法像是充
> 分自由的，詩人可以無拘無束地任意揮寫，其實每一種看
> 法，無不以龐大的民族文化爲其背景，這文化往往顯示出
> 千百年來此一民族共通的理念。

物象之意造，蒙受民族文化之導向，尤以普遍深入之肯認爲甚，例如松之貞勁與螳螂捕蟬爲賦家之共同認知。故左芬松柏賦、王儉和竟陵王子良高松賦及沈約高松賦，松樹之意象均爲歲寒不凋之貞木；曹植、傅咸、褚玠同取捕蟬之寓言故事入賦矣，試觀其賦：

> △何奇樹之英蔚，記峻岳之嵯峨。被玄澗之逶迤，臨淥水之素
> 波。擢脩本之丸丸，萃綠葉之芬葩。敷纖莖之蘢蓯，布秀葉
> 之蔥蒨。列疏實之離離，馥幽藹而永馨。紛翕習以披籬，氣
> 蕭蕭以清泠。應長風以鳴條，似絲竹之遺聲。稟天然之貞勁，
> 經嚴冬而不零。雖凝霜而挺幹，近青春而秀榮。若君子之順
> 時，又似乎真人之抗貞。赤松遊其下而得道，文賓飡其實而
> 長生。詩人歌其榮蔚，齊南山以永寧。（左芬松柏賦）
> △山有喬松，峻極青蔥……貫四時而不改，超五玉之嘉容。
> 上拂天而獨遠，下流雲而自重。重陰微微，漏景含暉……
> 若乃朔窮於紀，歲亦暮止。隆冰裁裁，飛雪千里，挈三秀
> 而靡遺，望九山其相侶。翔雁哀廻於天津，振鷟鷟鳴於川
> 涘。嗟萬有之必衰，獨貞華之無已。積皓霰而爭光，延微
> 飆而響起。（王儉和竟陵王子良高松賦）
> △鬱彼高松，栖根得地……若夫蟠株聳幹之懿，含星漏月之

奇。經千霜而得拱……於時風急蟄首，寒浮塞天。流蓬不息，
明月孤懸……擢柔情於蕙圃，涌寶思於珠泉。（沈約高松賦）

三人之筆致雖有差異，而均指向松樹堅貞不易之質性矣。天寒地凍，冰
雪嚴霜凋落眾芳，惟松獨有歲寒之本心，恆固其志節，以一枝獨秀挺立
於蒼茫之鄉，似君子之固窮，又若大丈夫之威武不屈，故賦家敬之，以
為德行之砥礪；賞愛之，淵明歸去來則急急探看──「三逕就荒，松菊猶
存。」因其本心同而相看兩不厭也。

至於詠蟬者，同者乃捕蟬寓言媒材之選取：

△唯夫蟬之清素兮，潛厥類于太陰……實澹泊而寡欲兮，獨
怡樂而長怡。聲皦皦而彌厲兮，似貞士之介心，內含和而
弗食兮，與眾物而無求。棲喬枝而仰首兮，漱朝露之清
流……苦黃雀之作害兮，患螳螂之勁斧……有翩翩之狡童
兮，步容與于園圃……持柔竿之冉冉兮，運微黏而我纏。
欲翻飛而逾滯兮，知性命之長捐。委厥體于膳夫，歸炎炭
而就燔。秋霜紛以宵下，晨風冽其過庭。氣憯怛而薄軀，
足攀木而失莖。吟嘶啞以沮敗，狀枯槁以喪形。（曹植蟬賦）

△見鳴蜩于纖枝，翳翠葉以長吟，信厥樂之在斯。苟得意于
所歡，曾黏住而莫知。匪爾命之遵薄，坐偷安而忘危。嗟
悠悠之耽寵，請茲覽以自規。（傅咸黏蟬賦）

△有秋風之來庭，于高柳之鳴蟬。或孤吟而暫斷，乍亂響而
還連。垂玄綏而嘶定，避黃雀而聲遷。愁人兮易驚，靜聽
兮傷情。聽蟬兮靡倦，更相和兮風生。終不校樹兮寂寞，
方復飲露兮光榮。（褚玠風裏蟬賦）

蟬之素材一而造象則因其心境、情性各現型態，傅咸承莊周、劉向說
苑之意，戒得意忘形，居安忘危及躁於進取耽寵之禍害，借物以託志，
也藉以反省之立場，批判蟬之得意無知也。褚玠則僅道出蟬懼怕黃雀
之自知，異乎莊子、傅咸之說，表現同情之意。然曹植蟬賦則立於蟬
之一方，謂其質性清素，澹泊寡欲，偏乃眾難畢集，趨免走避而無方，
螳螂在前，黃雀在後，高翔則有蜘蛛之害，卑竄復有草蟲之襲，遷集
宮宇，則殞命於狡童戲弄生命之手。即或不死於眾害，秋霜寒氣亦挾

其大限襲擊，蟬猶如辜受難之人，而此殆曹植之自比也。其見忌於皇兄，動輒得咎，骨肉至親而相煎，手足或已死於不明，又小人監視，讒言不斷，生之歷程恍如步步陷阱，脫害無由，自其贈白馬王彪詩及眾詩作，更可見曹植以蟬寫其心境，以個人之志創造之。此外曹植賦予澹泊寡欲之至德，傅玄蟬賦美蟬之純潔，無爲而自得，顏延之寒蟬更予以孤高蹈世之形象，「不假綏於范冠，豈鏤體於人爵。」皆有道家無爲，超然世外之意。然陸雲寒蟬賦則援取儒家立身事君之德以賦之，見其序可知其文之要義也——「夫頭上有綏，則其文也。含氣飲露，則其清也。黍稷不享，則其廉也。處不巢居，則其儉也。應候守常，則其信也。加以冠冕，則取其容也。君子則其操，可以事君，可以立身，豈非至德之蟲哉！」稱美其五德，取其德操以修身事君，是乃賦家個人情志之表現也。自諸家儒道思想及仕與隱之徘徊觀之，可知此亦士人共通之心理現象也。且無論因蟬以戒耽寵，或美其高潔而心嚮往之，取其德操以立身事君，均有取於蟬之啓示也，故黃永武先生（中國詩學）「詩人看松樹」云：「由此看來，中國詩人是如此留心周遭的一草一木，從一草一木中尋出人類所應該摹仿學習的長處，作爲立身處世的借鏡。」而非僅草木爲學習之對象，器物亦然，玉比爲德，棋若用兵，酒致足樂也，而當戒盈戒過，不一而足矣。

三、詠女子

　　詠物之賦，物爲美感鑑賞之對象，亦多有取德詠志之意存焉，然宮體賦以女子爲摹寫之媒材，則表現純粹美感品賞之藝術精神，復以「巧構形似」之寫實態度附之，林文月先生「宮體詩人的寫實精神」云：

> 這種對於純粹美的追求，實在是種因於儒家功用主義崩毀的消極結果，與老莊自由思想發揚的積極表現……純粹的審美態度與客觀而逼眞的寫作技巧相配合，這就產生了許多寫實的詩篇：取材於山水自然者，便成了謝靈運的山水詩；取材於宮苑器物，便成了詠物詩；而取材於人本身——尤重女性時，便產生了宮體詩。

媒材之選取雖或因文體而稍異，然降至六朝，詩可緣情，賦亦然，甚
而南朝之時，賦中夾五、七言詩句，詩賦合流矣，故體性漸近，其媒
材之取用亦相去不遠矣。詩賦皆有山水、詠物、宮體之作。然而真能
脫去道德意識、實用功能者唯宮體足以當也。

　　宮體賦乃人物品鑒美學觀點之承續，然人物品鑒容貌姿態之外，
才性氣質亦為重心。魏晉時寫思愛之佳人多兼姿貌氣質情思而言之，
陶潛閑情賦云：「夫何懷逸之令姿，獨曠世以秀群。表傾城之豔色，
期有德于傳聞。鳴佩玉以比潔，齊幽蘭以爭芬。淡柔情于俗內，負雅
志于高雲。悲晨曦之易夕，感人生之長勤。同一盡于百年，何歡寡而
愁殷。」佳人秉逸姿豔容，復有足以傳聞之德……玉以比潔，幽蘭以
爭芬，柔情蘊於內，雅志抗高雲，且思索深悟生命之急促，人生憂煩
多而歡娛少。淵明之描寫乃生命整全之掌握，然宮體賦多就容態刻劃
美人之形象。且情愛之思慕，伊人若隔雲端，思之念之，求之不得，
有一份距離衍生之崇高之美，亦有無奈、綿綿不盡之深情。而宮體賦
率然寫男女相悅携手共遊，乃至環擁同眠之生活，此殆吸取吳歌西曲
之內容，而失落民間純真之生命，塡之以宮廷題材之故耳。宮體賦家
以無所為而為之心創作賦篇，講究文字之綺麗尖新，大量運五七言新
體詩，以塑造圓美流轉之韻致，押韻、聲調力求輕快靈活。其色澤情
調極可欣賞，亦其唯一能提供之美感呈現耳。援女子為題材，乃成之
於帝王宮廷文人之手，鑒賞者亦不當苛求過甚。

　　女子容貌姿態之表現為宮體賦之主要內容，表現之方式或直接描
寫其情態舞姿，簡文帝採蓮賦：

> 望江南兮清且空，對荷花兮丹復紅……唯欲廻渡輕船，共
> 採新蓮……於是素腕舉，紅袖長，廻巧笑，墮明璫。荷稠
> 刺密，亟牽衣而縐裳。人喧水濺，惜虧朱而壞妝。

以採蓮之動作寫其美貌風情，自「素腕」可想見其膚若凝脂，且「廻
巧笑」乃表現其巧笑倩兮之靈動風情也。故非僅人悅愛之，荷亦亟牽
其衣而縐其裳，此情此景，生動有趣已極。又梁元帝採蓮賦「恐沾裳

而淺笑，畏傾船而斂裾」，真乃羞怕拘束之小兒女姿態，才笑其放不開，玩亦不敢任情痛快，豈知竟致「荇濕霑衫，菱長繞釧。」狼狽如此，是可知其淘氣可愛也，天真憨愛之嬌態流露無餘矣。然採蓮乃尋常動作耳，不若舞姿之表現人體流動之美，顧野王舞影賦云：

> 燿金波兮繡户，列銀燭兮蘭房。出妙舞于仙殿，倡雅韻于清商。頓珠履于瓊簟，影嬌態于雕梁。圖長袖于粉壁，寫纖腰于華堂。縈紆雙轉，芬馥一房。類雙鶯于合鏡，似雙鶩之共翔。愁冬宵之尚短，欣此樂之方長。

身姿舞成嬌影，長袖纖腰靈轉於粉壁華堂，芬馥因其飛舞而散放，一房盡其舞影，盡是芳馨。人體輕靈之妙姿，以短短數語而構成具體之意象，令人讀其文而想見其姿影。

芙蓉如面柳如眉，是以花令人想容，美人與花常疊成同一意象，梁元帝採蓮賦曰：「碧玉小家女，來嫁汝南王。蓮花亂臉色，荷葉雜衣香。因持薦君子，願襲芙蓉裳。」蓮花共臉色相映，容色益增姿采；襲芙蓉以為裳，衣香與花香融融，人與花遂成自然美妙之合一，此即作者運用其想像而創造之合一意象也。而花開花落與美人吐豔遲暮之命運相同，故芳華四照，美人喜而折花插髮以生色；而其凋零落盡，紅顏將老，亦令之驚懼憂愁矣。簡文帝梅花賦詠梅花轉而言佳麗坐愁紅顏老之心境：

> 梅花特早，偏能識春……吐豔四照之林，舒榮五衢之路。既玉綴而珠離……標半落而飛空，香隨風而遠度……於是重閨佳麗，貌婉心嫻，憐早花之驚節，訝春光之遣寒。袂衣始薄，羅袖初單。折此芳花，舉茲輕袖，或插髻而問人，或殘枝而相授。恨鬢前之大空，嫌金鈿之轉舊。顧影丹墀，弄此嬌姿。洞開春牖，四卷羅帷。春風吹梅長落盡，賤妾為此歛蛾眉。花色持相比，恆愁恐失時。

苔枝綴玉，艷光四照之梅花形象乃美人之對應也，美人既訝且驚，是青春之眩人心魂也。故寧取此活色生香以媚姿，而不願飾以金鈿矣。顧影弄姿，賞愛梅花亦憐惜自己，而春風吹落花蕊，女兒亦心悲，黛

玉葬花魂，情思與之俱同也，花與人，人與花，賦家早已巧構而爲合一之意象矣。

　　描寫女子容貌之外，愛情亦宮體賦之題材，如鴛鴦相隨千里，常相聚首爲其理想情境，故取鴛鴦爲愛情之暗示。又燭火必待夜而燃，夜乃閨房生活之時，對燭或恩愛共眠，或客居憶念。離人兩處雙憶，亦愛情之寫照也。而情愛中絕或生離長別，多自女方寫起，頗似後世閨怨之作，然乃輕柔美麗之哀愁耳。簡文帝、梁元帝及徐陵皆作鴛鴦賦，簡文帝由鴛鴦而轉入佳麗之新寵：

　　「亦有佳麗自如神，宜羞宜笑復宜顰。既是金閨新入寵，復是蘭房得意人。見茲禽之棲宿，想君意之相親。」此乃典型宮中之愛情。唯見此佳麗情態迷人，滿足自得於君寵耳。由七言句構成，一氣直下，揚起得意興奮之情，「見茲禽之棲宿」轉爲六言句，意念一頓，想承恩之親，亦有幾許溫暖也。梁元帝寫鴛鴦之俱棲俱宿，「願學鴛鴦，連翮恆逐君。」徐陵逕言「特訝鴛鴦鳥，長情眞可念，許處勝人多。」執守情愛爲鴛鴦之意象，徐陵讚美之，似諷世人之不若也。此外，庾信、梁元帝、簡文帝均有對燭賦，皆有比翼雙飛之暗示意味，庾信「鑄鳳銜蓮，圖龍竝眠。」梁元帝「本知龍燭應無偶，復訝魚燈有舊名。」簡文帝：「眠龍傍繞，倒鳳雙安。轉辟邪而取正，推櫃窗而畏寬。」隱隱以龍鳳之意象象徵之。三篇賦作之結語盡臻於言有盡而意無窮之境，簡文帝將燭擬人，「廻照金屏裏，脈脈兩相看。」燭亦深情脈脈，相看兩不厭。而梁元帝燭有情故而照人，且不知照誰人兩處情，則可涵蓋天下離分兩地之有情人也，意象豐富，情蘊無限——「燭火燈光一雙炷，詎照誰人兩處情。」庾信之賦曰：「晚星沒，芳蕪歇。還持照夜游，詎滅西園月。」非僅秉燭夜遊於美景良辰，即使星沈月落，眾芳蕪歇，亦思以燭照明而夜遊也。頗有拼却一生挹取殘缺歡娛之況味也。

　　至於閨怨之賦，試舉梁元帝蕩婦秋思賦以觀之：

　　　蕩子之別十年，倡婦之居自憐。登樓一望，唯見遠樹含烟。
　　　平原如此，不知道路幾千。天與水兮相逼，山與雲兮共色。

山則蒼蒼入漢，水則涓涓不測。誰復堪見鳥飛，悲鳴隻翼。
秋何月而不清，月何秋而不明。況乃倡樓蕩婦，對此傷情。
於時露萎庭蕙，霜封堦砌。坐視帶長，轉看腰細。重以秋
水文波，秋雲似羅。日黯黯而將暮，風騷騷而渡河。妾怨
迴文之錦，君思出塞之歌。相思相望，路遠如何。鬢飄蓬
而漸亂，心懷愁而轉歎。愁縈翠眉斂，啼多紅粉漫。已矣
哉，秋風起兮秋葉飛，春花落兮春日暉。春日遲遲猶可至，
客子行行終不歸。

寫蕩婦秋日思君，梁元帝猶不忘以寫實之筆刻劃其體態、容貌—「坐
視帶長，轉看腰細。」「愁縈翠眉斂，啼多紅粉漫」是也，此爲宮體
賦之特色。雖然前句具象呈現其憔悴之狀，後一句狀其悲愁啼淚之
容，惟「腰細」似有可愛之意，「翠眉」、「紅粉」正可見其嚴妝之美
豔也。君別十年，誰適爲容？此乃梁元帝寫其愁苦悴容猶作純粹美感
之欣賞也。而離家之人望鄉，念遠亦登樓而望，望道路，路上有否郎
君？「望」之意象拈出人心傾溢伸長之深情矣。「相思相望」表現其
自信與信任，二人身處異地，而心思念眺望，此姿勢乃情意久長之印
證也。然秋景誠可傷情，春日遲遲終可至，而客子不歸恆痛人心腸。
「此情若是久長時，又豈在朝朝暮暮。」〔註17〕非閨中少婦所能寬解，
何況已經十秋矣。

四、詠情事

　　個己之感情與遭際寫之於賦篇，牽多直抒其情，敍述其生平事
故，然而亦有將之作普遍之描寫，或可謂跳脫自我，放眼宇宙人生之
諸象，而作分類，以歸納其終極原理、生命情態，始筆之於文。惟其
臨文之時必深入每一類型生命之中，感受、了解，而與之合一，如是
方能寫之。王靜安先生人間詞話曰：「詩人對宇宙人生，須入乎其內，
又須出乎其外。入乎其內，故能寫之。出乎其外，故能觀之。入乎其
內，故有生氣。出乎其外，故有高致。」意頗近之。出入宇宙人生即

〔註17〕秦觀鵲橋仙。

是距離之調整，入而不出，能感而不能觀照全體以思省考察；出而不入，則淡漠阻絕，終隔一層。是以保持入乎其內，出乎其外「不即不離」之距，既可觀亦可感也，而形之於文必能有生氣有高致，眞切把握深廣永恆之生命現象。詠人自身之情事而能觀照生命之普遍現象，其境界臻於靜安先生所標舉之境矣。鈴木虎雄（賦史大要）亦有見於此類賦作之特殊，特立爲一類，謂「主觀的寫客觀的……非敘我之恨別，欲以恨別之常遇而爲描寫也。」其意即超越個己之情事，以觀察宇宙人生之普遍現象而爲文也。惟當留意者乃己雖能出以觀之，然己尚是眼中所見世間之人也，故必然在普遍現象之中。又觀照之後必須入乎其中，入乎深則其情愈深刻，若是，個人之情亦存乎其中矣。此類賦篇兼具高致與生氣，能令人深思，亦能動人情，江淹恨賦、別賦、簡文帝悔賦是也，試觀恨賦：

> 試望平原，蔓草縈骨，拱木斂魂。人生到此，天道寧論。於是僕本恨人，心驚不已。直念古者，伏恨而死。至如秦帝按劍，諸侯西馳。削平天下，同文共規。華山爲城，紫淵爲池。雄圖既溢，武力未畢。方架黿鼉以爲梁，巡海右以送日。一旦魂斷，宮車晚出。若乃趙王既虜，遷於房陵。薄暮心動，昧旦神興。別豔姬與美女，喪金輿及玉乘。置酒欲飲，悲來塡膺。千秋萬歲，爲怨難勝。至如李君降北，名辱身冤。拔劍擊柱，弔影慙魂。情往上郡，心留雁門。裂帛繫書，誓還漢恩。朝露溘至，握手何言。若夫明妃去時，仰天太息。紫臺稍遠，關山無極。搖風忽起，白日西匿。隴鴈少飛，代雲寡色。望君王兮何期，終蕪絕兮異域。至乃敬通見抵，罷歸田里。閉關卻掃，塞門不仕。左對孺人，顧弄稚子。脫略公卿，跌宕文史。齎志沒地，長懷無已。及夫中散下獄，神氣激揚。濁醪夕飲，素琴晨張。秋日蕭索，浮雲無光。鬱青霞之奇意，入修夜之不暘。或有孤臣危涕，孽子墜心。遷客海上，流戍隴陰。此人但聞悲風汩起，血下霑衿。亦復含酸茹歎，銷落湮沈。若迺騎疊跡，車屯軌。黃塵帀地，歌吹四起。無不煙斷火絕，閉骨

泉裏。已矣哉，春草暮兮秋風驚，秋風罷兮春草生。綺羅
畢兮池館盡，琴瑟滅兮丘壟平。自古皆有死，莫不飲恨而
吞聲。

「恨賦」之觀照超離個人之生活經驗，以古往今來時間流動中生命之
現象爲焦點，「自古皆有死」，江淹告白生命必然之歸向，含有深遠普
遍之力量。且「死」之於江淹，並非一片渾沌之景象，乃以理智區分
其類別及殊異之心象意態，存有藝術距離，以冷凝情思意象之交雜紛
錯，一一析出，加以鋪述，層次分明，各顯其卓然獨特之生命情態也。
上言其死亡意象之創造，此就其表現之媒材而言，其取「蔓草縈骨，
拱木歛魂」，攝人心魂，觸人眼目之丘墳累象，極直接而強烈。又人
物之選取，均凸顯其典型之特色，爲其典型代表，若秦始皇爲帝王之
極也，其武功建設，威權力量乃曠世不一出之君，結束戰國七雄，統
一六國，叱吒風雲，有宰制天地之大能，可謂個人生命展揚之極致，
而仍須面對必死之命運，更可見人力之渺小有限，藉以表現悲劇之意
識。趙王張敖與秦始皇映襯，統一天下，威加海內，帝王功業之至極
也；亡國辱身，苟全性命，則帝王之至恥也。至於將軍，立功沙場之
上爲其至榮，否則馬革裹屍，亦有其榮名，兵敗而降，落入笑柄亦已
矣。然李陵百戰而身名裂，矢盡刀摧，上國不救，詐降思立大功以報
恩，竟親誅而名裂，歸國之路永絕，是乃將軍之至痛也。若乃美人，
本爲悅己者容，然選入後宮，竟埋青春於冷宮，難望君王之一顧，是
爲深宮怨之典型耳。然昭君力圖改變命運，不惜遠嫁異城，豈知君王
望之悅愛賞識，頗有悔意，却一令而去，此美人之至傷也。至於士之
不遇，馮衍以跌岩之材，亟施展懷抱於當世，而明帝抑而不用。此外，
嵇康無故受害，孤臣孽子，遷流戍役之人與富貴者，均爲具代表性之
人物，能遍及典型，亦能掌握凸顯深刻之特色。又人物之中除始皇之
外，均身世坎壈之恨人，是亦可推知恨賦非僅表現「自古皆有死」普
遍生命之恨，實乃強調人生追求理想之憾恨矣。

　　此外，恨賦之藝術表現亦甚特殊不凡，江淹採取敍述之手法呈現

意象，不作意義之判定，俾令讀者覽之而有獨立思索、感受之餘地。將其一己隱藏，不代讀者評斷，其藝術心靈之涵養已臻無我之境界矣。是以讀其文，有若觀賞一幕幕電影，每一幕均是一位人物之特寫，特寫之鏡頭兼含其生命境遇，思想感情，其形影、動作及其背景。人物表現其自身而已，然其一切表現均牽引讀者之情，令人與之同悲歡恨，此乃因江淹意象創造之生動也。如李陵「拔劍擊柱，弔影慚魂。」英雄末路慷慨激憤，痛切矛盾之形象畢見矣。又「敬通見抵，罷歸田里。閉關卻掃，塞門不仕。左對孺人，顧弄稚子。」享受天倫之樂亦無不好，而看其「脫略公卿，跌宕文史」，知其壯心大志，兩相對照，令人為之痛惜，其「左對孺孺人，顧弄稚子」反成卑瑣可悲之諷刺矣。而意象之動人由於江淹幻化入於人物之中，經歷其經歷，然後能體悟人物之真實情思，是以每一人均江淹之自身。割斷其連繫，每一人物皆可視為其個人之自我表白，故均可視為個人抒情寫志之作，此王靜安先生所謂「入乎其內，故能寫之」也，亦其有生氣、真切動人之緣由也。是可知江淹雖以「恨」之常典詠之，若視「恨」為客觀之物，然其情意入文極深，埋藏之情具現於人物之生命意象中，斷非客觀排列典故之作也。其以情化典，以己入乎媒材之深情、工力，造就恨賦之藝術表現。此外恨賦感物而作，亦可為其「緣情」之一證，「試望平原，蔓草縈骨，拱木斂魂。人生到此，天道寧論。於是僕本恨人，心驚不已。直念古者，伏恨而死。」感於物而思及人生之憾恨，自謂恨人，推廣而思及古人殊異身份、殊異遭際而共歸黃泉，經此以情感之，以理思之過程，江淹歸納生命之共同歸向，乃「自古皆有死，莫不飲恨而吞聲。」張溥題詞云：「恨別二賦，音制一變，長短篇章，能寫胸臆，即為文字，亦詩騷之意居多。」深能透知其文之緣情也。及宋辛稼軒賀新郎，或謂之「中間不敘正位，却羅列古人許多離別，如讀文通別賦，亦創格也」。王靜安先生人間詞話評曰：「稼軒賀新郎詞送茂嘉十二弟，章法妙絕，且語語有境界，此能品而幾與神者。」雖為詞評，取之以評江淹恨別二賦亦可也。

第二節　藝術結構之設計

　　文學作品並非媒材之自身，乃將媒材重新予以組織結構，並潤色之，俾能明確再現媒介之形象，準確傳達作者之意象，使作品獲致完整自足之生命，孔子所謂「辭，達而已矣」，即指此也，是乃最基本之要求。然窮其至境，則爲至高之理想境界也。故歷代作者嘔心瀝血，「吟成一句，撚斷數根鬚」者史不絕書。西京雜記載：「司馬相如爲上林子虛賦，意思消散，不復與外事相關，控引天地，錯綜古今，忽然如睡，煥然而興，幾百日而後成。」相如爲賦，忘身忘物，思與文遊，如是幾百日而文成；藏榮緒晉書曰：「左思……欲賦作三都，乃詣著作郎張載訪岷邛之事。遂構思十年，門庭藩溷皆著紙筆，遇得一句，即便疏之。」左思以悠長歲月構思，時時用心，無論行至何處，爲何事，皆尋索文句，唯恐忘却，遺失靈感，乃竟置紙筆於門庭藩溷之處矣。其用力之勤，心思之專致認眞，乃賦家創作之典型也。非僅京都、羽獵等大賦如此，即如觸類而作之小賦亦然。陸雲之賦作均小賦也，然其與兄士衡書述己作賦曰：「小思慮便大頓極，不知何以乃爾。前登城門，意有懷，作登臺賦。極未能成……不能令佳，而羸瘁累日。猶云逾前二賦，不審兄平之云何？願小有損益，一字兩字，不敢望多。」頗能道出創作賦篇之勞悴，賦作費人思慮也。且魏晉之後文人有意爲文，非僅以自覺之理性鎔裁素材，精心營架結構，即便一字兩字，亦不輕易放過，陸雲書中一再強調，請求兄長陸機稍加損益——「兄爲小潤色之，可成佳物。願必留思。」故文心雕龍明詩篇評其時之文風，曰：「儷采百字之偶，爭價一字之奇。情必極貌以寫物，辭必窮力而追新。此近世之所競也。」足以論六朝賦之藝術表現，結構設計之外，亦不可忽略其修辭技法。

一、總攬人物之設計

　　中華民族發源於黃土高原，生活艱辛，復無青山綠水以供賞玩，亦乏海上仙山以邀引遐思漫想，因此，神話傳說不夠發達，小說與戲

劇均起源甚晚，大異乎西方文學之以戲劇小說爲主流。然而不可逕謂中國無此能力，至乎本期，志怪小說大爲興盛，可爲確證矣。且小說之敘述手法及其人物對白動作等均爲賦家所採用。而其實詩經中如雞鳴、女曰雞鳴、溱洧等篇已有藉對話以交換二人之意見，楚辭中之卜居、漁父亦爲問答體。漢賦如子虛、上林等乃以問答各持己意以相辯難。然本期賦尚運用其高度想像力，增益人與物，物與物之對答，如左思白髮賦，寫人與白髮之對答，曹植鷂雀賦，寫鷂與雀之對話。問答設計之外，其動作之設計亦含身體動作、心靈活動及情節。

（一）人物問答設計

人物問答設計，賦家或以己加入問答之中，或抽離而隱身幕後，掌握全知觀點。〔註18〕前者如曹植洛神賦，有曹植與御者之問答展開。呂安髑髏賦寫其悲憫髑髏，告于上蒼，髑髏感而應之，遂敘述其生命遭遇。左思白髮賦輒述其與頭上白髮之辯論：均爲第一人稱問答，讀來備覺親切眞實，感人之力量亦強。此外，作者隱藏個己，假設人物，分身而立於各人物之立場，其人物之設計或取古代知名之人或假設寓言人物，前者如傅咸小語賦，取楚襄王、唐勒、景差、宋玉爲例；仲長敖覈性賦，援荀卿與其弟子李斯、韓非；謝惠連雪賦以梁王及兎園聚會之賓友鄒陽、枚乘、司馬相如等；謝莊月賦假陳思王曹植與王粲均是也，此莊子所謂「重言」也，取世所重之人足令其文增加信度，興思古之幽情。且賦家人物之選擇必與內容相關：荀子主性惡，仲長敖覈性賦表現性惡之思想，故取之；梁王兎園及曹氏父子、建安七子爲文學集團，雅集吟詠爲一時之盛，謝惠連、謝莊思藉他人之口以吟詠，則取才俊之士，適足以自重之。此外，亦有假設寓言人物，如左思三都賦假西蜀公子、東吳王孫及魏

〔註18〕關於敘述觀點之掌握，亞里斯多德詩學云：「當給與之模擬媒介物與對象相同時，詩人可以採取：(一) 有時以作者口吻敘述，有時通過一個假託的人物言說出來，如荷馬所從事的……」第（一）種頗近六朝賦之人物問答設計。見姚一葦詩學箋注頁 47。

國先生，三人之稱謂即其國家之代表，不若漢賦中烏有先生、無是公，徒具虛無之名，而背後另以君王代表其國。能準確把握其立場，此乃左思三都賦名實相符之表現，亦六朝寫實精神之流露也。非徒寓言人物而已，曹植鷂雀之問答；庾信竹杖賦桓宣武與楚丘先生，桓宣武真有其人，楚丘先生則寓言人物耳。人物之設計變化多端，已窮盡其所能矣。

　　至於人物設計之用意可歸納為三：一則引出作者思以表現之言，人物發言之問話者僅為媒介，其份量遠不能及答話者，故問者為賓，答者為主，答者之言為全文之重心，此於小說戲劇均不合理，然用之於賦，則可暢所欲言，作整全之呈現，洛神賦曹植因御者之問而告之，其回答之語為全文之主體：以工細之筆述洛神之形貌神采衣飾，二人悅愛，然禮防之持與人神之道殊，遂令良會永絕矣。試觀曹植與御者之問答：「睹一麗人，于巖之畔，迺援御者而告之曰：爾有覿于彼者乎？彼何人斯？若此之豔也。御者對曰：臣聞河洛之神，名曰宓妃。然則君王所見，無迺是乎？其狀若何？臣願聞之。余告之曰：其形也，翩若驚鴻，婉若遊龍……」子建能睹見麗人，御者知洛神名為宓妃，竟視而不見，豈非可怪？然子建之目的乃設計御者之問，而藉以言其所欲也，不當以真假苛責之。其他如歖性賦，荀子答弟子李斯、韓非之問為主體，以表現仲長敖「周孔徒勞，名教虛設」之思想。又如雪賦、月賦，梁王不悅而遊於兔園，陳王端憂多暇以命仲宣之設計，其目的乃假司馬相如之口以詠雪，藉仲宣以詠月耳，雪、月之鋪寫始為主題也。二則以對話之方式揭發隱微，推動情節之發展，二人無對立，亦非各逞其能以爭競，乃立場相同，一者表示關愛，一者傾訴耳，而二人實為作者之分化，為求其逼真而採問答之方式，呂安髑髏賦可為其代表。呂安見髑髏拋却路傍，「余乃俯仰吒嘆，告于昊蒼，此獨何人，命不永長。身銷原野，骨曝大荒。余將殯子時服，與子嚴裝。殮以棺椁，遷彼幽堂」，呂安以一己之想像推想——「于是髑髏蠢如，精靈感應。若在若無，斐然見形，溫色素膚。昔以無良，行逢皇乾，來

遊此土。天奪我年，令我全膚消滅……」假髑髏之口，言自身遭遇，
較呂安作推測語可信動人，二人問答亦較一人獨語有變化。三則各據
於一己之立場以發言，極力張揚己方而不批評他方，然有爭競之意味
者，如傅咸小語賦，景差、唐勒、宋玉應楚襄王而為小語，景差言畢，
唐勒接續其後自圓其說，宋玉亦然，建立一己之說而不及於旁人，有
似論語「顏淵季路侍，子曰盍各言爾志」，〔註19〕顏淵、季路各言己
志。惟小語賦無人若子路反問：「願聞子之志」耳。建立己說終難打
倒對方，故辯論思決勝負，定高下，多採取堅立己說，攻擊對方弱點，
如左思三都賦、白髮賦及曹植鷂雀賦是也，唯三都賦乃著重靜態之描
述，由後者批駁前者，不似對話一再往返論難，猶不脫子虛、上林、
兩都、二京之格套，不如白髮賦之一來一往，推動賦篇思理之前進，
剝落飾詞而見其真心：作者以白髮之穢其光儀，見疵於君而欲拔之。
白髮自訴其無辜，髮白因君年暮，非髮之罪也，且素華亦可珍貴。人
復云世人之重榮華，輕賤枯，少年英俊多登高位矣。白髮因而說明見
用非以烏鬢，以其為良才也。舉周漢為例，言其用老成之人而國祚久
長，政治肅清光明，此左思之理想，真心勸諫君主用人之言也。然現
實則英俊沈下僚，皓首于田里，思之沈痛矣。後二對答乃左思輾轉矛
盾，剝情析理而得之肺腑之言。又左思亦兼及人物之神情動作，如「白
髮將拔，怒然自訴」，「白髮臨欲拔，瞑目號呼。」又曹植鷂雀賦寫鷂
資糧乏張，見一肌肉瘠瘦之雀，欲取之。鷂雀之對白外，曹植猶重其
動作、神情及心理活動，「鷂得雀言，初不敢語」，「雀得鷂言，意甚
征營」。「鷂得雀言，意甚沮惋，當死弊雀，頭如果蒜。」「雀得鷂言，
意甚不移，依一棗樹，聚蒦多刺。目如擘椒，跳躍二翅。我雖當死，
略無可避。鷂乃置雀，良久方去。」凡人發為言語必有表情，表情來
自內心之活動也。而鷂為避死而取雀，雀為生存而頑強抵抗，二鳥之
情態躍然生動，雖為寓言，頗有振撼人心之力量矣。

〔註19〕論語〈公冶長篇〉。

（二）人物動作設計

　　動作亦為六朝賦人物設計之一端，動作包括身體活動與心理活動，由二者之交錯而推動故事之開始、變化及收束，其過程謂之情節。亞里斯多德詩學云：「敍事詩的故事結構必須和戲劇一樣……它必須建立在一個單一的動作上，它必須有自身之完整，有開始、中間和結束，恰如一個生物的有機的統一體，足以產生其自身所獨有之快感。」姚一葦先生箋注云：「凡具結構形式之藝術，其各部分之組成，無論整體與部分間，或部分與部分間必形成有機的統一、絕非任意的組合或拼湊。」〔註20〕是可知非僅敍事詩、戲劇如此，以敍述動作為主體之賦作亦建立在一個單一動作，有開始、中間、結束，且整體與部分間，部分與部分間，必為互相貫串，關係密切之有機統一，以下試就身體活動、心理活動及情節論賦篇之人物動作設計：

　　關於身體動作，試舉曹植酒賦、束皙餅賦，觀賦篇人物之動作，取羊祜雁賦觀禽鳥之動作：

> 爾乃王孫公子，遊俠翱翔。將承歡以接意，會陵雲之朱堂。
> 獻酬交錯，宴笑無方。于是飲者並醉，從橫讙譁。或揚袂
> 屢舞，或扣劍清歌。或蹲蹴辭觴，或奮爵橫飛。或歎驪駒
> 既駕，或稱朝露未晞。于斯時也，質者或文，剛者或仁，
> 卑者忘賤，窶者忘貧。（曹植酒賦）

曹子建寫灑落放逸之王孫公子及豪邁放曠之遊俠，承歡接意以會聚，獻酬交錯，宴笑縱情，或讙譁縱橫，或歌或舞。子建極力刻劃其豪放不拘，酒後見真性之動作，讙譁已是喧鬧非凡，又以縱橫形容言語往來之交雜；舞既已為身體動作之極，又以「屢」表現其次數之頻繁，以「揚袂」具現其手勢，「奮爵橫飛」益表現眾人之粗豪。其人飲酒並醉，縱放盡歡之動作如在目前矣。而曹植以酒之威力統一公子、遊俠之動作，始則承歡接意以共飲，繼之言笑無方，甚而醉酒之動作畢現，復以酒令人親和去怨之動作以收束之。「豪放」乃酒賦之動作表

〔註20〕姚一葦詩學箋注頁181、182。

現也，束晳餅賦則呈現另一種風貌：

> 于是火盛湯涌，猛氣蒸作。攘衣振掌，握搦拊摶。麵彌離
> 于指端，手縈回而交錯。紛紛駁駁，星分電落。籠無迸肉，
> 餅無流麵……氣勃鬱以揚布，香飛散而遠遍。行人失涎于
> 下風，童僕空嚼而斜眄。擎器者呧脣，立侍者乾咽。

餅爲主角，然餅爲靜物，故以火湯之盛涌，人攘衣振掌、握搦拊摶等
做餅之動作，及猛氣蒸作之香氣飛散揚布，令聞之者垂涎三尺之貪饞
動作烘托之，未曾直言餅之美味，而人之動作已具現無餘，不言而喻
矣。絕頂眞實有趣，雖無深刻之意義，而生動至極，趣味橫溢，令人
讀之會心而笑。又羊祜雁賦：

> 鳴則相和，行則接武。前不絕貫，後不越序。齊力不期而
> 竝至，同趣不要而自聚。當其赴節，則萬里不能足其路。
> 苟泛一壑，則眾物不能易其所。臨空不能頓其翼，揚波不
> 能瀺其羽。排雲墟以頡頏，汰弱波以容與。進淩鶩于泰清，
> 退嬉魚乎玄渚。浮若漂舟乎江之濤，色若委雪于嶴之阿。
> 邕邕兮悲鳴乎雲閒，因飛臨虛屬清和。眇眇兮瞥若入清塵，
> 扶日拂翼粲光羅。

全文以動作之連續描寫雁鳥，然而每一身體動作均心靈動作之具象表
現，其行其鳴，呈現心靈之秩序及自動自發之自主力。其下承此而言
其赴節泛壑之動作，不言其動作之形象，乃表其堅毅獨行，「雖千萬
人吾往矣」之志節。其「進淩鶩于泰清，退嬉魚乎玄渚」，進退之動
作實乃出處之大節也。是可知羊祜以雁鳥寫己之情操，一切動作均心
靈動作之具象化也。

　　心理活動可假身體之活動表現，然亦有純粹心理歷程之呈現者，
茲舉陶潛閑情賦爲例：

> 激清音以感余，願接膝以交言。欲自往以結誓，懼冒禮之
> 爲諐。待鳳鳥以致辭，恐他人之我先。竟惶恐而靡寧，魂
> 須臾而九遷。願在衣而爲領，承華首之餘芳。悲羅襟之宵
> 離，怨秋夜之未央。願在裳而爲帶，束窈窕之纖身。嗟溫

涼之異氣，或脫故而服新。願在髮而爲澤，刷玄鬢於頹肩。悲佳人之屢沐，從白水以枯煎。願在眉而爲黛，隨瞻視以閒揚。悲脂粉之尚鮮，或取毀于華粧。願在莞而爲席，安弱體于三秋，悲文茵之代御，方經年而見求。願在絲而爲履，附素足以周旋。悲行止之有節，空委棄于床前。願在畫而爲影，常依形而西東。悲高樹之多陰，慨有時而不同。願在夜而爲燭，照玉容于兩楹。悲扶桑之舒光，奄滅景而藏明。願在竹而爲扇，含淒飆於柔握。悲白露之晨零，願襟袖以綿邈。願在木而爲桐，作膝上之鳴琴。悲樂極以哀來，終推我而輟音。考所願而必違，徒契契以苦心。擁勞情而罔訴，步容與于南林。

此段排比之敍述均爲心靈之活動，十「願」爲其湧自心中之企盼也，每一意念浮現時，則爲其情思之飛揚，恍如望見希望之曙光，可與佳人結誓成說，永不相離矣。而美夢方酣，心魂如醉，再深自省，細思量，霎時之間，幻想盡碎，遂心悲而神傷矣。此時心萎縮收束，絕望破滅。然而癡情之人豈能以此作罷？〔註21〕因此，心靈復另尋出路，思索可與伊人永偕恩好之途徑，其心以新願望之升起，復快樂飛揚，其後又隨而失落。希望之後落空，落空復滋生希望，如此行復廻旋，歷經十次環轉，始覺悟所願必違，徒自苦心耳。思前想後，濃烈不移之深情與理智，禮防、現實相抗，乃心靈意念之展現，而無任何實際行動也。

賦篇亦有連接動作，貫串而爲一完整、有首尾、富變化之情節，試取庾信蕩子賦爲例：

蕩子辛苦逐征行，直守長城千里城。隴水恆冰合，關山唯月明。況復空牀起怨，倡婦生離。紗牕獨掩，羅帳長垂。新箏不弄，長笛羞吹。常年桂苑，昔日蘭閨。羅敷總髮，

〔註21〕許世瑛先生談談閒情賦：「以上十種幻想，都可以看出淵明在寫那男士的癡情。雖然每一種，只寫了四句六言，但已把那男士的心情，宛然繪出——起初覺得還可爲，繼而又感到不能長在而傷感。」許先生亦將十願歸入心情之變化活動。

弄玉初笄。新歌子夜，舊舞前溪。別後關情無復情，匳前
明鏡不須明。合歡無信寄，迴文織未成。遊塵滿牀不用拂，
細草橫階隨意生。前日漢使著章臺，聞道夫婿定應廻。手
巾還欲燥，愁眉即剩開，逆想行人至，迎前含笑來。

蕩子婦情節之佈置有三大特色：一則人物分寫，由蕩字出征展開，「關
山唯月明」，月光照臨望鄉之征人，亦照關中愁思之居人，遂轉而落
在倡婦身上，此後情節之表現，均出自倡婦之動作。二則時間之安排
有急轉、遽變之妙，令讀者快速調整時間，並推翻先前之誤會，了解
「現在」之落實所在。讀蕩子征戍長城，倡婦閨怨，遽以爲此乃現在
之實況也。而倡婦愁思，轉而藉其懷念往昔，而將過去之情節呈現，
復由過去返回現在，前後以現在之落寞寡歡夾住過去，對照過去桂苑
共遊，蘭閨恩愛。以此遂以其乃今昔之對比。然「前日漢使著章臺，
聞道夫婿定應廻」，情節急遽變化，相逢在即矣，始表明眞正之「現
在」乃淚乾眉開，期待夫婿歸來之時，其情充滿喜悅、興奮。是以時
間必須重新調整。往日歡聚相守固然爲過去，而夫妻各在天一方，愁
苦相思亦將成過去，現在則夫婿一步步飛奔家門，妻子迎迓之以殷切
歡娛之情。且作者復將時間推向未來，「逆想行人至，迎前含笑來。」
深情無限，歡欣滿溢，然僅「逆想」而已，想望而非落實，更富不盡
之意矣。此外場景之眞切，含暗示象徵之深意，亦情節掌握成功之處
也。亞里斯多德詩學云：「當詩人結構其情節，並運用言詞來表達時，
他必須記取：（1）盡可能將實際場景呈現眼前，即使每一事物看來生
動如目擊一樣，他必須恰當安排，並盡量嚴防矛盾。」蕩子賦之場景
眞切如在目前，非僅無矛盾，頗能烘托人物之感情，達成暗示含蓄之
效果。如寫蕩子但言「隴水恆冰合，關山唯月明」，僅如實敍述其場
景，然蕩子思鄉之心由「唯月明」透露心靈消息，以明月乃牽引離人
異地相思之媒介也。寫婦守空閨則「匳前明鏡不須明……游塵滿牀不
用拂，細草橫階隨意生。」亦將實際場景呈現，然「誰適爲容」—無
心於個己、外物之情隱含其中矣。

二、包舉宇宙之時空設計

（一）時間之設計

　　人猶如宇宙間之坐標，立於此時此地，然古往今來之時間縱線與上下四方之空間橫線，乃其回顧觀照之對象也。時間之流動匯成歷史之人事，薪盡火傳，薪所代表之人事則化為個人生命之記憶。情境遇合之時，則湧現腦際，反省思索之際，或為宿昔之典型，或以之召炯戒。皆落實於一己之生命抉擇與持守，並指出政治理想與真理也。而賦家表現歷史感，多就聯想之原理設計類似情境，因以引出史事，如遊歷古城舊都，遂興思古之幽情；思省人生處境及一己之遭際，古人之經歷亦因而進入思維，以為之激勵、啓示，此乃類似情境之設計也。又春去秋來，四時廻轉，年年歲歲永不止息，故賦家思表現情之持續不絕，牽以時間之運行為背景以暗示之。或亦藉時間之恆久以對照人生之短淺，斯乃時間之表現功能也。

　　因地理遊歷而興史事之感之設計，或僅定於一地，或足跡偏遊各方，持續興起史事之思，前者多為遊覽一類，後者多歸入紀行一類，〔註22〕試各取二篇賦作以觀之：

地　理

　　登彼函谷，爰覽丘陵。地險逶迤，山岡相承。深壑累降，脩嶺重升。下杳冥而幽暖，上穹崇而高興。帶以河洛，重以崤阻，經略封畿，因固設險。異服則呵，奇言必撿。過姦宄于未芽，殿邪偪于萌漸。

史　事

　　及文仲之斯廢，乃違仁而受貶。聖王制典，蓋以防淫。萬里順軌，壇場不侵。撫四夷而守境，豈恃阻于高岑。彼桀紂以顛墜，非山河而不深。顧晉平之愛險，獲汝叔之忠箴。鄙魏武之墜志，嘉吳起之弘心。末代陵遲，惡嬴氏之叛渙，乃因

〔註22〕此處分類本昭明文選。文選將班彪北征賦、班昭東征賦、潘岳西征賦歸入紀行，王粲登樓賦、孫興公天台山賦及鮑照蕪城賦則列為遊覽。

茲而自增。下淩上替，山冢崒崩。覽孟嘗之獲免，賴博愛而多寵。惟七國之西征，仰斯阻而震恐。豈隩險之難犯，將群帥之無勇。咨漢祖之絕關，又見敗于勍項。尹喜爰處，觀妙研精。李老西徂，五千遺聲。張祿旣入，穰侯乃傾。嘗陵之出，稟築田生。衛鞅及商，喪宗摧名。終軍棄繻，擁節飛榮。覩浮僞于末俗，思玄眞乎大庭。(江統函谷關賦)

「地利不如人和」爲江統之中心思想，遂設計以登臨函谷關而思及據函谷之重險以立國之史實，評斷險無足恃，隩險亦非難犯，乃仁義不施，將帥無勇故也。

傅咸弔秦始皇賦序曰:「余治獄至長安，觀乎阿房，而弔始皇曰:」表其因地而興起史事之時間設計，正文則弔始皇耳，乃杜牧阿房宮賦之前身也。

傷秦政之爲暴，棄仁義以自己。搦紙申辭，以弔始皇。有姬失統，命不于常。六國既平，奄有萬方。政虐刑酷，如火之揚。致周章之百萬，取發掘于項王。疲斯民乎宮墓，甚癸辛于夏商。末旋踵而爲墟，乇麞麋乎廟堂。國既顚而莫扶，孰阻兵之爲彊。

因遊歷四方而興史事者，試以潘岳西征賦、謝靈運撰征賦爲例以觀之，潘岳西征賦：

地 理

爾乃越平樂，過街郵。秣馬皋門，稅駕西周。
眄山川以懷古，悵攬轡于中塗。
經澠池而長想，停余車而不進。

史 事

違矣姬德，興自高辛。思文后稷，厥初生民。率西水滸，化流岐豳。祚隆昌發，舊邦惟新……
虐項氏之肆暴，坑降卒之無辜。激秦人以歸德，成劉后之來蘇。事回泬而好還，卒宗滅而身屠。
秦虎狼之彊國，趙侵弱之餘燼……當光武之蒙塵，致王誅于赤眉……終奮翼而高揮，建佐命之元勳，振皇綱而更維。

西征沿途所經之地，山川物色不復爲安仁所關懷，惟穿越時間，思念此地既往之人事興滅，悼念、緬懷，並以其興亡所由爲之鑑誡，有強烈之批判意味也。而地理乃串聯史事之作用耳。且史事與史事之間無時代前後秩序，亦非性質相同或相異之對照，乃彼此不相連瑣，各自獨立也。謝靈運撰征賦：

地　理

> 爾乃經雉門，啓浮梁。眺鍾巖，越查塘。
>
> 次石頭之雙岸，究孫氏之初基。
>
> 乃居歐陽，入夫江都之域，次乎廣陵之鄉。易千里之曼曼，泝江流之湯湯。洙赤圻以經復，越二門而起漲。眷北路以興思，看東山而怡目。林叢薄，路逶迤。石參差，山盤曲。水激瀨而駿奔，日映石而知旭。審兼照之無偏，怨歸流之難濯。羨輕鱝之涵泳，觀翔鷗之落啄。在飛沈其順從，顧微躬而緬邈。於是抑懷蕩慮，揚搉易難。利涉以吉，天險以艱。于敵伊阻，在國斯便。

史　事

> 覽永嘉之紊維，尋建武之緝綱。于時內慢神器，外侮戎狄。君子橫流，庶萌分析。主晉有祀，福祿來格……觀日化而就損，庶雍熙之可對。閔隆安之致寇，傷龜玉之毀碎。
>
> 幸漢庶之漏網，憑江介以抗維。初鵠起於富春，果鯨躍於川媚。匪三世而國盛，歷五偁而宗夷。察成敗之相仍，猶脣亡而齒寒。載十二而謂紀，豈蜀滅而吳安。
>
> 勾踐行霸於琅邪，夫差爭長於黃川。葛相發歎而思正，曹后媿心於千魂。登高堞以詳覽，知吳濞之衰盛。戒東南之逆氣，成劉后之馭聖。藉鹽鐵之殷阜，臨淮楚之剽輕。盛几杖而弭心，怒抵局而遂爭。愍袁盎之扶禍，惜徒傷於家令。匪條侯之忠毅，將七國之陵正。襃漢藩之治民，並訪賢以昭明。侯文辯其誰在，曰走樣與枚生……。歆仲舒之卒容……遭弘偃之雙戹。恨有道之無時，步險塗以側足。……聞宣武之大閱，反師旅於此塵。自皇運之都東，

始昌業以濟難。抗素旍於秦嶺，揚朱旗於巴川。懼帝系之
墜緒，故黜昏而崇賢。嘉收功以垂世，嗟在嗣而戮旆。德
非陟而繼宰，學踰禹其必顛。……

由靈運之文可知降至宋代，眞「山水方滋」之時代也，物色之刻畫，
感物之情懷，雖詠史事，猶難忘懷。然自其比例觀之，史事之興詠亦
遠超物色之描寫，是可知時間之感乃本文之重心。且靈運之關注乃近
代之史實，永嘉之禍，五胡亂華，乃至桓溫北伐之事。

又思考人生問題，而聯想古人類似之經歷者，或並列殊異之遭
際，作客觀之參酌；或援取情況相同，與已近似之例，以寬解內心之
孤獨愴恨，轉而同情天涯淪落人。前者試以陸機遂志賦爲例：

武定鼎于洛汭，胡受瑞于汝墳。縣鳴鳳於百祀，啓敬仲乎
方震。苟天光之所照，豈舜族其必陳。厭禋祀於故墟，饗
禴祭於東鄰。彌八葉而松茂，舞九韶乎降神。系姜叟於海
曲，表滄流於遠震。仰前蹤之縣邈，豈孤人之能冑。匪世
祿之敢懷，傷茲堂之不搆。理或暌而後合，道有夷而弗順。
傅棲巖而神交，伊荷鼎以自進。蕭綢繆於豐沛，故攀龍而
先躍。陳頓委於楚魏，亦陵霄以自濯。伍被刑而伏劍，魏
和戎而擁樂。彼殊塗而並致，此同川而偏溺。

陸機回顧前哲，其取材之態度乃並取各種典型，或殊途而同歸，或本
心同而遭遇異。切斷時間之隔絕，並排而觀之，此其時間之設計也。
以此遂而歸納：「禍無景而易逢，福有時而難學。」陶潛感士不遇賦
則援取相同之史事以言之：

哀哉士之不遇，已不在炎帝帝魁之世。獨祗修以自勤，豈
三省之或廢。庶進德以及時，時既至而不惠。無爰生之晤
言，念張季之終蔽。愍馮叟于郎署，賴魏守以納計。雖僅
然於必知，亦苦心而曠歲。審夫市之無虎，眩三夫之獻說。
悼賈傅之秀朗，紆遠轡於促界。悲董相之淵致，屢乘危而
幸濟。感哲人之無偶，淚淋浪以灑袂。承前王之清誨，曰
天道之無親。澄得一以作鑒，恆輔善而佑仁。夷投老以長
飢，回早夭而又貧。傷請車以備槨，悲茹薇而殞身。雖好

　　學與行義，何死生之苦辛。疑報德之若茲，懼斯言之虛陳。
淵明以一己之思想經歷，貫串古來有才德有抱負而不遇之人，既自傷
不遇，復痛古人之不幸，甚而懷疑天道之虛陳。以其擇取之史事境遇
均同，故能導向「士不遇」之共同結論，是乃淵明之主題設計也。

　　此外，以時間之流動，表現思慕悼念之情綿綿不絕者，如潘岳寡
婦賦：

> 榮華曄其始茂兮，良人忽以捐背……愁煩冤其誰告兮，提
> 孤孩于坐側。時曖曖而向昏兮，日杳杳而西匿。雀群飛而
> 赴楹兮，雞登棲而斂翼。歸空館而自憐兮，撫衾裯以歎息。
> 思纏綿以瞀亂兮，心摧傷以愴惻。曜靈曄而遄邁兮，四時
> 運而推移，天凝露以降霜兮，木落葉而隕枝。仰神宇之寥
> 寥兮，瞻靈衣之披披。退幽悲于堂隅兮，進獨拜于牀垂。
> 耳傾想于疇昔兮，目彷彿乎平素……佈形影于几筵兮，馳
> 精爽于丘墓。自仲秋而在疚兮，踰履霜以踐冰。雪霏霏而
> 驟落兮，風瀏瀏而夙興。雪泠泠以夜下兮，水漸漸以微
> 凝……夜漫漫以悠悠兮，寒淒淒以凜凜。氣憤薄而乘胷兮，
> 涕交橫而流枕。亡魂逝而永遠兮，時歲忽其遒盡。

寡婦日愁煩而無告，夜歸空館以愴惻，然夜盡天明，白日西匿而夜復
臨。晝夜之遞換乃人生每日必然之經驗，是可推知寡婦一生之年日乃
愁苦與幽悲之堆疊也。復以四時之移動寫其思念悲痛之情，亦表現其
悽惻哀感一如四時之廻轉無極也。又賦家亦常合時間與人生並寫，以
時間之飛馳如電，表現生命之急促流逝。此已於第三章第二節「生命
與情愛」提及，不復贅述。

（二）空間之設計

　　六朝賦之空間設計可自地理方位之透視、品類鋪陳，描摹一物等
觀察之，此與時間設計中史事興感同為漢賦佈局結構之手法。此外場
景之改變、鏡頭轉換、特寫〔註23〕及其與人生相對照，亦六朝賦可資

〔註23〕場景之改變，與鏡頭之轉移特寫乃「對象之化為多樣」，六朝賦時空
　　　　之設計，無論時間之流動，或空間之變化，藉之以呈現繁姿異采，

討論之手法。細考賦之空間設計，頗近於寫實作家左拉之描寫，王夢鷗先生左拉的自然主義（文藝美學）：

> 他（左拉）又不僅對於個物的細描，而對於環境的交代亦是從四方八面來寫。比如「盧貢馬加爾家傳」全書以巴黎為中心，所以在書中便從各個角度來描寫巴黎，如朝霧中的巴黎，夕照下的巴黎，夜的巴黎，雪裡的巴黎，雨裡的巴黎，從「巴塞」上看的巴黎，從聖貝爾橋上看的巴黎，從蒙馬特爾山上看的巴黎，從聖路易島上看的巴黎，處處寫來，無不曲盡其妙。而「巴黎腹部」中所描寫的中央商場，也是將各種店鋪，地下室，屋頂及其鄰近的情形，描寫得面面俱到。

寫實主義作家細物描寫猶如賦之極貌寫物，又環境之交代亦若賦地理方位之透視，自各種境況看巴黎即為場景之改變，由不同地點觀看乃鏡頭之轉換也，而特就某處極力描寫又似賦之特寫。此外王夢鷗先生復云：「從來寫實的作家總喜歡陳列許多物品，像十六世紀的布拉雷（Rabelais 1494～1533）」，由此可知賦之寫實精神，而訴諸視覺感受之空間設計，則寫實手法之具體表現也。

地理方位之表現及陳列品物多見於京都、宮殿等大賦，謝靈運山居賦、沈約郊居賦亦可視同大賦。以宮殿、京都之面積廣大，品物繁盛，思達成寫實效果，需著重方位、品物之把握也。方位透視，試取劉劭趙都賦及謝靈運山居賦以觀之：

興起豐富之聯想、暗示，均「多樣原理」之應用也。費希耐云：「對象之化為多樣，可從三方面進行：第一由不同的時間或空間多樣；第二，由不同的知解而生的多樣；第三，由於不同的程度之增長而使多樣益加繁殖的多樣。」時空之設計即其第一類。而第一節論意象之創造，物雖同一，然因賦家之心象而異，則為第二類也。又賦家聯想滋生聯想，如史事興感，此乃第三類也。多樣而歸於統一主題之總攬，造成多樣統一，是亦賦家之表現手法也，或以物類統一物種，或以方位統一品物，或以主題扣緊史事，不一而足。然均合於費希耐「所謂統一的多樣性，是依『一定的關係』而構成多樣之一致。」費氏之說見王夢鷗先生文藝美學頁 177、174。

△且敝邑者，固靈州之敝宇，而天下之雄國。其南也，則有
　洪川巨瀆，黃水濁河。發源積石，徑拂太華。灑爲九流，
　入于玄波。其東則有天浪水府，百川是鍾。包絡坤維，連
　薄太濛。北則有陶林玄壇，增冰沍寒。西則有靈丘平圃，
　邪接崑崙。其近則有天井句注，飛壺太行。(劉劭趙都賦)

△近東則上田下湖，西谿南谷。石墈石潝，閴硎黃竹。決飛
　泉於百仞，森高薄於千麓。寫長源於遠江，派深悤於近瀆。
　近南則會以雙流，縈以三洲。表裏迴游，離合山川。崿崩
　飛於東峭，槃傍薄於西阡。拂清林而激波，揮白沙而生漣。
　近西則楊賓接峰，唐皇連縱。室壁帶谿，曾孤臨江。竹緣
　浦以被綠，石照澗而映紅。月隱山而成陰，木鳴柯以起風。
　近北則二巫結湖，兩智通沼。橫石判盡，休周分表。引脩
　隄之逶迤，吐泉流之浩瀁。山機下而迴澤，瀨石上而開道。
　遠東則天台桐柏，方石太平。二韭四明，五奧三菁。表神
　異於緯牒，驗感應於慶靈。凌石橋之莓苔，越栖谿之纖縈。
　遠南則松箴棲鵾，唐嶷漫石。嶵嶸對嶺，䶕盂分隔。入極
　浦而邅迴，迷不知其所適。上欹崿而蒙籠，下深沈而澆激。
　遠北則長江永歸，巨海延納。崐漲緬曠，島嶼綢杳。山縱
　橫以布護，水迴沈而縈洄。信荒極之綿眇，究風波之暝合。

(謝靈運山居賦)

二文均先表現方位而後鋪陳其山川形勢，謝靈運山居賦則於東西南北
方位，加之以遠近之距離，俾能更詳細、明確表現其地理形勢。此外，
亦有以動詞表現其地理形勢，不全假東西南北方位之鋪陳，如王粲登
樓賦寫其登當陽城樓望當陽城及城外之廣大空間：

登茲樓以四望兮，聊暇日以銷憂。覽斯宇之所處兮，實顯
敞而寡仇。挾清漳之通浦兮，倚曲沮之長洲。背墳衍之廣
陸兮，臨皋隰之沃流。北彌陶牧，西接昭丘。華實蔽野，
黍稷盈疇。雖信美而非吾土兮，曾何足以少留！

「挾」「倚」「背」「臨」「彌」「接」等動詞，使空間延展至實質視覺之外，「陶牧」「昭丘」則象徵過去與現在之空間存在，是以登樓賦表現之形勢並非寫實之空間呈現，乃王粲心象延展而成之空間感也。

至於品物之鋪陳，試取左思吳都賦以觀之，寫山澤有：

> 爾其山澤，則嵬嶷嶢岊，巆溟鬱岪。潰湽泮汗，滇洄淼漫。或涌川而開瀆，或吞江而納漢……

寫荒陬有：

> 其荒陬譎詭，則有龍穴內蒸，雲雨所儲。陸鯉若獸，浮石若桴。雙則比目，片則王餘。窮陸飲木，極沈水居。

寫四野有：

> 其四野則畛畷無數，膏腴兼倍。原隰殊品，宷隆異等。象耕鳥耘，此之自與。穮秀菰穗，於是乎在。

均以一空間為主體，鋪陳空間中之品物，僅靜態陳列而已，複益之以動態之形容也。亦有以物類為首，總攬其下之物種者，如鳥類：

> 鳥則鸔鶄鸀瑪，鶻鵃鷺鴻。鷄鶋避風，侯雁造江。鸕鶿鷓鵜，鷦鷯䳜鶴，鸛鷗鶬鸛，泛濫乎其上。湛淡羽儀，隨波參差。理翮整翰，容與自翫。彫啄蔓藻，刷盪游瀾。

草則：

> 萑蒻豆蔻，薑彙非一。江蘺之屬，海苔之類。綸組紫絳，食葛香茅。石帆水松，東風扶留。布濩臯澤，蟬聯陵丘。夤緣山嶽之岊，羃歷江海之流。扤白蔕，銜朱蕤。鬱兮茂茂，暗兮菲菲。光色炫晃，芬馥肸蠁。職貢納其包匭，離騷詠其宿莽。

木則：

> 楓柙櫲樟，栟櫚枸根。綿杭柚櫨，文欉楨橿。平仲桾櫨，松梓古度。楠榴之木，相思之樹。宗生高岡，族茂幽阜。擢本千尋，垂陰萬畝。攢柯挐莖，重葩殗葉，輪囷虯蟠……

其果則：

> 丹橘餘甘，荔枝之林。檳榔無柯，椰葉無陰。龍眼橄欖，棎榴禦霜。結根比景之陰，列挺衡山之陽。素華斐丹，秀

芳臨青，壁系紫房。

物類之下鋪陳物種，然左思非徒陳列而已，尚著重品物之姿態、顏色、香氣之刻畫，令其搖曳生姿，如在眼前矣，是殆受巧構形似之時代文風影響所致耳。

描摹一物者，賦家均遍照物象，巨細靡遺，文心雕龍物色篇：「自近代以來，文貴形似。窺情風景之上，鑽貌草木之中。吟咏所發，志惟深遠。體物為妙，功在密附。故巧言切狀，如印之印泥，不加雕削，而曲寫毫芥，故能瞻言而見貌，印字而知時也。」形似之追求即賦家寫物之共同傾向，密附、曲寫則為形似之技巧，試取夏侯湛石榴賦觀其摹寫物態：

> 覽華圃之嘉樹兮，羨石榴之奇生。滋玄根于夷壤兮，擢繁
> 幹于蘭庭。霑靈液之粹色兮，含渥露以深榮。若乃時雨新
> 希，微風扇物。藹萋萋以鮮茂兮，紛扶輿以翁鬱。枝摻稯
> 以環柔兮，葉鱗次以周密。纖條參差以窈窕兮，洪柯流求
> 以相拂。于是乎青陽之末，朱明之初。翕微煥以摛采兮，
> 的窟琭以揚敷。接翠萼于綠葉兮，冒紅芽以丹鬒。艷然含
> 蕤，璀爾散珠。若乃叢紞始裹，聚葩方離。潛暉蜿豔，綠
> 采未披。照灼攢烈，熒熒玄垂。雪醒解饘，怡神實氣。冠
> 百品以仰奇，邁眾果而特貴。

隨物宛轉以曲寫，由「根」而「幹」，「枝」「葉」，「纖條」「洪柯」及其「榮」「色」，「翠萼」「紅芽」「丹鬒」等，由下而上，至乎旁枝柔條等，包舉石榴之全體形象，復調轉鏡頭以極其多采繁姿─取時雨飄灑，微風輕拂之場景，得其鮮茂翁鬱，充滿生命力之姿采。再取「青陽之末，朱明之初」，照出其摛采揚敷之豔光麗色，此乃可變之場景也，而時間之流動為其必然而隱藏之要素也。此乃劉熙載藝概卷三賦概所謂「賦取窮物之變，如山川草木，雖各具本等意態，而隨時異觀，則存乎陰陽晦明風雨也。」而亦未忽略，「華圃」「蘭庭」之「夷壤」即其場景也。試再舉曹植洛神賦以觀其工筆寫美人之結構手法：

> 其形也，翩若驚鴻，婉若遊龍。榮曜秋菊，華茂春松。髣髴

兮若輕雲之蔽月，飄颻兮若流風之迴雪。遠而望之，皎若太陽升朝霞。迫而察之，灼若芙蕖出渌波。穠纖得衷，脩短合度。肩若削成，腰如約素。延頸秀項，皓質呈露。芳澤無加，鉛華弗御。雲髻峩峩，脩眉聯娟。丹脣外朗，皓齒內鮮。明眸善睞，靨輔承權。瓌姿艷逸，儀靜體閑。柔情綽態，媚于語言。奇服曠世，骨像應圖。披羅衣之璀粲兮，珥瑤碧之華琚。戴金翠之首飾，綴明珠以耀軀。踐遠遊之文履，曳霧綃之輕裾。微幽蘭之芳藹兮，步踟躕于山隅。

其空間之設計猶如像機之取捨鏡頭，先攝其全身之形貌姿態，再取遠鏡頭，人物之容姿惟能見其約略倩影耳；或以近鏡頭詳其形相，而後鏡頭轉移以特寫之，由肩、腰、頸項，膚色，髮髻、修眉、丹脣、皓齒、明眸、靨輔，而至逸姿綽態，語言服飾，洛神之形象遂一一具現目前，讀其文可沿鏡頭之轉移以見其人矣。其「遠而望之……迫而察之」，遠近鏡頭之調轉乃賦家摹寫物態之慣用手法，甚而延展至於宮殿建築之描摹，如何晏景福殿賦「遠而望之，若摛朱霞而耀天文；迫而察之，若仰崇山而戴垂雲。」

　　此外，賦家亦常藉空間之不變對照人生之無常，第三章第二節生命與情愛已提及，此處僅取陸機大暮賦云：「夫何天地之遼闊，而人生之不可久長」以為例證。而何晏景福殿賦則因空間而興起勸諫之言，茲並舉空間之鋪陳及其諍言以觀其空間之設計：

空　間

　　于是蘭栭積重，竇數矩設。橝櫨各落以相承，欒栱夭蟜而交結。金楹齊列，玉舄承跋。青瑣銀鋪，是為閨闥。……
　　于南則有承光前殿，賦政之宮。
　　其西則有左城右平，講肄之場。二六對陳，殿翼相當。
　　爾乃建凌雲之層盤，浚虞淵之靈沼。清露瀼瀼，渌水浩浩。樹以嘉木，植以方草。悠悠玄魚，皬皬白鳥。沈浮翱翔，樂我皇道。若乃虯龍灌注，溝淢交流。陸設殿館，水方輕舟。篁棲鵁鸑，瀨戲鯤鮋。豐侔淮海，富賑山丘。叢集委積，焉可殫籌。雖咸池之壯觀，夫何足以比儷。于是碼以

高昌崇觀，表以建城峻廬。岧嶤岑立，崔嵬巒居。飛閣干雲，浮階乘虛。

諍　言

圖象古昔，當以箴規。椒房之列，是準是儀。觀虞姬之容止，知治國之佞臣……故將廣智，必先多聞。多聞多雜，多雜眩真。不眩焉在，在乎擇人。故將立德，必先近仁。欲此禮之不譽，是以盡乎行道之先民。朝觀夕覽，何與書紳。

納賢用能，詢道求中。疆理宇宙，甄陶國風。雲行雨施，品物咸融。

僻脫承便，蓋象戎兵。察解言歸，譬諸政刑。將以行令，豈唯娛情。……

遙目九野，遠覽長圖。頻眺三市，孰有孰無。觀農人之耕耔，亮稼穡之艱難。惟饗年之豐寡，思無逸之所歎。感物眾而思深，因居高而慮危。惟天德之不易，懼世俗之難知。觀器械之良窳，察俗化之誠偽。瞻貴賤之所在，悟政刑之夷陂，亦所以省風助教，豈惟盤樂而崇侈靡。

由其對照可知何晏一則掌握空間之品物形構，一則由空間跨向政治現實，存諷諫勸勉之意。而清何焯（義門讀書記）何晏景福殿後評曰：「作賦以諷諭為宗，荀宋開其源，揚馬導其流，自是而後，頌揚意多，而諷諭之思少矣，此篇猶存古意，而乏警動之筆，不免近諛。」何晏雖乏警動之筆，然殷殷勉勵，示以善道，亦存古意矣。

第三節　修辭技法之運用

文辭求其通達意念情思，乃修辭之起源也。然思言之行遠，必其文也，自是修辭始由消極轉向積極，惟仍本於實用目的也。降至六朝，純粹美感鑑賞為其生活態度，以無所為而為之態度賞玩自然山水，品評人物，美為其深心之企求，故轉而面對文學之表現，美感尤為文人所重。明吳訥文章辨體序說引元祝堯古賦辨體云：「後之辭人，刊陳落腐，惟恐一話未新；搜奇摘豔，惟恐一字未巧；抽黃對白，惟恐一

聯未偶；回聲揣病，惟恐一韻未協。」辭人竭其所能，求其用字之新巧工整、韻律之諧美。形式主義，唯美主義乃近人批評六朝賦之共同指向；然謂其內容空虛，脫離現實，自外於情志，余不能苟同，而謂其重視文之美麗，用力於藝術形式之創造，則其言不殆也。因此六朝賦之形式表現，不可不潛心品味也。以下試就譬喻、映襯、夸飾、引用、鍊字、叠字、對偶觀其修辭技法之運用。〔註24〕

一、譬　喻

　　譬喻即古人所謂之「比也」，乃藉聯想之伸展，取性質類似之意象以喻，而豐富其意象，使物象之特質以二物之並比，益顯凸出，達成巧構形式之理想境地，劉勰早有見於此，文心雕龍比興篇云：

> 至於揚班之倫，曹劉以下，圖狀山川，影寫雲物，莫不纖綜比義，以敷其華，驚聽回視，資此效績。

而比之內部技巧，劉勰亦詳為分析：

> 夫比之為義，取類不常：或喻於聲，或方於貌，或擬於心，或譬於事。

「聲」「貌」「心」「事」已兼括物象之全體矣，以下試就此四項考察六朝賦之譬喻手法：

> △遠而聽之，若鸞鳳和鳴戲雲中；迫而察之，若眾葩敷榮曜春風。(嵇康琴賦)

> △遠而視之，似朝日之陽。邇而察之，象列缺之光。爛若鑒陽，和映瑤瓊……或蒙翠岱，或類流星。或如虹蜺之垂耀，或似紅蘭之芳榮。(繆襲青龍賦)

> △外察慧而內無度兮，故人面而獸心。性褊淺而干進兮，似韓非之囚秦。揚眉頷而驟盻兮，似巧言而偽真。藩從後之繁眾兮，猶伐樹而喪鄰。整衣冠而偉服兮，懷項王之思歸。

〔註24〕本文修辭技法之名稱與定義參酌清余丙照「賦學入門」及黃慶萱先生「修辭學」二書。

　　　　耽嗜慾而眕視兮，有長卿之姸姿。(阮籍獼猴賦)

嵇康琴賦兼音聲、容采以比之，魏繆襲青龍賦取品物之貌以方青龍，阮籍取古人以比獼猴，實兼人心、人事而言之，而藉此罵盡古人矣。可知劉勰所舉之類型皆可自六朝賦中取例。而比喻此物與彼物之間或有喻詞「若」「似」「類」「如」等，或可謂語體之「是」，當歸爲「隱喻」一類。或亦有不用喻詞者，如鮑照傷逝賦：「草忌霜而逼秋，人惡老而逼衰」是也。亞里斯多德史學定義隱喻云：「隱喻指所給予事物之稱謂係屬於其他事物者。」並舉例而言：「例如『杯』(B)與酒神(A)相關，而盾(D)與戰神(C)相關，則『杯』可以被喻爲『酒神之盾』(A＋D)，『盾』可以被喻爲『戰神之杯』(C＋B)。」〔註25〕表明物與物間轉化之關係，故擬人法之將物擬爲人，亦可歸之譬喻法。擬人法使物象靈動，造成極生動而有韻趣之意境，如：

　　△霧隱行雁，霜眇虛林。(謝朓臨楚江賦)

　　△玩飛花之入戶，看斜暉之度寮。(簡文帝序愁賦)

　　△池翻荷而納影，風動竹而吹衣。(沈約麗人賦)

　　△雲隨竹動，月共水明。(陳後主夜度雁賦)

　　△水影搖日，花光照臨。(庾信象戲賦)

　　△落花與芝蓋同飛，楊柳共春旗一色。(庾信三月三日華林園馬

　　　射賦)

將物擬人，物因而能活動自如，賦家鍛鍊動詞以形容物態，遂令靜物靈動生姿矣。此其以擬人法練字之故也。

二、誇　飾

　　行文之中，形容之詞語超過客觀事實，謂之夸飾也。而運用夸飾手法，以「形容易寫，壯辭可得喻其眞」也，是可知夸飾之技法有「喻眞」之效果。賦家亦喜用夸飾以形容時間、空間、物象及人情，寫時

〔註25〕見姚一葦先生「詩學箋注」頁168。

間者如陸雲歲暮賦：

> 豐顏曀而朝口兮，玄髮粲其夕皓。……百年迅于一噓兮，
> 千歲疾于一息。

陸雲以夸飾手法表現青春短促，歲月急速而逝，而謂朝爲玄髮，暮成皓首，百年千歲迅急一如噓息，此乃不合理，不可能之事也，然而賦家之心誠有此感也。故而知夸飾之「喻眞」非客觀存在之眞，乃主觀感受之眞也。而寫空間之夸飾者，有姜質亭山賦：

> 方丈不足以妙詠，歌此處態多奇。嗣宗聞之動魄，叔夜聽
> 此驚魂。恨不能鑽地一出，醉此山門。

姜質因張綸之造景陽山而爲文，言其人造山水之奇特，令人思之駭之，然嗣宗已死之人也，竟也聞之驚魂動魄，心恨不能鑽地一出以醉于此山。死者已無知覺感情，焉能聞聽憾恨？其以此夸飾山水之引人入勝也。

此外，寫物象之夸飾者如傅咸小語賦：

> △楚襄王登陽雲之臺，景差、唐勒、宋玉侍。王曰：能爲小
> 語者處上位。景差曰：幺麼蔑之子，形難爲象。晨登蟻埃，
> 薄暮不上。朝炊半粒，晝復得釀。亨一小蝨，飽于鄉黨。
> 唐勒曰：攀蚊髯，附蚋翼。我自謂重彼不極，邂逅有急相
> 切逼，竄于針孔以自匿。宋玉曰：折薜足以爲擢，舫粒糠
> 而爲舟。將遠遊以遐覽，越蟬溺以橫浮。若涉海之無涯，
> 懼湮沒于洪流。彌數旬而汜濟，陟蟻蟻之崇丘。未升半而
> 九息，何時遠乎杪頭。

> △信身輕而釵重，亦腰羸而帶急。（梁簡文帝舞賦）

夸飾物象之小，或直言形象，或以其食量之小，體重之輕，移動之緩慢而言之。其手法亦借用對照之修辭法，取蟻埃、半粒、針孔、粒糠、蟬溺等極小之物，然相對於小物則極言其大。夸飾蟻埃，有若高丘峻嶺，遠不可及；蟬溺竟似無涯際之大海，而釵竟重於身矣。藉此表現物象之小，其言誇張至極。

寫人情之夸飾者如張纘妬婦賦：

> 惟婦怨之無極，羌于何而弗有。或造端而構末，皆莠言之
> 在口。常因情以起恨，每傳聲而妄受。乍隔帳而窺屏，或
> 䀹窗而瞰牖。若夫室怒小憾，反目私言。不忍細忿，皆成
> 大冤。閨房之所隱私，床第之所討論。咸一朝之發洩，滿
> 四海之囂喧。忽有逆其妬鱗，犯其忌制。赴湯蹈火，顛目
> 攘袂。或棄產而焚家，或投兒而害壻。

用詞誇張強烈，遂令妬婦悍烈至極之形象凸顯無餘，張纘亦採取大小對照之手法，以誇張其動作反應之強烈可怕，小憾、私言、細忿可成大冤；閨房床第之隱私，將之洩露四海；犯其妬忌，而致投兒害壻：此皆驚天動地之舉措也。是可知夸飾之言能令所欲強調之意象凸顯，使人易於把握作者之用心，然讀其文亦當有所斟酌，不能逕信其為眞矣。

三、襯　託

　　六朝賦家之運用襯託技法可分為二：或以旁人外物陪襯主體人物，有加強之意，清余丙照賦學入門卷上陪襯曰：「題之正面無多，得力全在題之四面著筆，賦有陪襯，此最便法也。蓋明借他件陪出大題，或反或正，或旁面，總以雅切為主，不可陪襯太多，以致喧賓奪主。」如「樹猶如此，人何以堪？」〔註26〕草木無情猶搖落衰颯，有情生命之滄桑哀感更可想見矣。且從旁映襯，有不言而喻，婉曲含蓄之情味。其二則取共相中對立之殊相，以加深其意象。以下試取賦作以觀之：

> △被入門之初服，出登車而就路。遵長塗而南邁，馬躊躇而
> 　迴顧。野馬翩而高飛，鸧哀鳴而相慕。(曹丕出婦賦)

> △衣入門之初服，背牀室而出征。攀僕御而登車，左右悲而
> 　失聲。(曹植出婦賦)

> △彼凡人之相親，小離別而懷戀。況中殤之愛子，乃千秋而
> 　不見。(曹植慰子賦)

〔註26〕庾信枯樹賦語。

取以爲陪襯之事物，其與情境之關係較爲疏遠，性質較爲凡常，如馬及左右之人與出婦被休棄離去之事本較疏淡，而平日之小離別亦較永訣凡常，然作者著力於旁人他物之眷顧依戀，爲之傷心失聲，以強烈暗示當事人之情必更甚之；又寫小離別之懷戀，更可見永別之痛切矣。

取殊相以爲對照者，或取人我之相對，或取人與物、今與昔之對照。取人我相對者如：

△惟生民兮艱危，在孤寡兮常悲。人皆處兮歡樂，我獨怨兮無依。(曹丕寡婦賦)

△觀草木以敷榮，感傾葉兮落時。人皆懷兮歡豫，我獨感兮不怡。(王粲寡婦賦)

人皆歡娛快樂，惟我哀怨不怡，乃暗示人皆幸運美滿，惟我遭遇悲慘，怨上蒼之不平而自憐益甚矣。且人之情異於己，以其差異而產生隔閡疏離，更令之孤獨寡歡矣。取人與物對照之賦作若：

△物雖存而人亡，心惆悵而長慕。(王粲傷夭賦)

△棟宇存而弗毀兮，形神逝其焉如。(向秀思舊賦)

△帷飄飄兮若存，物未改兮人已化。(潘岳悼亡賦)

△感舊物之咸存兮，悲昔人之云亡。(陸雲登臺賦)

物存人亡之對照下，益令人驚覺天地之恆存，而人生之無常矣。而時間今昔之對照亦然：

△在余年之二七，植斯柳乎中庭。始圍寸而高尺，今連拱而九成。嗟日月之逝邁，忽亹亹以遄征。昔周遊而處此，今倏忽而弗形。感遺物而懷故，俛惆悵以傷情。(曹丕柳賦)

△瀰迆平原，南馳蒼梧漲海，北走紫塞雁門。柂以漕渠，軸以崑崗。重江複關之隩，四會五達之莊。當昔全盛之時，車挂轊，人駕肩。廛閈撲地，歌吹沸天。孳貨鹽田，鏟利銅山。才力雄富，士馬精妍……出入三代，五百餘載，竟瓜剖而豆分。澤葵依井，荒葛罥塗。壇羅虺蜮，階鬬麏鼯。木魅山鬼，野鼠城狐。風嗥雨嘯，昏見晨趨。(鮑照蕪城賦)

時間之運行連綿相繼，而抽刀斷取今昔以爲映照，則其中人事物色之變改，遂因此而展現其差異，彰顯時間運流中人物全非之生命現象。此以對比而強烈具現二者之差異，亦映襯手法之運用也，與襯托有異曲同工之妙矣。

四、引　用

　　引古人之文或典故以入作品之中謂之引用也。觀六朝賦引文之例，或不易其文；或刪譯原文，略用其意。前者修辭上謂之「全引」，後者謂之「略引」。試取潘岳秋興賦以觀其全引之修辭技法：

> 四時忽其代序兮，萬物紛以迴薄。覽花蒔之時育兮，察盛衰之所託。感冬索而春敷兮，嗟夏茂而秋落。雖末士之榮悴兮，伊人情之美惡。善乎宋玉之言曰：「悲哉秋之爲氣也，颼瑟兮草木搖落而變衰。憭慄兮若在遠行，登山臨水送將歸。」夫送歸懷慕徒之戀兮，遠行有羈旅之憤。臨川感流以歎逝兮，登山懷遠而悼近。

援引宋玉「九辯」也，而未易一字，全引本文也。而安仁引用之手法乃先抒寫時序遷移，物色紛以迴薄之現象，人情感於物而動，遂思及宋玉悲秋之文，而援取以入賦，以想像之跳動串聯己作及引文，情調融合，一若天成。且引宋玉九辯之後，安仁復取宋玉之「送歸」「遠行」「臨川」「登山」以發揮之，並敘一己之情懷，唯稍易其字耳。觀宋玉之文前後爲安仁秋興所包圍融化，故二人之文交融相合矣。而宋玉之文適足以薰染全文之氛圍，令其思深意遠矣。次取庾信枯樹賦以觀其「略引」之手法：

> 乃爲歌曰：建章三月火，黃河千里槎。若非金谷滿園樹，即是河陽一縣花。桓大司馬聞而歎曰：「昔年移柳，依依漢南。今看搖落，悽愴江潭。樹猶如此，人何以堪？」

庾信之引文乃稍加改動原文也，桓大司馬之言見載於世說新語言語：「桓公北征，經金城，見前爲琅琊時種柳，皆已十圍，慨然曰：『木猶如此，人何以堪！』攀枝執條，泫然流淚。」庾信頗有組合之巧心，

然朱光潛先生〔詩論〕以爲枯樹賦之文實不若原文也：〔註27〕

> 這段韻文改動「世說新語」的字並不多，但是比起原文，一方面較纖巧些，一方面也較呆板些。原文的既直截而又飄渺搖曳的風致在「枯樹賦」的整齊合律的字句中就失去大半了。

改寫之不若原作，以情意失眞也，庾信以「暮年詩賦動江關」之卓絕才情，亦僅能臻至纖細巧妙爾。而文體之更換亦其一因，散文有賦所不及之「飄渺搖曳風致」，以散文爲主而評二者之高下，庾信之賦自不如原作矣。

此外，典故亦「引用」技法之一也，而典故即文心雕龍所謂之「事類」，即「據事以類義，援古以證今者也。」典故之運用得當，能豐富文章之意蘊，以臻於文約而意贍之境地。徐復觀先生於此頗有精當之論：〔註28〕

> 假使用典用得好，便可成爲文學上最經濟的一種手段。因爲一個典故的自身，即是一個小小的完整世界；詩詞中的典故，乃是在少數幾個字的後面，隱藏了一個小小世界；其象徵作用之大，製造氣氛之容易與豐富，是不難想見的。

典故之自身已然爲完整具足之世界，作者復以才情運作之，融化之，則典故遂爲豐富之意象矣，如王粲登樓賦云：

> 昔尼父之在陳兮，有歸歟之歎音。鍾儀幽而楚奏兮，莊舄顯而越吟。人情同于懷土兮，豈窮達而異心。

孔子、鍾儀與莊舄俱爲完整之懷土意象，仲宣緯之以情，遂化而爲其內心之形象，而典故遂爲其代言矣。或亦有化典故入乎無痕之境者也，如江淹別賦云：「春草碧色，春水淥波。送君南浦，傷如之何？」南浦出自楚辭「子交手兮東行，送美人兮南浦。」乃送別之地也，而春草碧色，春水綠波，則爲絕美之意境，自然天成之物色，南浦化入

〔註27〕朱光潛先生「詩論」第五章詩與散文，頁93。

〔註28〕徐復觀先生「詩的創造過程及其表現效果──有關詩的隔與不隔及其他」，見中國文學論集頁128。

其中，亦爲含情脈脈之物色矣，遂不知其爲典耶。

又生趣與具象亦化典之工也，庾信哀江南賦云：

> 于嗟瓦解冰泮，風飛電散。渾然千里，淄澠一亂。雪暗如
> 沙，冰橫似岸。逢赴洛之陸機，見離家之王粲。莫不聞隴
> 水而掩泣，向關山而長嘆。

拆除時代古今之隔，穿越空間之距離，庾信將典故化爲即目之情境，故能逢見異代之陸機、王粲，而令典故化成實景矣，讀來韻趣橫生，恍若有人。再者具象典故，以一己之情融入其中，寫其心象、形象，則江淹恨賦是也。其手法非僅敍事而已，乃整全意象之呈現也，試舉寫江淹之恨賦以觀之：

> 乃夫中散下獄，神氣激揚。濁醪夕引，素琴晨張。秋日蕭
> 索，浮雲無光。鬱青霞之奇意，入修夜之不暘。

然而劉勰則獨賞劉劭趙都賦典故之運用，其言曰：「劉劭趙都賦云：『公子之客，叱勁楚令歃盟；管庫隸臣，呵強秦使鼓缶。』用事如斯，可謂理得而義要矣。」

五、鍊　字

六朝賦之文字率多富麗尖新，意象靈動，以賦家用力鍊字之故也。而文字之中動詞、形容詞爲其表現之靈魂也，因此，賦家極力掌握之。動詞之運用偏及靜物，此擬人法也。又平鋪直敍勢將落入呆板之弊，故賦家以倒換動詞、形容詞以濟其平凡。而形容詞多致力於顏色之渲染，務令采色競陳，玄黃色雜，目不暇接矣。以下試舉賦篇以爲例：

△看朝雲之抱岫，聽夕流之入澗……蘿蔓絕攀，苔衣流滑。(謝靈運嶺表賦)

△孤蓬自振，驚沙坐飛。(鮑照蕪城賦)

△佩流歎於馳年，纓華思於奔月。(鮑照觀漏賦)

△天晻曖而流雲，日陰翳而瀹精。風淑穆而吹蘭，雨濛濛而洗莖。草承澤而擢秀，花順氣而飛馨。(江夏王義恭感春賦)

△翠葉與飛雪爭采，貞柯與曾冰競鮮。(王儉靈丘竹應詔)

△光分影離，條繁幹通……既玉綴而珠離，且冰懸而電布。
葉嫩出而未成，枝抽心而擺故。摽半落而飛空，香隨風而
遠度……乍開花而傍爛，或含影而臨池。(簡文帝梅花賦)

△露沾枝而重葉，網縈花而曳風。(梁元帝春賦)

以上乃品物姿態之具現也。賦家體物細微纖密，能狀難寫之景如在目
前，故境雖小，無害其搖曳生姿之美也。又顏色豔溢多采，亦賦家所
擅長也：

△玄羽黝而含曜兮，素毛穎而揚精。紅縹廁于微黃兮，翠彩
蔚而流清。五色錯而成文兮，質光麗而豐盈。(傅玄鬪雞賦)

△臨漾湍而映藻，傍青崖而妍飛。(臨川王劉義慶山雞賦)

△映紅葩於綠蔕，茂素蕤於紫枝。(謝靈運山居賦)

△苔染池而盡綠，桃含山而併紅。(梁元帝春賦)

△紫莖兮文波，紅蓮兮芰荷。綠房兮翠蓋，素實兮黃螺。(梁
元帝採蓮賦)

△開舟房以四照，舒翠葉而九衢。抽紅英於紫蔕，御素蘂於
青跗。(沈約郊居賦)

△眉將柳而爭綠，面共桃而競紅。影來池裏，花落衫中。苔
始綠而藏魚，麥纔青而覆雉。(庾信春賦)

顏色以嫣然妍姿具現意象，亦妝點色調鮮明之視覺美感，令讀者目迷
而神往矣。惟一句甚或鑲嵌二色，拼湊雜採，非復活色生香，則繁而
不珍矣。

又以文字之互換增益奇特之意象，亦六朝賦家鍊字工力之表現
也，試取江淹恨賦例，恨賦云：「或有孤臣危涕，孽子墜心。」清黎
經誥六朝文絜箋注曰：「孟子曰：『孤臣孽子，其操心也危，其慮患也
深』。王粲登樓賦曰：『涕橫墜而弗禁。』字林曰：『孽子、庶子也』。
然心當云危，涕當云墜。江氏愛奇，故互文以見義。」誠哉是言，「孤

臣危涕，孽子墜心。」本當云，「孤臣墜涕，孽子危心」也。又別恨
「意奪神駭，心折骨驚」亦互文也。唯依一般之文法則落於平板寡味，
不若互文令抽象之意具象化，使具象之物抽象化之殊特生動也。以文
學非同科學，合理非其必然之要素，意象之深刻、凸顯，美感具象展
現始爲文學家深心企求者也。

六、類　疊

同一字詞重複出現謂之「類疊」。而類疊可分爲二：字詞連續出
現謂之疊字、疊句；字詞隔離出現謂之類字、類句。六朝賦篇以疊字、
類字較爲多見，是以本文擬舉疊字、類字之例以觀之，不旁及疊句、
類句。

（一）疊字之例

△夜耿耿而不寐兮，魂憧憧而至曙。風騷騷而四起兮，霜皚
　　皚而依庭。（左芬離思賦）

△依依楊柳，翩翩浮萍。桃之夭夭，灼灼其榮。（傅玄陽春賦）

△嚴嚴雙表，列列行楸……墳壘壘而接壟，柏森森以櫕植。（潘
　　岳懷舊賦）

△歲靡靡而薄暮，心悠悠而增楚。風霏霏而入室，響泠泠而
　　愁予。（陸機思歸賦）

△年冉冉其易頹兮，時靡靡而難留。（陸雲喜霽賦）

△稚葉萍布，弱陰覓抽。娈娈翼翼，沃沃油油。（鮑照園葵賦）

△風梢梢而過樹，月蒼蒼而照臺。（鮑照野鵝賦）

△盈夕露之瀼瀼，升夜月之悠悠。（謝朓七夕賦奉護軍命作）

△霧籠籠而帶樹，月蒼蒼而架林。（江淹傷愛子賦）

疊字之手法，乃數量之連續延長，頗能造成悠遠之情境，具深美闊約
之美感特質。而自體物狀物言之，疊字有宛轉窮形，巧構形似之效果
也。文心雕龍物色篇曰：「寫氣圖貌，既隨物以宛轉；屬采附聲，亦

與心而徘徊。故灼灼狀桃花之鮮，依依盡楊柳之貌；杲杲為出日之容，
瀌瀌擬雨雪之狀；喈喈逐黃鳥之聲，喓喓學草蟲之韻。皎日嘒星，一
言窮理；參差沃若，兩字窮形。並以少總多，情貌無遺矣。」物象參
差沃若，則以疊字窮形矣，非僅物色而已，年光之流逝綿綿無絕及情
思悠悠深長，亦唯疊字足以狀其情態矣。

（二）類　字

　　△欽公子之清塵，信同聲之相應……幼則同遊，長則同班。

　　　同心厥職，其臭如蘭。(傅咸感別賦)

　　△世閱人而為世，人冉冉而行暮。人何世而弗新，世何人之

　　　能故。(陸機歎逝賦)

　　△心與心而相續，息與息而未央。(梁武帝孝思賦)

　　△望思無望，歸來不歸……從宦非宦，歸田不田。(庾信傷心賦)

　　△一寸二寸之魚，三竿二竿之竹。(庾信小園賦)

　　△十里五里，長亭短亭。(庾信哀江南賦)

　　△我國家之沸騰，我天下之匡復。我何辜于上玄，我何負于

　　　鄰睦。背盟書而我欺，圖信神而我戮。(沈炯歸魂賦)

　　△行復行兮川之畔，望復望兮望夫君。(袁瓘思歸賦)

類字之效果乃同一意象之廻旋流轉，處處可見，令讀者回復舊經驗，
因而加強、並凸顯其意象。而自美感經驗言，如庾信之作，輒其趣味
由文字之間流逸而出，又袁瓘之作頗有環旋圓轉之美。惟類字、疊字
若精緻有意之設計，或能表現綿長之情，增強藝術效果；若為無意之
重複，缺乏深意，則惟令人生單調板滯之感矣。

七、頂　眞

　　前句之結尾為後句之起首，如環相扣，謂之「頂眞」，六朝賦頂
眞手法之運用亦不乏其例，惟數量不若類疊也：

　　△入空室兮望靈座，惟飄飄兮燈熒熒。燈熒熒兮如故，帷飄

飄兮若存。（潘岳悼亡賦）

△秋何與而不盡，與何秋而不傷。傷二情之本背，更同來而匪方。（梁元帝秋興賦）

△思故人兮不見，神飄覆兮魂斷。斷魂兮如亂，憂來兮不散。俯鏡兮白水，水流兮漫漫。異色兮縱橫，奇光兮爛爛。下對兮碧沙，上觀兮青岸。岸上兮氤氳，駮霞兮降氛。風搖枝而爲弄，日照水以成文。行復行兮川之畔，望復望兮望夫君，君之門兮九重門，余之別兮千里分。願一見兮導我意，我不見兮君不聞……彼鳥馬之無知，尚有情于南北，雖吾人之固鄙，豈忘懷乎上國。去上國之美人，對下邦之鬼域。（袁飜思歸賦）

頂眞之功能乃扣緊意象，令其密契如一，情思綿綿不斷。故寫來一往情深，環廻無已也。又句與句之間距離小，意象之跳動緣頂眞而緩轉，絕少突兀而出，能令讀者一再回復舊經驗，而回復之中寓以變化，如「魂斷」之後易爲「斷魂」，「白水」之後僅重複「水」，「上國」之後，加動詞而爲「去上國」，寓變化於整齊。袁飜思歸賦以頂眞技法寫作，深情凝鑄，意象扣合如契，調整文字之整齊、變化，圓轉流美，情趣橫逸，乃六朝賦中極殊特之佳作也。

八、對　句

「對句」指上下兩句字數相同，句法相似，平仄相對之謂也。惟六朝賦作或未如律詩平仄之謹嚴耳。對句之講求，乃緣於「平衡、勻稱」之美學原理也。朱光潛（文藝心理學）近代實驗美學、形體美云：

美的形體無論如何複雜，大概都含有一個基本原則，就是平衡（Balance）或勻稱（Symmetry），這在自然中已可見出。比如人體，手足耳目都是左右相對的，鼻口都只有一個，所以居中不偏。平衡與勻稱爲自然界之現象，而後取以爲修辭技法，其實文心雕龍麗辭篇早已發現對句之原理，其言曰：

> 造化賦形，支體必雙；神理爲用，事不孤立。夫心生文辭，
> 運裁百慮，高下相須，自然成對。

然降至後漢，對句猶少，魏以後，始累用對句矣，故本期賦作用力於調整對句亦其特色也，清孫梅四六叢話賦三敍曰：

> 左陸以下，漸趨整鍊。齊梁而降，益事妍華。古賦一變而爲駢賦。江鮑虎步於前，金聲玉潤；徐庾鴻騫於後，繡錯綺交。固非古音之洋洋，亦未如律體之靡靡也。

李調元賦話云：

> 揚馬之賦，語皆單行。班張則間有儷句，如周以龍興，秦以虎視，聲與風遊，澤從雲翔等語是也。下逮魏晉，不失厥初。鮑照江淹，權輿已肇。永明天監之際，吳均沈約諸人，音節諧和，屬對密切，而古意漸遠。庾子山沿其習，開隋唐之先躅，古變爲律，子山開其先。

是可知魏晉以後，文辭漸趨整鍊，齊梁之後益加工巧，甚至全文由對句排列而成矣。然對句又分單對及長隔對，上下兩句相對謂之單對句，多句相對謂之長隔對，一、三句四言相對，二、四六言相對之四六隔對亦屬於長隔對。以下就單對、長隔對、四六隔對舉例以觀之：

（一）單　對

曹植洛神賦：

> 翩若驚鴻，婉若游龍。
>
> 榮曜秋菊，華茂春松。
>
> 越北沚，過南岡。
>
> 紆素領，迴清陽。

江淹別賦：

> 或春苔兮始生，乍秋風兮蹔起。
>
> 風蕭蕭而異響，雲漫漫而奇色。
>
> 舟凝滯於水濱，車逶遲於山側。
>
> 日下壁而沈彩，月上軒而飛光。

見紅蘭之受露，望青楸之離霜。

巡曾楹而空揜，撫錦幕而虛涼。

知離夢之躑躅，意別魂之飛揚。

(二)長隔對

何晏景福殿賦：

其華表，則鎬鎬鑠鑠，赫奕章灼，若日月之麗天也。

其奧秘，則嶨蔽曖昧，髣髴退概，若幽星之纏連也。

遠而望之，若摛朱霞而耀天文。

迫而察之，若仰崇山而戴垂雲。

左思魏都賦：

春霆發響，而驚蟄飛競。

潛龍浮景，而幽泉高鏡。

寒谷豐黍，吹律暖之也。

昏情爽曙，箴規顯之也。

劍閣雖深，憑之者滅，非所以深根固蒂也。

洞庭雖濬，負之者北，非所以愛人治國也。

鮑照舞鶴賦：

煙交霧凝，若無毛質。

風去雨還，不可談悉。

謝莊赤鸚鵡賦：

躍林飛岫，煥若輕電溢煙門。

集場棲園，暗若天桃被玉園。

謝惠連雪賦：

若迺積素未虧，白日朝鮮，爛兮若燭龍銜燿照崑山。

爾其流滴垂冰，緣霤承隅，粲兮若馮夷剖蚌列明珠。

簡文帝箏賦：

江南之竹，弄玉有鳴鳳之簫焉。

洞陰之石，范女有遊仙之磬焉。

（三）四六隔對

簡文帝採蓮賦：

荷稠剌密，亙牽衣而綰裳。

人喧水濺，惜虧朱而壞妝。

庾信哀江南賦：

掌庾承周，以世功而爲族。

經邦佐漢，用論道而當官。

灞陵夜獵，猶是故時將軍。

咸陽布衣，非獨思歸王子。

屬對工整、音韻和諧爲此期諸賦家共同特色也，而單對易趨於纖麗；長隔對則表現閎偉富麗之氣象，意象蔚茂，雜遝而來，令人目不暇接矣。此殆賦之特質所致也，朱光潛先生云：「賦側重橫斷面的描寫，要把空間中紛陳對峙的事物情態都和盤托出，所以最容易走上排偶的路。」〔註29〕既道中賦之空間藝術之特質，復能理出賦之藝術表現之原由也。意義之對偶率多訴諸視覺感受，而聲韻則關乎聽覺，賦家先於意義中見出排偶原則，遂而講究聲韻之對仗。精選韻腳以傳達其聲情，調平仄以表現輕圓流美之韻致，文心雕龍聲律篇嘗明其原理：「異音相從謂之和，同聲相應謂之韻。韻氣一定，故餘聲易遣；和體抑揚，故遺響難契。屬筆易巧，選和至難；綴文難精，而作韻甚易。雖纖意曲變，非可縷言，然振其大綱，不出茲論。」韻易遣而句中聲音之抑揚諧和難精，彥和深契選用音韻之個中難易也。而賦作音韻之講求，影響所及，遂推助詩歌步向「律」之路矣。〔註30〕

〔註29〕朱光潛先生「詩論」，頁190。
〔註30〕許世瑛先生「寫在登樓賦之後」一文，以韻腳詮釋賦篇情境之表現，具體而頗有創意，亦文學欣賞之新途徑也。見中國古典文學論文精選叢刊頁433、434。

　　總結本文修辭技法之考察，可知此期賦作技巧精到，已能靈巧運用譬喻、夸飾、映襯等凸顯意象之技法，而引用古人之文及其典故，頗能鎔鑄、化典，推陳出新，以加深其意象之內涵。又詞藻富麗尖新，極盡其所能以展現文字「量」之美感，兼及「平衡」「勻稱」之美學原理，而創類疊、頂眞及對句手法。其文字之藝術美於此盡矣，而其意象之尖新靈動，亦藝術造象之極致也，誠可謂已立於修辭技法之巔峰矣。

第五章　結　論

　　六朝賦承繼楚辭漢賦體物寫志之傳統，而以個人之情志涵融之，以抒發自我此時之情爲主，遂自「言志傳統」中凸顯「抒情傳統」之流脈矣。而其體制則由鴻裁大賦而爲小賦，藝術表現亦趨於清詞麗句、韻趣生動之造象，可謂小巧玲瓏、悅人耳目之活色生香也。故置於賦體之流變歷程，此乃一變也。然文體通行既久，染指遂多，豪傑之士思自出新意，亦不能不通古而變今，此乃文體隨時變改之自然現象也。吾人不當以其異乎騷賦而謂之變格。而文體自身之演化外，六朝「緣情」之文學思潮、莊學影響之下純粹美感之觀點及時代離亂中個人離心力強亦有以助之矣。而鳥瞰賦體之流脈途程，則六朝賦乃眞摯深刻呈現賦家之心聲心畫，而其芬郁采色亦足以蔚茂賦苑，於彫繢滿眼之間映現一枝紅豔之清新韻致矣。因此，賦至六朝而踵事增華，變本加厲，增益其所無之風貌、神采，職是之故，賦體遂能沿流揚波，猶如江河萬里，古賦一變而爲六朝俳賦，俳賦再變而爲唐之律賦，宋之文賦，明清之股賦，唐宋之後雖不若此期之鼎盛，然膾炙人口之作亦代有所出矣。

　　而有唐一代之律賦，誠濫觴於六朝矣，六朝賦之麗采始於曹植、陸機，至乎鮑照、江淹，則益事妍冶、整鍊，用力於雕章琢句，所謂「儷采百字之偶，爭價一句之奇。情必極貌以寫物，辭必窮力而追新」

是也。逮沈約四聲八病出,而用韻諧美、異聲相從之和、平仄對仗,則為賦家潛精考究矣,而輕靈、圓轉之曼妙流美,則其聽覺效果之表現也,自此俳體入於律矣。其後庾子山復以隔句對聯,以為駢四儷六,化典入賦,則律賦乃呼之欲出矣。故律賦亦六朝賦之孽乳也。此外,六朝賦之意義對偶、聲音對仗均先於詩歌,而詩歌之步向律體之路,受賦篇之鼓動推助,故律詩崛起而為唐代詩歌之碩果,乃至風行後世,亦不當數典忘祖,略去六朝賦助成之功。再者,連珠亦賦體之支脈,晶瑩俊美;思理嚴謹,緊扣密契,可謂賦作之另一特色。賦家亦兼採之以入賦,如陸機豪士賦序,庾信小園賦序、哀江南賦序均是也。其文其情胥融入賦篇之內在秩序,而無以拆離矣。

若夫前人論六朝賦可分為三:其一、乃考鏡源流,辨章體制,選文以定篇,敷理以舉統,周全攬攝賦篇之流變,揭示創作之原理,並援佳作、大家以示範,乃叩門者登堂入室之藍圖也。其二、則以條例式語句隨筆寫其讀後見解,或體悟賦家之情志,論其技法,評論賦家創作之優劣,高舉理想之境界以為創作者之標竿。此評論之作雖無理論系統,然時時可見其有得於心、深刻雋永之語。其三、如今人多取傳誦一時之名作,賞析其結構技巧,論其用韻,考其故典、情事,亦能深入淺出,引人入勝矣。諸家之作均存在其可肯定之價值,乃治六朝賦之資助矣。

而本文之作則亟思本知人以論世,還原其時代、思潮,俾令賦作有以落實耳。自此觀之,六朝乃傳統與當代葛藤之時代,「緣情」之文學思潮與玄學思想浮於上,而「言志傳統」與儒家固有觀念亦沈潛、深入賦家之心靈底層,江湖憂君、廟堂憂民,乃其深心執守之志也。然立德、立功、立言三不朽之外,賦家亦肯認人生自具其存在之價值。生命既可為鑑賞之孤立自足象,宇宙萬象亦可作無所為而為、純粹美感之品賞。二者相互交融激盪,賦篇內蘊遂呈現以個人心靈映照世界,表現心境之抒情傳統,是乃個人情懷之抒發也,然此情則包舉宇宙、含攝人生界普遍之真理,而「仕與隱」為安生立命之二重肯定,

「生命與情愛」乃其有情人生之終極關懷，此外，其抒寫一己羈旅離別，轉蓬於戰火動亂之際，及生計之困窘、難堪，率皆表露其當代社會現實矣。是以賦家乃以其深情至性披露一己之生命，遂因此而眞切朗照其時世之眞象、普世萬代共存之生命現象矣。本文據此以掌握賦家之心靈宇宙，願能爲其千秋百代後之知音，而不致停駐於其姿采妍態之形象，竟忘卻掬其衷情。是殆大異於今人文學史之評價，諸家多謂六朝賦內容貧乏，思想空洞，無情志寄乎其中，惟形式、唯美足重耳，其人之說亦非憑空立論，六朝賦作誠有此類作品。然任何文體落入才弱學貧之人手中，劣作自是不免，而此不足以抹煞情眞志深之作也，論賦捨佳製而取劣篇，可謂平允乎？且藝術形式之鍛鍊，美感意象之呈現，乃文學家之職事也，焉可厚非之？余以爲其藝術表現已臻體物造象、抒情具象之顛峰妙境，今之現代詩人意象之創造尚不及其尖新、靈動，情韻深長也。故余唯能以驚喜讚嘆之情臨賞之。且是非批判亦非本文之所能勝任，乃所願則具現其內在宇宙及外現之藝術技法，而析解其內涵，論述其現象耳。

主要參考書目

（一）

1. 《文選注》，蕭統選、李善注，藝文印書館。
2. 《六臣注文選》，蕭統選、李善等注，華正書局。
3. 《漢魏六朝百三家集》，張溥輯，新興書局。
4. 《全上古三代秦漢三國六朝文》，嚴可均輯，中文出版社。
5. 《御定歷代賦彙》，陳元龍等編，中文出版社。
6. 《古文辭類纂》，姚鼐編，華正書局。
7. 《駢體文鈔》，李兆洛輯，廣文書局。
8. 《文苑英華》，彭叔夏撰，華文書局。
9. 《六朝文契箋注》，許槤評選、黎經語箋注，新興書局。
10. 《漢魏六朝文》，臧勵龢注，河洛出版社。
11. 《漢魏六朝賦選注》，瞿蛻園注，西南書局。
12. 《楚辭補註》，屈原等著、洪興祖注，藝文印書館。
13. 《全三國晉南北朝詩》，丁福保輯，藝文印書館。
14. 《十八家詩鈔》，曾國藩選鈔，文源書局。
15. 《古詩源》，沈德潛輯，華正書局。
16. 《世說新語校箋》，劉義慶著、楊勇箋，明倫出版社。
17. 《詞選續詞選校讀》，張惠言選，復興書局。
18. 《唐宋詞選釋》，俞平伯著，木鐸出版社。

（二）

1. 《文心雕龍注》，劉勰著、范文瀾注，商務印書館。
2. 《文心雕龍札記》，黃侃著，文史哲出版社。
3. 《詩品注》，鍾嶸著、汪中注，正中書局。
4. 《文章緣起注》，任昉選、陳懋仁注，廣文書局。
5. 《文章辨體序說》，吳訥著，長安出版社。
6. 《賦話》，徐師曾著，長安出版社。
7. 《藝概》，李調元著，廣文書局。
8. 《義門讀書記》，何焯著，四庫全書珍本。
9. 《六朝麗指》，孫德謙著，育民書局。
10. 《賦學入門》，余丙照著，廣文書局。
11. 《賦史大要》，鈴木虎雄著、殷石臞譯，地平線出版社。
12. 《辭賦學綱要》，陳去病著，文海書局。
13. 《賦學》，張正體、張婷婷著，學生書局。
14. 《歷代詩話》，何文煥編，藝文印書館。
15. 《續歷代詩話》，丁福保編，藝文印書館。
16. 《百種詩話類編》，臺靜農編，藝文印書館。
17. 《詩話類編》，王昌會編，廣文書局。
18. 《人間詞話》，王國維著，開明書店。
19. 《文史通義》，章學誠著，廣文書局。
20. 《校讎通義》，章學誠著，廣文書局。
21. 《兩漢魏晉南北朝文學批評資料彙編》，柯慶明、曾永義編，成文出版社。
22. 《中國歷代文論選》，郭紹虞選，木鐸出版社。
23. 《漢魏六朝專家文研究》，劉師培著，中華書局。
24. 《論文雜記》，劉師培著，廣文書局。
25. 《文選學》，駱鴻凱著，華正書局。
26. 《中國韻文通論》，陳鐘凡著，河洛圖書出版社。
27. 《中國駢文析論》，張仁青著，東昇出版事業公司。
28. 《六朝唯美文學》，張仁青著，文史哲出版社。
29. 《詩言志辨》，朱自清著，開明書店。

30. 《朱自清古典文學論文集》，朱自清著，源流出版社。

31. 《陳寅恪先生論文集》（二），陳寅恪著，九思出版社。

32. 《陳世驤文存》，陳世驤著，志文出版社。

33. 《中國文學論集》，徐復觀著，學生書局。

34. 《中國藝術精神》，徐復觀著，學生書局。

35. 《中國文學八論》，劉麟生著，文馨出版社。

36. 《漢賦源流於價值之商榷》，簡宗梧著，文史哲出版社。

37. 《論漢之寫物言志傳統》，曹淑娟著，師大國研所 71 年碩士論文。

38. 《魏晉賦研究》，蕭湘鳳著，輔大中研所 69 年碩士論文。

39. 《論六朝詩中巧構形似之言》，王文進著，師大國研所 67 年碩士論文。

40. 《六朝詠懷組詩研究》，李正治著，師大國研所 69 年碩士論文。

41. 《陶詩新論》，高大鵬著，時報文化出版事業有限公司。

42. 《中國文學史大綱》，容肇祖著，開明書局。

43. 《中國文學發展史》，劉大杰著，華正書局。

44. 《中國文學史》，劉大白著，復興書局。

45. 《中國大文學史》，謝无量著，中華書局。

46. 《中國文學史》，錢基博著，海國書局。

47. 《插圖本中國文學史》， 鄭振鐸著，新欣出版社。

48. 《增定本中國文學史》，胡雲翼著、江應龍校訂，三民書局。

49. 《中國文學史》，葉師慶炳著，弘道文化事業公司。

50. 《中國文學史》，前野直杉著、連秀華等，長安出版社。

51. 《中國古文學史》，劉師培著，正生書局。

52. 《漢魏六朝文學》，陳鐘凡著，商務印書館。

53. 《中古文學史論》，王瑤著，長安出版社。

54. 《中國文藝思潮史》，郭紹虞著，宏政出版社。

55. 《中國文學批評史》，羅根澤著，龍泉書屋。

56. 《魏晉南北朝文學思想史》， 張仁青著，文史哲出版社。

57. 《魏晉南北朝文學家》，章江著，大江出版社。

58. 《中國文學史論文選集》，羅聯添編，學生書局。

59. 《中國古典文學論文精選叢刊》，張健等編，幼獅文化事業公司。

60. 《中國古典文學研究叢刊》，柯慶明等編，巨流圖書公司。

61. 《中國古典文學論叢》，鄭騫等著，弘道文化事業公司。

（三）

1. 《六朝文論》，廖師蔚卿著，聯經出版事業公司。
2. 《詩論》，朱光潛著，正中書局。
3. 《談藝錄》，錢鍾書著，野狐出版社。
4. 《文藝心理學》，朱光潛著，開明書店。
5. 《文學論》，劉永濟著，商務印書館。
6. 《文學概論》，馬宗霍著，商務印書館。
7. 《文學概論》，王夢鷗著，藝文印書館。
8. 《文藝美學》，王夢鷗著，新風出版社。
9. 《現代美學》，劉文潭著，商務印書館。
10. 《藝術的奧秘》，姚一葦著，開明書店。
11. 《文藝技巧論》，王夢鷗著，重光出版社。
12. 《修辭學》，黃慶萱著，三民書局。
13. 《中國人的文學觀念》，劉若愚著、賴春燕譯，成文出版社。
14. 《中國詩學》，劉若愚著、杜國清譯，幼獅文化事業公司。
15. 《中國詩學》，黃永武著，巨流圖書公司。
16. 《境界的再生》，柯慶明著，幼獅文化事業公司。
17. 《詩學箋注》，亞里士多德著、姚一葦箋著，中華書局。
18. 《艾略特文學評論選集》，艾略特著、杜國清譯，田園出版社。
19. 《文學論》，韋勒克、華倫著、王夢鷗等譯，志文出版社。
20. 《小說面面觀》，佛斯特著、李文彬譯，志文出版社。

（四）

1. 《莊子集釋》，莊子著、郭慶藩注，河洛圖書出版社。
2. 《荀子集解》，荀子著、王先謙注，藝文印書館。
3. 《顏氏家訓注》，顏之推著、趙曉明注，漢京文化事業有限公司。
4. 《才性與玄理》，牟宗三著，學生書局。
5. 《魏晉思想論》，劉大杰著，中華書局。
6. 《魏晉清談思想初稿》，賀昌群著，文理出版社。
7. 《魏晉的自然主義》，容肇祖著，商務印書館。

8. 《中國思想史》，錢穆著，學生書局。

9. 《中國哲學思想史（兩漢南北朝篇）》，羅光著，學生書局。

10. 《中國學術思想論叢（三）》，錢穆著，東大圖書公司。

11. 《中國文化之精神價值》，唐君毅著，正中書局。

12. 《說中華民族之花果飄零》，唐君毅著，三民書局。

13. 《中國知識份子階層史論（古代篇）》，余英時著，聯經出版事業公司。

14. 《古代中國文化與中國知識份子（上）》，胡秋原著，學術出版社。

15. 《知識份子與中國》，徐復觀等著，時報文化出版事業有限公司。

16. 《歷史與思想》，余英時著，聯經出版事業公司。

17. 《中國思想與制度論集》，Helmut Wilhel 等著、段昌國等譯，聯經出版事業公司。

18. 《西方的沒落》，史賓格勒著、陳曉林譯，桂冠圖書公司。

（五）

1. 《三國志》，陳壽著，藝文印書館。

2. 《晉書》，房玄齡等著，藝文印書館。

3. 《宋書》，沈約著，藝文印書館。

4. 《南齊書》，蕭子顯著，藝文印書館。

5. 《梁書》，姚思廉著，藝文印書館。

6. 《周書》，令狐德棻著，藝文印書館。

7. 《隋書》，魏徵著，藝文印書館。

8. 《南史》，李延壽著，藝文印書館。

9. 《北史》，李延壽著，藝文印書館。

10. 《國史大綱》，錢穆，商務印書館。

11. 《魏晉南北朝史》，勞幹著，中國文化大學出版社。

12. 《魏晉南北朝史》，張儐生著，幼獅文化事業公司。

13. 《魏晉南北朝史》，黎傑著，九思出版有限公司。

（六）

1. 〈司馬相如及其賦〉，田倩書撰，《中國古典文學論文精選叢刊》。

2. 〈長門賦的寫作技巧〉，葉師慶炳撰，《中國古典文學精選叢刊》。

3. 〈司馬相如與長門賦〉，許世瑛撰，《中國文學史論文選集》（一）。

4. 〈司馬相如賦論〉，萬曼撰，《中國文學史論文選集》（一）。

5. 〈枚乘「七發」與其模擬〉，許世瑛撰，《中國文學史論文選集》（一）。

6. 〈我對洛神賦的看法〉，許世瑛撰，《中國文學史論文選集》（二）。

7. 〈談談「思舊賦」的寫作技巧與用韻〉，許世瑛撰，《中國古典文學研究叢刊散文與論評之部》。

8. 〈陸機論文學的創作過程〉，張亨撰，《中國古典文學論叢文學批評與戲劇之部》。

9. 〈談談閒情賦〉，許世瑛撰，《中國古典文學論文精選叢刊》。

10. 〈讀哀江南賦〉，陳寅恪撰，《陳寅恪論文集》（二）。

11. 〈庾信哀江南賦與杜甫詠懷古跡詩〉，陳寅恪撰，《陳寅恪論文集》（二）。

12. 〈賦在中國文學史上的位置〉，郭紹虞撰，《小說月報》第十七卷號外。

13. 〈讀文選〉，錢穆撰，《中國學術思想論叢》（三）。

14. 〈宮體詩人的寫實精神〉，林文月撰，《中國古典文學論叢詩歌之部》。

15. 〈南朝宮體詩研究〉，林文月撰，《中國文學史論文選集》（二）。

16. 〈中國山水詩的特質〉，林文月撰，《中國古典文學論叢詩歌之部》。

17. 〈論連珠體的形成〉，廖師蔚卿撰，《幼獅學誌》第十五卷二期。

18. 〈論漢魏六朝連珠體的藝術及其影響〉，廖師蔚卿撰，《臺靜農先生八十壽慶論文集》。

19. 〈西晉大詩人左思及其妹左芬〉，李長之撰，《中國文學史論文選集》（二）。

20. 〈六朝文述論略〉，馮承基撰，《中國文學史論文選集》（二）。

21. 〈魏晉隋唐文論〉，張須撰，《中國文學史論文選集》（二）。

22. 〈從文學現象與文學思想的關係談六朝「巧構形似」的詩〉，廖師蔚卿撰，《中國古典文學論叢詩歌之部》。

23. 〈中國文學家的保守觀念與創新作風〉，葉師慶炳撰，《中國古典文學論叢文學批評與戲劇之部》。

24. 〈論唐詩的語法用字與意象〉，高友工、梅祖麟撰、黃宣範譯，《中國古典文學論叢詩歌之部》。

25. 〈古典詩中的具象作用〉，黃永武撰，《中外文學》第九卷十二期。

26. 〈論永明聲律──八病〉，馮承基撰，《中國文學史論文選集》（二）。

27. 〈貴遊文學與六朝文體的演變〉，王夢鷗撰，《中外文學》第八卷一期。

28. 〈文學研究的美學問題〉，高友工撰，《中外文學》第七卷十一期、十二期。

29. 〈魏晉文學思想的述論〉，臺靜農撰，《文學雜誌》第一卷四期。

30. 〈論魏晉名士的狂與癡〉，廖師蔚卿撰，《中國古典文學研究叢刊散文與論評之部》。

31. 〈魏晉清談家評判〉，戴君仁撰，《中國文學史論文選集》（二）。

32. 〈略論魏晉南北朝學術文化與當時門第之關係〉，錢穆撰，《中國學術思想論叢》（三）。

33. 〈袁宏政論與史學〉，錢穆撰，《中國學術思想論叢》（三）。

34. 〈陶淵明思想與清談之關係〉，陳寅恪撰，《陳寅恪論文集》。

35. 〈陶淵明的政治立場與政治理想〉齊益壽撰，《中國古典文學研究叢刊散文與論評之部》。